淡海乃海 水面が揺れる時

〜三英傑に嫌われた不運な男、朽木基綱の逆襲〜

[著] イスラーフィール

[絵] 碧風羽 みどりふう

TOブックス

蘆名家
佐竹家
太平洋

日本海

上杉家

朽木家

日本国勢力図①

［にほんこくせいりょくず①］

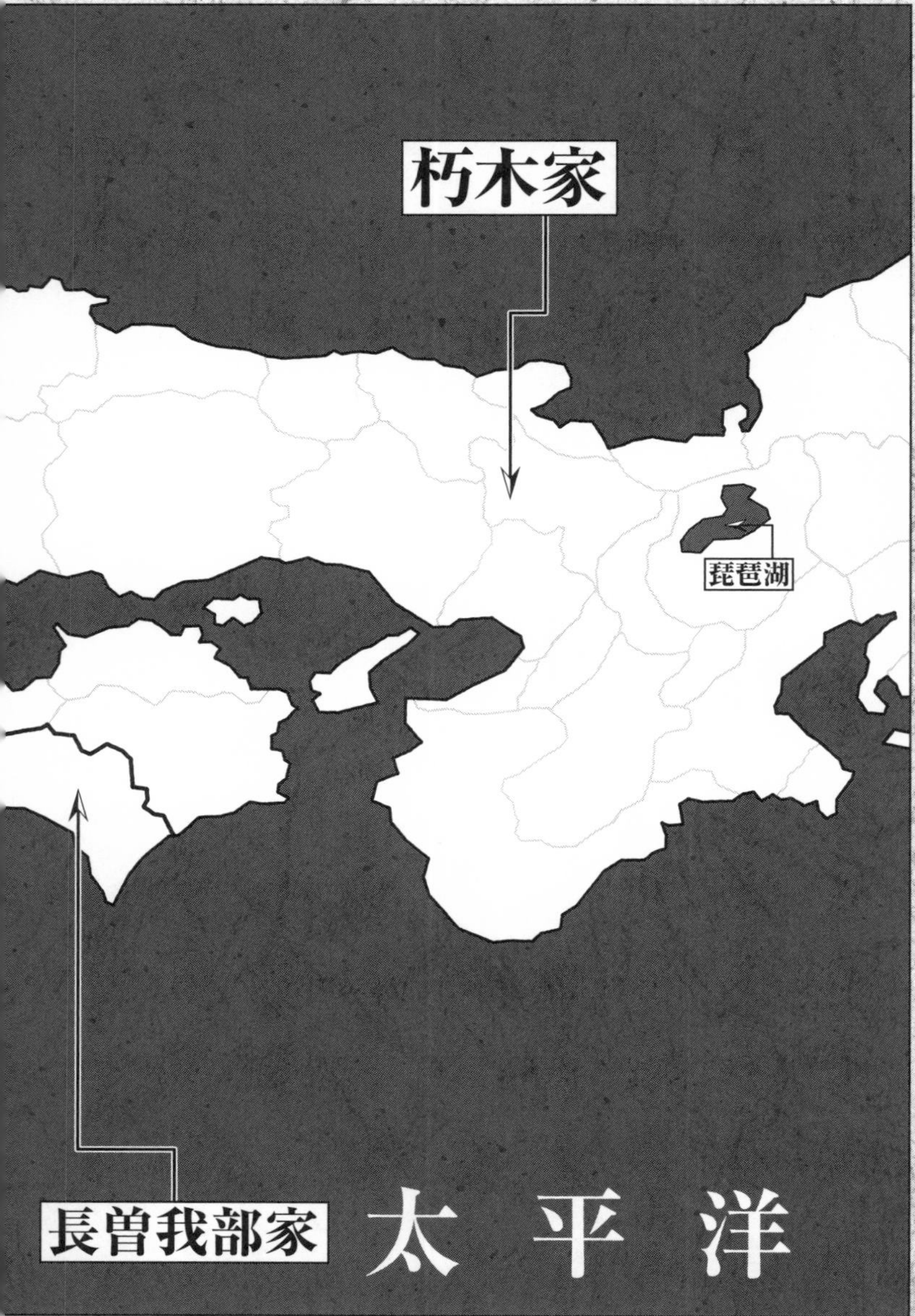

朽木家

琵琶湖

長曽我部家

太平洋

日本国勢力図②【にほんこくせいりょくず②】

人物紹介

［じんぶつしょうかい］

朽木家

［くつきけ］

朽木太政大臣基綱
くつきだじょうだいじんもとつな

主人公、現代からの転生者。天下の半ばを制し天下統一へと邁進する。家督を嫡男の堅綱に譲り隠居する。

朽木小夜
くつきさよ

基綱の妻。六角家臣平井加賀守定武の娘。聡明な女性。

朽木綾
くつきあや

基綱の母。京の公家、飛鳥井家の出身。転生者である息子に違和感を持ち普通の親子関係を築けない事、その将来を不安に思っている。

雪乃
ゆきの

基綱の側室。氣比神宮大宮司の娘。好奇心が旺盛で基綱に強い関心を持つ。自ら進んで基綱の側室になる事を望む。

朽木大膳大夫堅綱
くつきだいぜんだゆうかたつな

基綱と小夜の間に生まれた子。朽木家の当主。

朽木次郎右衛門佐綱
くつきじろうえもんすけつな

基綱と小夜の間に生まれた子。朽木家の次男。幼名は松千代。

奈津
なつ

関東管領上杉輝虎の姉と長尾越前守房景の間に生まれた子。華の妹。輝虎の養女となり堅綱に嫁ぐ。

黒野重蔵影久
くろのじゅうぞうかげひさ

鞍馬流志能便。八門の頭領であったが引退し相談役として主人公に仕える。

黒野小兵衛影昌
くろのこへえかげあき

鞍馬流志能便。重蔵より八門の頭領の座を引き継ぐ。情報収集、謀略で主人公を助ける。

朽木惟綱
くつきこれつな

稙綱の弟、主人公の大叔父　主人公の器量に期待し忠義を尽くす。

朽木主税基安
くつきちからもとやす

主人公の又従兄弟（またいとこ）。主人公と共に育ち、主人公に強い忠誠心を持つ。主人公からはいずれ自分の代理人にと期待されている。

明智十兵衛光秀
あけちじゅうべえみつひで

元美濃浪人。朝倉家臣であったが朝倉氏に見切りを付け朽木家に仕える。軍略に優れ、主人公を助ける。

竹中半兵衛重治
たけなかはんべえしげはる

元は一色家臣であったが主君一色右兵衛大夫龍興との不和から浪人、主人公に仕える。軍略に優れ、主人公を助ける。

沼田上野之介祐光
ぬまたこうずけのすけすけみつ

元は若狭武田家臣であったが家中の混乱から武田氏を離れ主人公に仕える。軍略に優れ、主人公を助ける。

朽木家譜代

［くつきけふだい］

宮川又兵衛貞頼
みやがわまたべえさだより

朽木家家臣　譜代　殖産奉行

荒川平九郎長道
あらかわへいくろうながみち

朽木家家臣　譜代　御倉奉行

守山弥兵衛重義
もりやまやへえしげよし

朽木家家臣　譜代　公事奉行

長沼新三郎行春
ながぬましんざぶろうゆきはる

朽木家家臣　譜代　農方奉行

阿波三好家
【あわみよしけ】

三好豊前守実休
みよし ぶぜんのかみじっきゅう

長慶の二弟。長慶死後、家督問題で不満を持ち平島公方家の義栄を担いで三好家を割る。

安宅摂津守冬康
あたぎ せっつのかみふゆやす

長慶の三弟。長慶死後、家督問題で不満を持ち平島公方家の義栄を担いで三好家を割る。

三好日向守長逸
みよし ひゅうがのかみながやす

三好一族の長老。長慶死後、豊前守実休、摂津守冬康と行動を共にする。

伊賀上忍三家
【いがじょうにんさんけ】

千賀地半蔵則直
ちがち はんぞうのりなお

伊賀上忍三家の一つ千賀地氏の当主。

藤林長門守保豊
ふじばやし ながとのかみやすとよ

伊賀上忍三家の一つ藤林氏の当主。

百地丹波守泰光
ももち たんばのかみやすみつ

伊賀上忍三家の一つ百地氏の当主。

河内三好家
【かわちみよしけ】

三好孫六郎長継
みよし まごろくろうながつぐ

三好左京大夫義継の息子、河内三好家の当主。

三好左京大夫義継
みよし さきょうだゆうよしつぐ

河内三好家の当主であったが足利義昭に斬られ死去する。

松永弾正忠久秀
まつなが だんじょうちゅうひさひで

三好家重臣。義継の死後は仙熊丸を守り育てる。

内藤備前守宗勝
ないとう びぜんのかみむねかつ

三好家重臣。松永弾正忠久秀の弟。義継死後、仙熊丸を守り育てる。

織田家
【おだけ】

織田信長
おだ のぶなが

尾張の戦国大名。三英傑の一人。歴史が変わった事で東海地方に勢力を伸ばす。基綱に好意を持ち、後年同盟関係を結ぶ。大変な甘党。小田原城攻防戦の最中に病死。

織田勘九郎信忠
おだ かんくろうのぶただ

織田信長の嫡男。小田原城攻防戦にて深手を負い死す。

織田三介信意
おだ さんすけのぶおき

織田信長の次男、嫡男信忠の同母弟。優柔不断な性格で決断力が無い。弟の三七郎信孝とは犬猿の仲。

織田三七郎信孝
おだ さんしちろうのぶたか

織田信長の三男、嫡男信忠、次兄信意の異母弟。癇性が激しく思慮が浅い。兄の三介信意を軽蔑している。

上杉家
【うえすぎけ】

上杉左近衛少将輝虎
うえすぎ さこんえのしょうしょうてるとら

上杉家当主。元は長尾家当主であったが上杉家の家督と関東管領職を引き継ぐ。主人公を高く評価し対武田戦について助言を受ける。大変な酒豪。

上杉景勝
うえすぎ かげかつ

関東管領上杉輝虎の姉と長尾越前守房景の間に生まれた子。輝虎の養子となり主人公の娘竹を妻に娶る。

竹
たけ

基綱と側室雪乃の間に生まれた子。朽木家の長女。上杉家へ嫁ぐ。

華
はな

関東管領上杉輝虎の姉と長尾越前守房景の間に生まれた子。輝虎の養女となり織田勘九郎信忠に嫁ぐ。

足利家（平島公方家）【あしかがけ・ひらじまくぼうけ】

足利左馬頭義栄（あしかが さまのかみよしひで）

義輝、義昭の従兄弟。義輝の死後、三好豊前守、安宅摂津守に擁立され将軍になる事を目指すが病死する。

足利義助（あしかが よしすけ）

義輝、義昭の従兄弟。義栄の弟。義栄の死後、三好豊前守、安宅摂津守に擁立され将軍になるが将軍職を辞職する事で義昭と和睦する。

徳川家【とくがわけ】

徳川甲斐守家康（とくがわ かいのかみいえやす）

徳川家当主。織田家を裏切り北条家を潰して甲斐、相模を領する。

朝廷・公家【ちょうてい・くげ】

飛鳥井雅綱（あすかい まさつな）

主人公の祖父。

飛鳥井雅春（あすかい まさはる）

主人公の伯父。

目々典侍（めめ ないしのすけ）

主人公の叔母。朝廷に出仕。

近衛家【このえけ】

近衛前久（このえ さきひさ）

五摂家の一つ、近衛家の当主。太閤にして朝廷の実力者。主人公を積極的に武家の棟梁へと推す事で天下の安定と朝廷の繁栄を取り戻そうとしている。

近衛前基（このえ さきもと）

近衛家の次期当主。内大臣。朽木家の次女・鶴を嫁に迎える。

鶴（つる）

基綱と雪乃の間に生まれた朽木家の次女。近衛家の嫡男・前基に嫁ぐ。

毛利家【もうりけ】

毛利右馬頭輝元（もうり うまのかみてるもと）

毛利家の当主。毛利陸奥守元就の孫。

吉川駿河守元春（よしかわ するがのかみもとはる）

輝元の叔父。毛利陸奥守元就の次男。弱年の輝元を支える。勇将として名高い。山陰地方を担当する。

小早川左衛門佐隆景（こばやかわ さえもんのすけたかかげ）

輝元の叔父。毛利陸奥守元就の三男。弱年の輝元を支える。知将として名高い。山陽地方を担当する。

安国寺恵瓊（あんこくじ えけい）

毛利家に仕える外交僧。朽木の勢力拡大を防ぐために謀略を巡らす。

足利将軍家【あしかがしょうぐんけ】

足利義昭（あしかが よしあき）

義輝の弟。一乗院の門跡であったが兄の死後還俗して足利義昭と名乗り幕府の再興を目指す。

龍造寺家【りゅうぞうじけ】

龍造寺山城守隆信（りゅうぞうじ やましろのかみたかのぶ）

龍造寺家前当主。〝肥前の熊〟と謳われる歴戦の猛将。朽木家に対して敵愾心を燃やしており、遂に挙兵に至る。

鍋島孫四郎信生（なべしま まごしろうのぶなり）

龍造寺家の重臣。隆信の挙兵に反対して誅殺される。

龍造寺太郎四郎政家（りゅうぞうじ たろうしろうまさいえ）

龍造寺家現当主。実権は父・隆信に握られ、お飾り状態。

大友家【おおともけ】

大友左衛門督義鎮（おおとも さえもんかみよししげ）

大友氏二十一代当主。法名の宗麟で知られる。豊後、豊前を領するが領内の反乱に手を焼く。キリシタン大名としても高名。足利義輝より九州探題に任じられた事を誇っている。

❖勢力相関図 [せいりょくそうかんず]

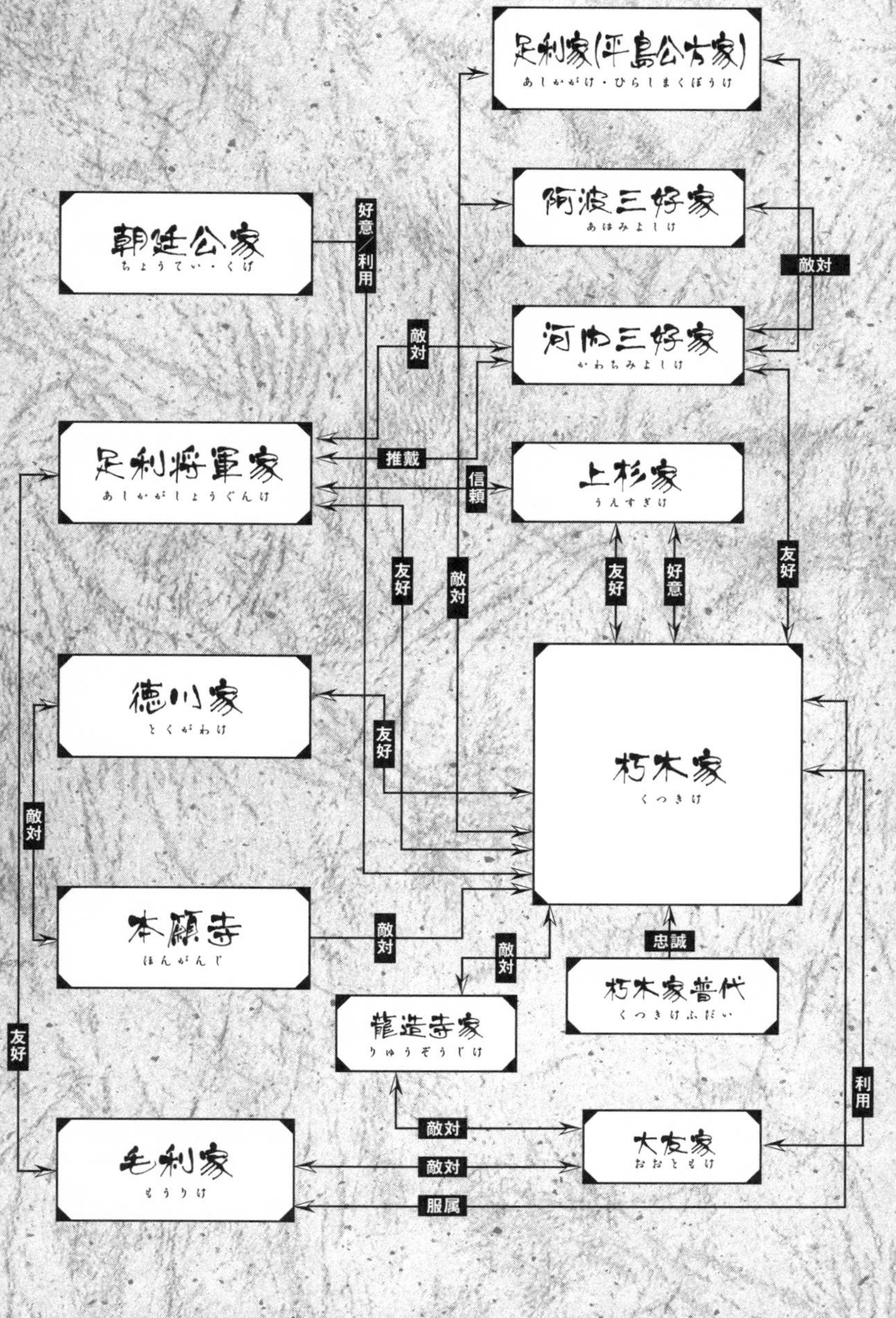

足利家(平島公方家)
あしかがけ・ひらしまくぼうけ

阿波三好家
あはみよしけ

朝廷公家
ちょうてい・くげ

河内三好家
かわちみよしけ

足利将軍家
あしかがしょうぐんけ

上杉家
うえすぎけ

徳川家
とくがわけ

朽木家
くつきけ

本願寺
ほんがんじ

朽木家普代
くつきけふだい

龍造寺家
りゅうぞうじけ

大友家
おおともけ

毛利家
もうりけ

好意/利用
敵対
敵対
推戴
信頼
友好
敵対
友好
好意
友好
友好
敵対
敵対
敵対
忠誠
友好
利用
敵対
敵対
服属

目次【もくじ】

あふみのうみ
みなもがゆれるとき

ILLUST. 碧風羽
DESIGN. AFTERGLOW

波紋

禎兆七年(一五八七年) 八月中旬　　山城国葛野・愛宕郡　　平安京内裏　　九条兼孝

「真か?　真に琉球が服属を求めてきたというのか?」

帝が目を瞠(みは)っている。私と弟の右大臣二条昭実が〝はい〟、〝真におじゃります〟と答えると大きな息を吐いて〝信じられぬ〟と言った。帝の気持ちは良く分かる。私も信じられなかったのだ。

「琉球は人質も出すと申しておじゃります」

「なんと!　この事、院にはお報せしたか?」

「今頃は太閤殿下、左府が院に説明しておりましょう」

私が答えると帝が〝そうか〟と言った。

「院もお喜びで有ろう。しかし、信じられぬ」

今度は首を振っている。

帝のお心には困惑も有るだろうが喜びも有る筈だ。信じられぬという言葉の裏には間違いなく嬉しいという思いが有る。その事を思うと胸が痛む。この件は簡単には喜べない。厄介な問題も含んでいるのだ。人払いを願って話しているのはその所為だ。

「問題もおじゃります」

弟の言葉に帝が訝しげな表情を見せた。弟がこちらを見た。どうせなら説明まですれば良いのに……。だからこの弟は今ひとつ頼りにならぬのだ。

「使節は琉球王の親書を持参しておじゃりました。宛名は日本国大相国殿となっております」

私の言葉に帝が小首を傾げた。訝しげな表情は変わらない。

「朕ではないのか？」

弟が気まずそうな表情で私を見た。

「それに大相国とは？」

「其処が問題なのでおじゃります。些か長くなりますがお聞き頂きたく……」

帝が〝うむ〟と頷かれた。

「琉球は明に臣従しておじゃります。朝鮮も明に臣従しておじゃります。それぞれに明から琉球王、朝鮮王に封じられておじゃりますが日本は明に臣従しておじゃりませぬ。かつて足利が明に臣従して日本国王に封じられましたがその足利は滅びました。そして相国は明に臣従する意思はおじゃりませぬ」

帝が不愉快そうに頷いた。足利が明に服属した事が面白くないのだと思った。

「明も琉球も朝鮮も儒教を国の基として重んじておじゃります。つまり明は宗主国として儒教の礼を琉球、朝鮮に要求し琉球、朝鮮もそれに従っている事になりまする」

「うむ」

「その礼が国書に出るのでおじゃります」

「それは？」

帝が先を促した。やはり帝もお分かりではない。我らも相国から言われるまで分からなかった。日本と異国との交流が絶たれてから随分と月日が流れている。已むを得ぬ事なのだと思った。

「明の皇帝以外は使ってはいけない文字がおじゃりまする。例えば皇帝、勅、天皇、帝など」

「……」

帝が愕然としている。

「考えてみればおかしな話ではおじゃりませぬ。琉球も朝鮮も明の皇帝の臣下なのです。臣下の立場で皇帝、勅などは使えませぬ」

「道理である」

帝が頷いた。

「そしてそのような国書を明以外の国から受け取る事も出来ませぬ」

「それも道理である」

今度は溜息交じりに頷いた。

「国書の宛先が日本国大相国となっているのもそれ故の事。琉球は明を怒らせるような事はしたくないのです。服属を内々にと申し出ているのもそれ故の事。敢えて大の字を付ける事で相国に敬意を払いつつ上手く取り計らって欲しいとの事におじゃりましょう」

帝が二度、三度と頷いた。

「しかし日本に服属するという事は明から離れるという事ではないのか？　ならば明への配慮は不要だと思うが……」

語尾が消えた。表情にも困惑が有る。帝も自信が無いのだと思った。琉球が大国である明から離れ日本に付く、そんな事が有るのかと考えたのかもしれない。

「これは相国から聞いたのですが……」

「相国が？　うむ、申せ」

私が〝はい〟と答えると帝が身を乗り出した。帝の相国への信任を見るようで何となく面白くなかった。

「琉球は交易によって繁栄しておじゃります。琉球が明に服属しているのは何よりも明との交易の利が大きいからだろうと。しかし、近年相国が北方の産物を取り扱う事によって日本の存在が大きくなりました。そして明は皇帝が暗愚で悪政を布き日本は相国が天下を統一しようとしておじゃります。琉球の中では明との関係を重視すべきだと主張する勢力と日本との関係を重視すべきだと主張する勢力が有るのだとか」

帝が〝うむ〟と頷いた。

「日本に服属するという事は日本との関係を重視すべきだと主張する者達が勝ったのではないのか？　違うのか？　関白、右府」

帝が問い掛けてきた。そう思うのが普通だ。一条左府も同じ事を相国に問うていた。

「それが少々違うようなのでおじゃります。琉球は交易を重視しておじゃります。明との関係を重視する者達も日本との交易で得られる利を無視は出来ませぬ。日本との関係を重視する者達も明との交易で得られる利を無視は出来ない」

帝が顔を顰めた。

「琉球は両方を必要としているという事か」

「はい。ですが日本が勢力を強めてきた事、明が不安定な状況に有る事で現状を維持するのは無理だ、危険だと日本を重視する者達は主張したわけでおじゃります。明との関係を重視する者達もそれを受け入れた。いや受け入れざるを得なかった。そして琉球は表向きは対等の同盟としながらも内々に服属すると申し入れてきた……。その意図は明とも日本とも上手くやっていきたい。明を怒らせるような事はしたくない、いや出来ないという事におじゃりましょう」

帝が面白くなさそうにしている。

「虫の良い話とは思わぬか？」

「真に」

弟が帝に同意した。お前はそういう時だけ口を開く！　少しは役に立て！

「明は皇帝が暗愚な所為で些かおかしくなっておじゃります。しかし皇帝が代われば元に戻る事は十分に有り得ましょう」

「なるほど、琉球が明を重視するのも当然か」

帝が頷いた。その通りだと自分も思う。しかし明の皇帝は未だ若い。皇帝が代わるという事は今の皇帝が死ぬという事だが……。

「問題とはその親書を受け取るか拒否するかという事か……」

「はっ」

「拒否する事は出来ぬか。改めて朕に出し直せと」

「その場合は従属の話自体が消えるだろうと相国は申しておじゃります」

帝が顔を顰めた。

「名を取るか、実を取るかという事か……」

帝が呟くように言った。

「相国は無礼を咎めて兵を使うという手段も有ると考えておじゃります」

帝が〝兵を〟と驚きの声を上げた。

「いずれは朝鮮とも国交を結び直したいとの事でおじゃりました。おそらく朝鮮でも同じ問題は起きると相国は見ておじゃります。ここで琉球を攻めておけば朝鮮に対して警告にはなると」

「なるほど」

帝が大きく頷いた。

「もっとも天下統一を前に異国との戦を行うのは如何なものかと臣は思いまする」

「それも道理であるな。天下統一を優先すべきであろう」

また帝が頷いた。

「如何(いかが)なされますか？」

弟が訊(たず)ねると帝が一つ息を吐いた。

「朕の独断では決められぬ。院のお考えも伺わねば……」

「我らも同席致してよろしゅうおじゃりますか？」

帝が少し考えて首を横に振った。

「いや、二人だけで話す。その後で皆に話そう。他に何か有るか？」

「いえ、おじゃりませぬ」

「うむ、では下がって良い」

「はっ」

一礼して弟と共に帝の御前を下がった。

「やはり結論は出ませんでしたな、兄上」

弟が歩きながら私の顔を覗き込むようにしている。

「国の大事なのだ。帝が院のお考えを伺いたいと思うのは当たり前でおじゃろう」

「まあ、そうですが」

「それよりもだ、もっと意見を言え。何のために帝の御前に行ったのだ。これでは頼りないと思われるぞ」

苦言を言うと弟がクスッと笑った。

「今は兄上を見て覚える時期だと思っております」

「覚えるだと？」

「はい、相国との付き合い方、武家との付き合い方です。自分が関白になった時、失敗はしたくありませぬからな」

「……」

弟がまたクスッと笑った。そして真顔になった。

「異国の問題が発生しました。場合によっては戦という事も有り得るのかもしれませぬ。となれば天下統一は急務となりましょう。もう反対は出来ませぬな。不満も言う事は出来ない」

「……」

「お気を付けください。兄上の不用意な発言で我らが不利益を被る事も有るのです。あの関白の弟だから嫌だ等と思われては敵いませぬ」

「そなたは」

驚いて足を止めると弟が困ったような表情をした。

「相国の事だけではおじゃりませぬぞ。兄上は大樹の事でも一悶着有った筈。弟も心配しておりますよ」

なんと、鷹司権大納言もか……。急に腹が立った。

「磨の心配も良いが自分の心配をするのだな。関白になれると決まったわけでもあるまい」

「まあ、それは」

弟が曖昧な表情をしている。頼りになるのかならぬのか、分からぬ弟だ。

禎兆七年（一五八七年）　八月中旬　　山城国葛野・愛宕郡　　平安京内裏　　正親町上皇

「申し訳ありませぬ。本来なら私が出向かねばなりませぬのに」

息子の誠仁が済まなさそうに言った。

「良いのだ。上皇の私が動いた方が何かと面倒が無くて良い。帝のそなたが動くとなればやれ先例がと煩い事を言う者も居よう」

「まあ、それは」

「特に此度はの、他聞を憚る話じゃ。私が動いた方が良い」

「……はい」

「帝というのは不便じゃの」

「真に」

「隠居は楽じゃぞ。煩い事を言う者もおらぬ」

私が笑うと息子も困ったように笑った。

「あまり唆さないで下さい。私も和仁に譲位して隠居したくなります」

「ははは、それは困ったのう」

今度は声を合わせて笑った。笑い終わるとシンとした。その雰囲気を嫌うかのように誠仁が咳払いをした。

「琉球からの親書の件、父上は如何思われますか？」

「正直驚いた。相国は未だ天下を統一していない。にもかかわらず琉球は服属を申し入れてきたのだからな」

「……はい、関白が相国を危険視するのも道理かと。相国は強過ぎましょう」

「不安かな？」

問い掛けると息子が〝多少は〟と答えた。

「相国は朝廷を尊崇する姿勢をこれまで見せております。その事は私も認めますし有り難い事だとも思っております。公武の有るべき姿、理想の形と言って宜しいでしょう。しかし異国までが相国を懼（おそ）れるとなると……、杞憂でございましょうか？」

不安そうな表情をしている。余程に思い悩んだのかもしれない。相国は強い、敵対出来る者は居ない。これまでの朝廷に対する奉仕を思えば如何に誠仁が至尊の地位にあろうと軽々しく不満は言えぬ。胸の不安は脹らむ一方であったのだろう。

「案ずるな。相国は世を徒に混乱させる事は好まぬ。朝廷が相国と共に歩もうとする姿勢を見せれば朝廷を尊重し庇護しよう」

「天下は天下の天下なり、でございますか？」

「そうだ。一人の天下にあらずして天下万民の天下なり。これを忘れなければ案ずるには及ばぬ」

息子が〝はい〟と頷いた。

「足利には政（まつりごと）に対してそのような規（のり）が無かった。だから混乱するような事を平然と行った。そして天下が乱れた。相国はそれを見た。そしてそのような混乱を引き起こす足利を否定した。あれはただ天下を獲ろうとしているのでは無い。足利の政を否定して天下を獲ろうとしているのだ。心配には及ばぬ」

「はい」

「相国は君臣豊楽を印として使用しているが決してそれは飾りではない。国を豊かにし繁栄させたいと願っているのだ。己が意のままに動かそうとしているわけではない」

息子が〝なるほど〟と頷いた。

「それにじゃ。聞けば琉球の者達は朝廷と相国の関係を随分と調べたらしい。相国が簒奪(さんだつ)するのではないかと疑ったと聞く。簒奪をすれば国内が乱れかねぬ。そのような相手に服属しても意味が無いとな。琉球が服属してきたという事は簒奪は無いと判断したという事。心配は要らぬ」

「はい」

息子の顔に安堵の色が浮かぶ。漸く納得したようじゃ。

「そう考えると関白には困ったものよ。些か相国を危険視し過ぎる」

「関白が天下統一を望まぬと言った事でございますか？」

息子が問い掛けてきた。

「そうだ。天下の統一を望まぬという事は天下が混乱する因(もと)を放置するという事になる。天下は統一されているのが正しい姿なのだ。相国を懼れるが故に天下の統一を望まぬとは本末転倒であろう」

「はい」

戦乱の時代が長く続いた。その所為で天下が一つに纏まっていない事にそれほど拒否感が無いのかもしれない。或いは畿内が安定しているならば地方はどうでも良いと思ったか……。どちらにしても関白の地位にある者が考える事ではない。あの者に何時までも関白の地位を預ける事は出来ぬな。今のままでは相国もやりづらかろう。それに誠仁の傍に相国への不安を煽りかねぬ者が居るのも危険だ。公武の協調が損なわれかねぬ。

相国は関白解任に動かなかった。朝廷を圧迫していると思われかねぬと避けたのやもしれぬ。或いは朝廷が動くのを待っているのか？　自分との協調関係を何処まで重視しているのかを測っているのだとすれば……。無視は出来ぬの。やはり朝廷が動かねばなるまい。今は不味かろう。親書の件で揺れている時じゃ、出来るだけ混乱は避けねばならぬ。後で近衛に諮らねば……。誠仁に話すのはその後じゃ。

「話が逸れたの」

「はい」

「親書の件だが悪い話では無いのじゃ。琉球が服属するというのだからな。日本がそれだけ強くなったという証であろう」

もしかすると対馬の宗氏を筑後へ移した事も影響しているのかもしれぬ。朝鮮は面白くない筈だがこの件に関して動きを見せているとは聞こえてこない。日本と事を構えたくないと考えているのだろう。となれば琉球も相国の断固たる処置を知って服属を決めたのかもしれぬ。兵力の差も有るが相国を甘い相手ではないと見たのだろう。となると天下を統一してからでは服属の条件は厳しくなると見たのかもしれぬ。その条件の一つが国書であろうな。

「しかし親書は相国に対してです。私宛てではありませぬ」

「それが不満か」

「はい」

「そなた、明の皇帝に張り合おうとしているのか？」

息子が驚いたような表情を見せた。

「そういうつもりはありませんでしたがそうなりましょうか？」

「なるのう、なる」

私が笑うと息子も困ったように笑った。

「親書を受け取るという事は実を取るという事。受け取らぬという事は名を取るという事じゃ。それは明の皇帝と張り合うという事になる」

「……」

「ふふふ、良いのう」

「良いとは？」

息子が訝しんでいる。

「私の若い頃は京で戦が起きるのではないかと怯える毎日であった。異国の事など考える余裕は無かった。大体琉球も朝鮮も私の事など気にもかけなかった。だが今は違う。そなたは異国の事で悩む事が出来る。おまけに明の皇帝に張り合おうとしている。羨ましいぞ」

「父上」

息子が顔を赤らめた。明の皇帝と張り合おうとしていると言われて恥ずかしいらしい。世の中は変わったと思った。徐々に、徐々に、あの時代の事は過去になっていくのだろう。

「そなたは受け取りたくないのであろう」

「はい」

「だが突き返せば琉球は服属を止めるかもしれぬ。それは日本の利にならぬ。だから突き返せと言い出せずにいる。違うかな？」

「ええ、そうです。ずっと悩んでいました」

まともだと思った。名にこだわってもそれに固執はしていない。少しホッとした。

「突き返した後の事を詳しく聞いては如何かな？」

「……突き返した後の事を」

「そうじゃ、突き返した後、何が起きるのか？　長い目で見れば突き返した方が日本に利が有る。そういう可能性も無いとは言えぬ。焦って受け入れる事は無いのじゃ」

「なるほど、確かに」

息子が大きく頷いた。

「相国を呼ぶのじゃな。あの者から直接話を聞いた方が良い。幸い、京に居るのであろう？」

「はい、そのように聞いております」

「では皆で会おうではないか」

「はい」

息子の声が明るいと思った。受け取るか、拒否するか、何も決まってはおらぬ。だが堂々巡りからは抜け出せたらしい。まあこういう手助けは父親の役目じゃの。久し振りに親らしい事をしてやれたわ。

銭と米

禎兆七年（一五八七年）八月下旬　山城国久世郡　槇島村　槇島城　朽木基綱

「それで、今年の米の出来具合はどうなのだ？　八月も末だ。ある程度の目安は付いただろう」

「はい、今年は天気に恵まれましたので豊作になりそうです」

ニコニコしながら報告するのは農方奉行の長沼新三郎だ。こいつも歳を取ったよな、髪が真っ白だ。ニコニコしていると縁台で猫でも抱いている方が似合いそうに見える。もっとも本人には言えない。新三郎は今でも自分の目で米の出来具合を確かめると言って彼方此方（あちこち）出かけている元気爺さんなのだ。まだまだ隠居には早い。

「そうか、そいつは有り難いな。どの辺りを見たのだ？」

「されば北は越前、加賀、能登。東は美濃。南は伊勢。西は摂津、播磨を某（それがし）自身の目で確かめましたぞ」

「ほう」

俺だけじゃ無い。評定に参加している人間は皆驚いている。新三郎はそれを見て満足そうだ。加賀、能登が豊作か。冷害で何時もやられるのがそこだからな。暑いのはうんざりだがこればかりは御天道様に感謝だ。それにしても本当に元気だな。

「それと配下の者からは四国、東海も豊作だと報告が」

「ふむ」

「ただ九州が……」

新三郎の声が翳りを帯びた。渋い表情をしている。

「駄目か？」

問い掛けると〝はい〟と新三郎が頷いた。九州は新しく配置した者も居るし出来れば豊作が望ましかったんだが……。

「今月の初めから半ばにかけて野分が二度来まして……」

「なるほど、野分か」

新三郎が〝はい〟と頷いた。全国的に天気が良いんだ。妙な話だと思ったが台風か。それじゃ仕方が無い。

「一度目は肥前、肥後、筑前、筑後を。二度目は薩摩、大隅から日向、豊前、豊後を襲いました。二度ともかなり大きかったらしく彼方此方で河川が溢れ被害は甚大だと報告が上がっております」

一回目は西で二回目は東か。上手くないな。南はともかく北は新しい領主が多い。被害の手当は手間取ったのかもしれん。無理はさせられんな。

「分かった。新しい領主に無理はさせられぬ。こちらから援助しよう。最初に銭だ。そして穫り入れ後は米を送るというのはどうか？」

評定衆、奉行衆から賛成する声が上がった。

「では九州の者達には一律五百貫を送る」

大体現在の価値だと五千万から七千五百万ぐらいの筈だ。米も送る事を考えれば十分だろう。

「九州の者達と言われますと北、南は関係なくでございますか？」

問い掛けてきたのは重蔵だった。

「そうだ。被害を受けた者全てだ。戦の後だからな、皆銭に困っているだろう。毛利には銭を三千貫送ろう」

彼方此方から〝それは〟、〝大殿〟と反対する声が上がった。

「大殿、毛利には豊前の他にも領地がございます。毛利への援助は無用では有りませぬか？」

相談役の平井加賀守が問い掛けてきた。皆が頷いている。

「舅殿、琉球を服属させるとなれば九州が安定している事が重要となる。それに奥州攻めも有るのだ。俺は南を振り返りながら戦をするような事はしたくない。そのためには毛利をしっかりとこちらに付けなければならぬ」

「なるほど」

平井加賀守が頷くと皆も頷いた。

いずれ明、南蛮との戦が起きる事も考慮すれば九州をしっかりと把握しなければならん。毛利を無視は出来ない。そうか、鎌倉幕府や室町幕府が滅んだのはその所為かな。領地を与えた後は自己責任という形で放置した。災害時の救援をしなかったのだ。災害時に救援しておけば幕府というのは恩賞を与えるだけではない。裁判をするだけではない。自分達を庇護する者なのだという認識がもっと強く生まれたかもしれない。そうだ、現代だって地方で大きな災害が起きれば政府は必ず救援する。地方自治体と協力して被災地の復興を行う。鎌倉幕府や室町幕府が同じようにしていればもっと長く続いた可能性はある。この辺りは大樹にも教えなければならん。後で文を書くか。いかん、女達にも文を書かねば……。

「平九郎、銭の準備だ。問題は有るか」

「いいえ、ございませぬ」

御倉奉行の荒川平九郎がにんまりと笑みを浮かべた。全く変な奴だ。普通なら銭を出したくないと反対するんだが……。

「九州の者達に触れを出す。銭の援助、米の援助をするから無理はするなとな」

皆が頷いた。

「これを機に水害、冷害、地震などの災害が発生した時にはその復興を助ける制度を作ろうと思う。如何(どう)思うか？」

「随分と銭が掛かるのではありませぬか？」

相談役の長曽我部宮内少輔が問い掛けてきた。

「掛かるだろうな。だが朽木の政なら安心して暮らせる。これは領主だけでは無いぞ。領民にもそう思わせなければ朽木の天下は安定せぬ」

皆が〝なるほど〟、〝確かに〟と言って頷いている。これから益々稼がなければならん。国債の制度を作ろうか？　緊急時の対応に役に立つから有っても良いよな。これから対外戦争も増える。その戦費調達にも役に立つ筈だ。でも無制限に発行してはとんでもない事になる。これは後で平九郎と相談だな。

「平九郎、銭倉を作れ。災害時の見舞金専用の倉だ」

「はっ」

「少しずつで良い。毎年貯めていけ」

「はい」

平九郎が嬉しそうに頷いた。新しい銭の使い道が増えた。嬉しいのだろうな。国債の件でも扱き使ってやるからな。楽しみにしていろ。

問題は食糧だな。今は未だ良い。しかし天下が統一されれば戦が無くなる。そうなれば人口が増えるのだから食糧の増産が必要で新田の開発が必要という事になってくる。まあこいつは新三郎の尻を叩いてやらせよう。厄介なのは飢饉（ききん）だ。江戸時代の天明の大飢饉では百万人近い人口が減ったとも言われている。本当かどうかは分からん。何処の藩も失政を咎められるのを恐れて本当の数字を公表しなかったからな。しかし半分の五十万でも大変な被害だ。

飢饉対策が必要だ。統治者の二大責務は安全保障と食糧の確保だ。救荒植物を国内に広める必要がある。サツマイモとジャガイモ、それにカボチャだな。カボチャは九州に届いている筈だ。サツマイモとジャガイモは未だだろう。これらを取り寄せて栽培させよう。こっちは新三郎と殖産奉行の又兵衛の管轄だな。後でこれも話さなければ……。それと国の外から食糧を供給する体制の構築が必要だ。琉球はともかく朝鮮、明は難しいかもしれない。

となるとフィリピン、タイ辺りから米を輸入か。あの辺りの米って日本米とは違うよな。しかし食わなければ死ぬとなれば食うしかない。それに調理法次第で味は調整出来る筈だ。後は植民だな。台湾、この時代じゃ高山国(こうざんこく)だがここは未だはっきりと明の領土とは認識されていない筈だ。此処を日本領にして米を作る。安全保障だけじゃ無い、食糧問題でも台湾は必要だ。やる事が沢山有るな。一体何時になったら俺は暇になるんだ？　さっぱり目途が立たん。

「大殿」

誰かが俺を呼んでいる。見回すと皆が妙な目で俺を見ていた。

「呼んだか？」

問い掛けると皆が頷いた。

「黙ってしまわれたので某が二度ほどお呼びしました」

「そうか、済まなかったな、平九郎」

自分の考えに没頭していたか。平九郎がニヤッと笑った。

「いやいや、構いませせぬ。さてはまた碌でも無い事をお考えになりましたな？」

平九郎の言葉に皆が笑い出した。こいつらって本当に失礼だよな。俺はお前らの主君だぞ。それなのに碌でも無い事？

「その方は酷い事を言うな」

文句を言うと平九郎が〝うふふ〟と笑った。おい、変な笑い方をするな。

「そうは思いませぬ。大殿が黙り込むと新しい仕事が増える。皆が言っております」

また皆が笑った。まあ確かに新しい仕事を考えていたよ。その通りだ。……俺は家臣達に理解されているって事かな。

「平九郎、新しい仕事だ。この評定が終わったらそのまま残れ」

「真で？　倉の事でしたら」

「違う、別な話だ」

彼方此方からどよめきが起こった。

「やれやれですな」

何がやれやれだ。顔が笑ってるぞ。

「新三郎、又兵衛」

声を掛けると二人が〝はっ〟と畏（かしこ）まった。

「その方らも残れ、話す事が有る」

またどよめきが起こった。

「いずれ皆にも話す事になる。大事な話だからな」

シンとした。皆が顔を見合わせている。

「他に報告は有るか？」

誰も声を上げない。どうやら今日の評定は終わりかな。

「報告ではありませぬが朝廷の方は如何でございますか？」

新三郎の問いに皆が頷いた。

「太閤殿下、関白殿下達が院、帝に御報告した。今は院と帝の間で御相談中らしいな。どうかしたか？」

「公家の方々が訝しんでおります。大殿だけでは有りませぬ。我ら家臣まで一緒に京に居るとはどういう事かと。度々探りを入れてきます」

また皆が頷いている。ふむ、新三郎だけではないな。他の連中も質問されたか。

「いずれは京に居を定める事になるかもしれぬ。今回は不都合が無いか確認しているとでも答えておけば良い」

公家達は喜ぶだろう。俺が京に常駐するかもしれないとな。他に何か有るかと問い掛けたが何も無かった。さて、次は平九郎、新三郎、又兵衛と話だ。


禎兆七年（一五八七年）　八月下旬　　山城国久世郡　　槇島村　　槇島城　　荒川長道

「皆、寄れ」

評定が終わると大殿が声を掛けた。残ったのは私と新三郎殿、又兵衛殿、相談役の重蔵殿、加賀

守殿、宮内少輔殿、松永弾正殿、飛鳥井曽衣殿だ。

「宜しいのでございますか？　先ずは平九郎殿と話があるのでは？　我らは別室にて控えますが」

又兵衛殿が遠慮がちに言うと大殿が首を横に振った。

「構わぬ。いずれは皆に話すのだ。それに俺と平九郎では銭の事に偏りかねぬ。その方らは物と米を扱う。丁度良い。俺達の話におかしな点があれば指摘せよ」

又兵衛殿、新三郎殿が〝はっ〟と畏まった。

「平九郎、今回の九州への援助だが銭は足りるか？」

「勿論にございます。心配は要りませぬ」

大殿が〝そうか〟と頷いた。

「此度は足りた。しかし次は分からぬ。先の地震の例も有る。被害が大きくなればそれだけ援助の額は大きくなる。特に戦の最中ともなればな。銭不足は深刻だろう」

なるほど、戦か。明や南蛮との戦となればこれまでの戦とは桁違いに銭が掛かるやもしれぬ。うむ、銭不足か。十分に有り得る。又兵衛殿が頷いているのが見えた。私と同じ事を考えたのかもしれぬ。

「ご尤もかと思いまする」

「銭が無いのに銭が要る。平九郎、どうする？」

「臨時で税を取るか借金ですな。それしか有りませぬ。家宝を売るという手もございますが当家には刀と大殿が集めた壺ぐらいしか有りませぬ。とてもとても……」

私が首を横に振ると又兵衛殿、新三郎殿が笑い出した。相談役の五人も笑っている。大殿だけが顔を顰めた。

「その方は何時も一言多い」

「いやいや、真にございまする。些か寂しい限りで」

天下人になったのだから今少し綺羅を飾っても良いのだが……。その手の事には余り関心を持たれぬ。今も普段着じゃ、これでは客に会わせられぬわ。まあ道楽で家を潰すよりはましだが……。

「困った奴だ。それで、平九郎。税と借金、その方はどちらを選ぶ」

「借金にございます。税を取ると言っても災害が酷ければ取れる税には限りがありましょう。それに何処から取るかという問題もございます。取られた者は不満に思う筈。賛成出来ませぬ」

答えると大殿が〝そうだな〟と頷いた。

「ならば何処から借金をする？」

「商人ですな。敦賀、堺の商人達を頼む事になりましょう」

皆大殿の御蔭で儲けているのだ。嫌とは言うまい。

「そこよ、そこが問題なのよ」

「はて……」

そこが問題とは……。

「組屋達も天王寺屋達も嫌とは言うまい。しかしな、借りる額が大きくなればなるほど立場が弱くなる。あの連中に配慮せねばならぬという事だ。そうだろう？」

「まあ、そうですな」

頷くと大殿も頷いた。

「借金というのは少ない人数に大きく借りては駄目だ。多くの人数に少しずつ借りなくては……。出来る事なら領民一人一人から少しずつ借りる。それが理想だ」

なるほどと思った。道理では有る。皆が頷いている。しかし……。

「仰る事は道理とは思いまするが簡単ではありますまい」

宮内少輔殿が私が思った事を指摘した。そうなのだ。領民達にとっても銭は大事だ。簡単に貸すとは思えない。弾正殿、加賀守殿も頷いている。

「そうだな。銭を貸せと言ってもなかなか貸せまい。だからな、借金では無く朽木家への投資として領民に話を持ち掛ける」

投資？　皆が顔を見合わせている。大殿が声を上げて笑った。

「朽木家へ投資すれば三年後には利子をつけて返す。床下の甕に貯めているよりもずっと良いぞ、とな」

「なるほど、儲け話として領民を釣り上げるのですな」

私の言葉に大殿がまた笑った。

「まあ、そんなところだ。不可能とは思わぬ。例えばだがこの畿内はもう十年近く戦が無い。大地震で損害は受けたが復興は順調だ。豊かなのだ。儲け話に乗る領民はそれなりに居るだろう」

皆が〝まあ、それは〟、〝確かに〟と言った。

「畿内だけでは無いぞ。全国から銭を集める仕組みを作るのだ。災害が起きれば被害の状況を確認する。復興のための費用を算出しその内どれだけを朽木家が出し、どれだけを領民から集めた銭で用意するかを決める。決めた後は、全国から銭を集める。そして復興に使い決められた期間が過ぎれば利子を付けて返す」

大殿が〝分かるか？〟と言って我らを見回した。

「これが上手く行けばだ、領民達は朽木家の政で豊かになる。朽木家の政で援助を受ける事になる。彼らは朽木家の政を支持する事になるだろう。そうは思わぬか？」

皆が〝そうですな〟、〝確かに〟と頷いた。私もそう思う。商人から銭を借りるよりもずっと良い。しかし何でこんな事を思い付くのだろう？　憎い御方だ。

「平九郎。この仕組みを考えろ」

「はい」

「この仕組みで集められる銭が多くなればなるほど朽木の政は領民達から信任を受けたという事だ。そして朽木の力が大きくなるという事でもある。天下統一は間近だが日本を取り巻く状況は決して明るくは無い。この仕組みは何としても整えなければならぬ」

「承知しました。必ずや」

「うむ」

大殿が満足そうに頷いた。やはりこの御方は明や南蛮との戦をお考えだ。それ故にこの仕組みを考えられたのだろう。又兵衛殿も頻りに頷いている。

「さて銭の問題は終わりだ。次は新三郎、又兵衛、その方らだ」

新三郎殿、又兵衛殿が〝はっ〟と畏まった。

「天下が統一され戦が無くなれば人が死ななくなる。そしてどんどん人が増えるだろう。この日本は豊かになる。目出度い事だな」

誰も頷かない。大殿の口調には揶揄(やゆ)が有った。一体何が……。

「米が足りなくなるぞ」

不愉快そうな口調で大殿が言った。皆が顔を見合わせた。米が足りなくなる。そんな事は考えた事も無かった。しかし……、有り得ぬと言えるのだろうか？　新三郎殿の顔は強張っている。

「ほんのちょっとした水害、冷害で餓死者が出かねぬ。米の値は高騰しとんでもない騒動になるだろう」

皆が呻いている。自分もだ。

「至急、新田の開発に力を入れまする」

新三郎殿の言葉に大殿が頷いた。

「そうだな。だがそれでも足りぬ。日本全土で冷害が起きれば米は不足し餓死者が出る」

「それは……」

新三郎殿が口籠ると大殿がニヤリと笑った。この辺りがこの御方の不気味な所よ。何故笑えるのか。大殿が真顔になった。

「国の外から米を得る手段を考えなければならぬ」

「明、朝鮮でございますか？」

又兵衛殿がこちらをちらりと見ながら言った。戦になれば購入は難しいと考えたのだろう。

「明、朝鮮から買えれば幸いだがそれが難しくなるやもしれぬ。となれば南から買う事も考えなければなるまい」

「南でございますか」

弾正殿が問うと大殿が頷いた。

「呂宋（ルソン）、シャム、安南等だ。日本人町が有るだろう。それらの町との関係を深め何時でも米を買い入れる事が出来る体制を作る。新三郎、又兵衛、その方らに任せる。現地との交渉は九鬼、堀内を使え。その方らは兵糧方と相談して国内での受け入れ体制を整えよ」

「受け入れ体制にございますか？」

新三郎殿が首を傾げている。大殿が〝そうだ〟と頷いた。

「九州、四国、山陰、山陽、畿内、東海、北陸、関東、奥州。買い入れた米を何処に運び何処に荷揚げするか。日本国内、隅々にまで米が届くようにしろと言っている。この国で餓死者など出してはならぬ」

「はっ」

新三郎殿、又兵衛殿が慌てて畏まった。

「それとな、どんな悪天候でも必ず実を結ぶ作物が有る筈だ。土地が痩せていても実を結ぶ作物がな。米が駄目でもそれを食べれば死なずに済むという作物を探せ。国内、国外、何処でも良い。必ず探すのだ」

「国外と仰せられますか？」

新三郎殿の言葉に大殿が頷いた。

「日本人町の者達、南蛮の商人、明の商人、朝鮮の商人達から聞き出せ。そしてそれを入手し国内で大々的に作らせよ。万一の時のために備えさせる」

「はっ」

大殿が〝平九郎〟と私を呼んだ。

「異国との取引は銀で行う事になる。万一の場合のために銀を用意しておけ。非常時用の銀だ。良いな」

「はっ、必ずや」

非常時用の銭に非常時用の銀。それに全国から銭を集める方法。幾つになっても楽にならぬ。むしろ仕事が増えるのはどういう事だ？

参内

禎兆七年（一五八七年）　八月下旬　山城国葛野・愛宕郡　平安京内裏　九条兼孝

「相国、参内は久し振りでおじゃろう」

太閤殿下が相国に問い掛けると相国が〝はい〟と答えた。

「夜の参内は初めてでございますな」

「そうでおじゃろうな。意外に明るかろう。驚いたかな？」

「はい」

彼方此方に灯りが有る。足元に不安を感じる事は無い。有り難い事だ。私、太閤殿下、左府、弟の右府、内府、そして相国。飛鳥井准大臣と西園寺権大納言は自ら遠慮した。我らと一緒に深夜の参内などすれば皆から妬まれると思ったのだろう。

「昔は蝋燭など中々買えなかった。油も高直(こうじき)での、宮中でも中々……。夜の参内など暗いのでうんざりしたものよ。今はそなたの御蔭で灯りも十分に用意する事が出来る。宮中で酒宴を楽しむ事も出来るようになった。虫の音を愛(め)でながら飲む。中々良いわ」

「左様でございますか」

太閤殿下と相国の会話に素直に肯けた。私の若い頃からは信じられぬほどに豊かになった。朝廷を庇護する武家か。相国の場合は武力以上に財力での奉仕の方が大きい。宮中には相国を嘗ての平氏に準える者も居る。交易に熱心なところも似ているだろう。そして平清盛も太政大臣に就任した。

「もっとも蚊が来るのは堪らぬ」

「それは困ったものでございますな」

二人の会話に皆が笑った。笑い声に気付いたのだろう。若い公家が走り寄ってきた。正四位上右大弁にして蔵人頭、万里小路充房だった。

「これは、一体何事でおじゃりましょうか？」

驚いている。そしてチラッチラッと相国へ視線を向けている。顔ぶれの豪華さに驚いているのだろうが滅多に参内しない相国が夜に参内する事にも驚いているのだと思った。

「御苦労でおじゃるな、頭弁。磨らはこれより帝に拝謁する」

私が答えると頭弁が困ったような表情を見せた。

「帝は院とお話し中でおじゃります。誰も近付けるなとの仰せで」

「良いのじゃ、頭弁。帝も院も磨らが参内する事は御存じでおじゃる。磨らを待っているのだからな」

頭弁が〝なんと！〟と声を上げた。

「真でおじゃりますか？」

「真じゃ」

驚いている頭弁を置いて先に進む。

「驚いているの」

「明日は大騒ぎでおじゃりましょう。滅多に参内しない相国が夜に参内するのですから。幽霊が出たと騒ぐやもしれませぬ」

太閤殿下と左府の会話に皆が笑った。私は笑えない。相国は一体どんな表情をしているのだろう。自分の存在感の大きさを知って満足しているのだろうか？　顔を見たいと思う気持ちを懸命に堪えた。

常御所に着いた。廊下から〝九条におじゃります〟と声を掛けると〝入るが良い〟と帝の返事があった。中に入ると帝と院が上座に並んで座っていた。太閤殿下と私が院、帝の左側の下座に座り左府、右府、内府が右側に座った。相国が正面に座った。そして手に持っていた古路毛都々美(ころもつつみ)を置いた。濃紺の布地に金糸銀糸を使った家紋が描かれている。隅立て四つ目結の紋が煌めく。遠目にも贅を尽くした物だと分かった。

「久しいの、相国」

「はっ、お久しゅうございまする。院、帝におかれましてはお変わりなき御様子。基綱、心からお慶び申し上げまする」

院の言葉に相国が答えた。院、帝が満足そうに頷いている。久し振りに参内した武家の棟梁が院、帝の健勝を言祝ぐ。嬉しいのだと思った。

「そなたも変わりないようで何よりじゃ。直にそなたの手で天下も統一されよう。私が即位した時にはこの乱世は何時終わるのかと嘆くばかりであったが……。振り返れば夢のようじゃ」

院が首を横に振っている。天下の統一か、やはりこれを望まぬのは非難されて当然なのだろう。溜息が出そうになって慌てて堪えた。

「さて、何時までも無駄話は出来ぬの。本題に入ろう」

院が帝に視線を向けると帝が頷いた。

「相国、琉球からの親書だが突き返せばどうなるか。朕はそれを知りたい」

「臣に対してではなく帝に対して親書を出し直せという事でございますな？」

相国が念を押すと帝が〝そうだ〟と強い口調で答えた。

「その場合、明の皇帝の下に立つのでございましょうか？　それとも対等に並び立つのでございましょうか？」

空気が固まるような気がした。皆が息を凝らし帝の顔は紅潮している。誰かがゴクリと喉を鳴らす音が聞こえた。

「我が国は明に服属してはおらぬ」

帝がゆっくり、そしてはっきりと言い切った。相国が一つ頷いた。

「日本が明と対等の立場を要求しているとなれば服属の話は立ち消えになりましょう。琉球は帝を明の皇帝と同等に扱うような親書を認める事は決して肯んじますまい。おそらく使者が来る事も絶え、国交は表向きには途絶えましょう」

彼方此方で息を吐く音が聞こえた。

「相国、その場合日本に不都合は生じるか？」

今度は院が訊ねた。

「交易そのものにはそれほど影響は出ないと思いまする。琉球も日本との交易の利を捨てる事は有りますまい。そして琉球は商人を利用して裏から某との接触を図るのではないかと思いまする。それによって日本の態度に変化が生じるのを待つか、或いは琉球に危難が迫った時、某に縋るために備えましょう」

また息を吐く音が聞こえた。

「この場合でございますが、臣は天下の統一を優先致しますが天下統一後は琉球に兵を出し琉球を日本の従属下に置く事になると考えております」

「それは琉球の無礼を咎めるという事か？　太閤から相国が琉球の無礼を咎めて兵を出す事も考えていると聞いたが」

院の問いに相国が〃そうではございませぬ〃と首を横に振った。

「無礼を咎めてというのであれば今直ぐ兵を出しまする。天下統一後に兵を出すというのは日本を守るためにございまする」

日本を守る？　皆が顔を見合わせた。

「それはどういう意味か？　相国」

帝が身を乗り出して問い掛けた。

「近年、日本の近海に南蛮の船が現れるようになりましてございます。南方では南蛮の勢力下に入った所も有るのだとか。相当に好き勝手にやっているようでございますな。目に余ると報告が届いております」

「なんと……、そのような事が有るのか」

帝の問いに相国が〃はい〃と答えた。

「彼らの狙いは明、日本かと思いまする。明は絹や陶磁器など産物豊かにございます。これを己が物に出来ればその利益、計り知れませぬ」

皆が頷いた。確かにその通りだ。しかし大国明を己が物にする？　可能なのだろうか？　明の皇帝が暗愚だとは聞いているが……。

「相国、日本も狙われているのか？」

太閤殿下の問いに相国が〝はい〟と頷いた。

「皆様方も近年、日本が豊かになりつつあるとは思っておられましょう」

相国の言葉に院、帝が〝確かに〟、〝まあそれは〟と同意すると皆も同意した。

「日本は産物が集まる中継地になっているようにございます」

「中継地？」

院の言葉に相国が〝はい〟と答えた。

「まあ市のようなものでございますな。北の蝦夷地からは昆布や毛皮が、南からは珍しい香木や砂糖、象牙、鉛等がこの国に運び込まれまする。朝鮮や明からも産物が入ってきます。明、朝鮮、南蛮、日本の商人達は海の外から日本に物を持ち込み日本で取引をして物を海の外に運ぶのです。北に砂糖を運び明に昆布、干し椎茸を運ぶ。相当に大きな利が生まれると聞いております」

〝なんと〟と院が呟いた。彼方此方で息を吐く音が聞こえる。私も溜息を吐きたい。そんな事になっていたとは……。

「中継地である日本を押さえる旨み、これは言うまでもありませぬ。そして日本には金、銀が有るのです。まるで宝の山でございますな。はははは」

相国が笑っている。

「院、帝の御前でおじゃるぞ。冗談を言っている場合ではおじゃるまい」

私が咎めると相国が首を横に振った。

「冗談ではありませぬ。本心から言っております。日本に隙が有れば当然ですが彼らは日本の征服を目指す事でしょう。日本を攻め獲れば日本の兵力を使って明を攻め獲るのも可能。そう考えるとは思いませぬか？　我らは応仁・文明の大乱以降百年以上戦い続けた。この国の兵は戦慣れしているのです。南蛮の者達はその事を知っております」

彼方此方から呻き声が聞こえた。

「日本を攻め獲ろうとする時、根拠地として使われ易いのが琉球でございます。琉球を拠点に九州から徐々に北上する」

また呻き声が聞こえた。

「それを防ぐためには琉球を直接日本が支配するか、日本に友好的な勢力が琉球を支配している事が必須になります。そしていざという時には琉球を助けられるだけの体制が必要なのです。朽木が琉球との関係を重視しているのは交易だけでは無く日本の安全を維持するためでもある事を御理解頂きたいと思います」

三度、呻き声が聞こえた。

「まるで近江のようじゃの、相国」

太閤殿下の言葉に相国が〝なるほど、言われてみれば〟と頷いた。

「近江も北陸、東海、京から物が集まります。そして淡海乃海を使って物を動かしている。似ていると言えば言えましょう。それだけに近江は一向一揆に狙われました。某が大きくなれたのもそれを撥ね除けて近江を統一したからこそ。それが大きゅうございますな」

シンとした。日本が近江と同じ……。日本が狙われるという言葉に実感が伴った。確かに日本は危ないのかもしれぬ。

「喉が渇いたの」

院の言葉に皆が頷いた。予想していたよりも話が重い。喉がひりつくような気がするのは私だけではあるまい。

「頭弁を呼びましょう。麦湯を用意させます」

太閤殿下の言葉に内府が立ち上がり廊下に出て頭弁を呼んだ。そして麦湯を持ってくるように命じる。内府が席に戻っても、頭弁が麦湯を持ってくるまで口を開く者は無かった。

「南蛮が日本を狙っていると相国は言われるがその証となるような物がおじゃりましょうか？　相国を信じぬわけではおじゃりませぬが有るのなら教えて頂きたい」

弟の右府が相国に問い掛けたのは皆で麦湯を一口飲んだ後だった。

「ございます。九州の大友、嘗ては北九州一円に勢力を誇りましたがその大友が衰退した理由は日向に攻め込んで島津に大敗を喫した事でございました。その大友が日向で何をしたか、皆様御存じではございますまい」

「……」

相国が周囲を見回したが誰も答えなかった。一体何を……。

「大友は日向で神の国を作ろうとしたのでございます」

「神の国？」

思わず問い返した。神の国とは……。皆も訝しげな表情をしている。

「伴天連達に上手く唆されたのでございましょうな。神社、仏閣を壊しその教えを否定した。そして切支丹の国を作ろうとした。そういう事にございます」

〝馬鹿な！〟、〝何を考えている！〟と声が上がった。

「幸い大友の日向攻めは失敗致しました。しかしもしそれが成功していれば何が起きたか？　領民を切支丹にして近隣を攻め獲り勢力を広げた筈にございます。それがあの連中の手でございますからな。そして明へと攻め込む機会を狙った筈」

「一向一揆か……」

左府の呟きが耳に響いた。確かに一向一揆と同じだ。違うのは門徒が信じたのは伴天連の神では無く阿弥陀如来という事だろう。

「相国、先の遠征で大友は潰さず領地を減じたがそれで良いのか？」

太閤殿下が問い掛けた。皆が頷いている。

「大友は長年九州で勢力を誇った者にございます。一族、譜代の家臣は多い。その者達は大友に愛想は尽かしても滅ぶのを望んではおりませぬ。潰せば不満に思いましょう。却って九州は不安定になりまする。それに大友の当主、五郎は柔弱で才知に優れませぬ。二万石の領地を与えましたがあれが脅威になる事はございませぬ」

小揺るぎもしない、そう思った。潰せと言いたい。異国の手先になった者達など見せしめに潰せと。だがそれが言えない。相国は強過ぎるのだ。どうしても気圧される。風が入ったのだろうか？

光が揺れた。古路毛都々美の家紋の煌めきも揺れた。だが煌めきは消えない。むしろ華やかに煌めく。なんとなく面白くなかった。

「それに九州には毛利を始め頼りになる者達を配しました。対馬には九鬼、堀内の水軍もございます。御懸念には及びませぬ」

「伴天連共は？　この国から追放せずとも良いのかな？」

左府の問いに相国が首をゆるゆると振った。

「むしろこの国に置く事でその動きを探ろうと思っております。それに、某はあの者達が説く教えを否定はしませぬ。この国の政に関わろうとしなければですが」

「なるほど、朽木はそうでおじゃったの。政に関わらなければ布教は自由か」

太閤殿下の言葉に相国が〝はい〟と頷いた。

「何を説こうと自由、何を信じようと自由。某を嫌っても構いませぬ。なれど朽木の政には従って貰う。それだけにございます。某は心の奥底まで支配しようとは思いませぬ。そのような事、出来る筈も無い」

なるほどと思った。相国が自分に好意を持っているとは思えぬ。それでも排斥せぬのはそれが理由か。自分に自信が有るのだろう。協力させるという自信が有るのだ。憎い男だと思った。自分なら如何しただろう？　自分を嫌う者を受け入れられただろうか？　自分の器の小ささを思い知らされたような気がした。また思った。憎い男だと。

「伴天連達は九州で大友という拠点を失いました。なればこそ、我らは琉球を重視しなければなりませぬ」

皆が頷いた。

「しかし相国、琉球に兵を出せば明との関係が悪化せぬか？」

私が問うと相国がジッと私を見た。何だ？　何か気に障ったのか？　内心怯むものを感じていると相国が〝ふっ〟と嗤った。そして一口麦湯を飲んだ。また私を見た。冷たい笑みが顔に張り付いている。

「いずれ明とは戦になるやもしれませぬ。但し、それは琉球の服属とは関係の無いところで起きる可能性がございます」

シンとした。皆が顔を見合わせている。そうか、相国は明との戦は避けられぬと見ているのだと思った。私の不安など笑止なだけだろう。

「相国、それはどういう事か？」

院が相国に問い掛けた。声が硬い。大国明と戦う。不安を感じているのだと思った。相国が一つ息を吐いた。

「先程、海の外から日本に物が集まると申し上げました。日本に物が集まるという事はその物を売買するために銭が集まるという事でもあります」

皆が頷いた。

「この場合の銭とは銀なのでございますが銀は明でも銭として使用されております。明では税は銀で納めるのです。その銀が明から日本に流れております」

皆が顔を見合わせた。

「相国、それは……」

弟の右府が不安そうに問い掛けた。

「明と日本の交易は日本が利を得ているという事。そして明から税を納めるための銀が減りつつあるという事にございます。つまり明の国内では銀の価値は高くなるという事になりましょう。明の民は少なくなった銀を得るためにこれまで以上に物を売って稼がなくてはなりますまい。事実上の増税にございます」

「……」

「そして明から銀が減ったために明の朝廷に納められる銀も減りました。それを不満に思ったのでしょう。皇帝は税を重くしたそうです」

シンとした。二重に税を重くさせられたという事か。その事を相国に確かめると〝その通りにございます〟と相国が答えた。

「明の民は不満に思うでおじゃろうな」

太閤殿下が憂鬱そうに言うと相国が〝はい〟と頷いた。

「以前、そなたから明の皇帝がどうしようもない暗君だと聞いた。己が墓を造るために納められた税の四が一を費やしているとな。未だ墓造りは終わっていないとも。とても納得出来まい」

太閤殿下が首を横に振っている。税の四が一を墓造りに費やした？　皆が信じられないという表情をしている。

「相国、その墓の話は本当なのか？」

問い掛ける帝の声は掠れていた。

「真にございます。琉球の使者から聞きました。琉球が日本を頼もうと考えたのも明の皇帝が如何見ても暗君でしかないためにございます」

相国が〝ふふふ〟と含み笑いを漏らした。何を考えているのか……。皆がギョッとした表情で相国を見ている。それがおかしいのだろう。相国が更に〝ふふふ〟と笑った。

「どれほど権勢を誇った家でも愚かな当主を得ればあっという間に転げ落ちる。付き従っていた者達は巻き込まれては堪らぬと我先に逃げる。乱世では珍しくも無い事にございます」

「……」

「そして明では税が払えなくなった領民も逃げるでしょう。百姓ですな。百姓が逃げれば当然ですが納められる税も減る。税が減れば皇帝はその分を税を重くする事で補う。この繰り返しが起きます。そして逃げた百姓は賊になる」

〝賊に？〟と弟が問い掛けると相国が頷いた。

「唐土の彼方此方で賊が発生します。賊の勢いが強まれば積極的にそれに加担する者も現れましょう。天下大乱にございます」

「明は、どうなるのだ？」

院の問いに相国は〝分かりませぬ〟と答えた。

「賊を鎮圧出来るかもしれませぬ。しかし明の勢威は衰えましょう。地方で自立する者も現れましょうな。そう、後漢末から三国の時代の様相を示すやもしれませぬ。その中から明に取って代わる者が現れるという事も有り得ます」

なるほどと思った。唐土の歴史を持ち出すまでも無い。応仁・文明の大乱の後と同じだ。細川が勢威を振るい三好が勢威を振るった。そして足利は滅び朽木が天下を制しつつある。

「或いは賊が明を滅ぼすやもしれませぬ」

「賊が？」

帝が声を上げた。信じられないというような表情をしている。

「元を滅ぼし明を打ち建てた洪武帝は元は百姓でございました。元の圧政に賊となり元を滅ぼし皇帝となった」

相国の言葉に彼方此方から呻き声が聞こえた。分かる、賊が皇帝になる。日ノ本ではとても信じられない。

「今は未だ明に大きな揺らぎは見えませぬ。それ故唐土の民は明の皇帝を崇めております。しかし天下大乱となれば王侯将相(おうこうしょうしょう)寧(いずく)んぞ種(しゅ)あらんやという時代になりましょう。実力で皇帝の地位を奪い合う時代が来るのです。そして明を滅ぼし唐土を統一した者が新たな皇帝となり崇められるようになります。唐土ではそのようにして国が興り滅びました。その繰り返しにございます」

彼方此方で息を吐く音が聞こえた。日ノ本ではそのような事は起きていない。いや、日ノ本でも起こった。足利の権威は否定され相国が天下人になったではないか。同じなのだ。となれば相国が今一歩進めて簒奪を図る事も有り得ると思うのはおかしいのだろうか？　相国を見た。面憎いほどに落ち着いている。

「相国、そなたは先程明との間で戦になると言っていたが……」

院が問い掛けると皆が頷いた。

「明の混乱の原因は銀の流出にございます。これを放置すれば先に述べたような事になりましょう。しかしそれを止めようという動きが出た場合が問題になるのです」

「止めるとは？　日本との交易を止めるという事かな？」

左府の問いに相国が首を横に振った。

「難しゅうございますな。日本の産物をもっとも欲しているのが明の朝廷なのだとか」

溜息が出た。私だけではない、皆が溜息を吐いている。それを見て相国が苦笑を漏らした。

「明の皇帝は自分の墓造りに税の四が一を費やす人物にございます。とても交易を止める事など出来ますまい」

「となると銀を奪うか」

皆が発言者の太閤殿下を見た。太閤殿下が視線を受けて〝おかしな事ではおじゃるまい〟と不満そうに言った。

「交易を止められぬという事は銀の流出が止まらぬという事でおじゃろう。ならば何処からか銀を得れば良い。そうなる。その何処かが日ノ本じゃ。そうでおじゃろう」

太閤殿下が相国に問い掛けると相国が満足そうに〝如何にも〟と頷いた。

「いきなり戦はございますまい。先ずは朝貢を促してきましょうな。某を日本国王に封ずると言って銀を納めろと要求してきましょう」

院が〝足利か〟と吐き捨てた。帝も不愉快そうな表情をしている。日本国王など朝廷にとっては侮辱でしかない。

「如何するのかな？」

左府が問い掛けた。

「戦を避けるのを優先するのであれば受けるのも有りかと思いまする」

〝相国！〟と帝が咎めた。

「御不快とは思いまするが今暫く某の申し上げる所をお聞きください」

「しかし」

「国の大事にございまする。何卒」

院が〝誠仁〟と窘めると帝が悔しそうに唇を噛み締めた。面白くなかった。帝が不快を示しても相国は平然としていた。何故畏れぬのか……。その素振りだけでも見せれば良いものを……。

「この場合、琉球との関係も上手く行きましょう。朝鮮との関係も上手く行きます。先程南蛮が日本を狙っていると申し上げましたがそれに対応し易くなりまする」

「銀を失うが？」

私が問うと相国が微かに笑った。

「交易で直ぐに取り返せましょう。殆ど損は有りませぬ。それに我が国が銀を差し出しておけば琉球を実質的に支配下に置いても明は文句を言いますまい。朝鮮に強気に出ても黙認しましょうな。明を骨抜きに出来まする。馬鹿を付け上がらせるのは面白くありませぬが実利は有ります。何より明が混乱しなければ南蛮が明を狙う事も無い」

皆が黙考している。帝も不満そうではあるが相国に反論しない。一理あると思ったのだろう。喉が渇いたのだろう。相国が麦湯を一口飲んだ。

「もし朝貢を断れば？　戦になるか？」

院が問い掛けた。

「なりましょう。明は某の無礼を咎めるとの名分で戦を起こす筈です。朝鮮にも出兵を促しましょう。日本は明、朝鮮と戦う事になります」

シンとした。明だけではない、朝鮮とも戦う？　対馬の事を思った。朝鮮は当然だが不満に思っているだろう。明の要請をこれ幸いと考えるかもしれない。大変な事になると思った。

「元寇のような事になるか……」

院の呟きが耳に響いた。そうなるかもしれない。あの時は元の兵によって大勢の人間が殺された。あれがまた起きる……。先程まで不満を示していた帝も顔を強張らせている。

「相国、勝てるかな？」

太閤殿下が問い掛けると相国が頬を緩めた。なんと！　勝算が有るのか……。

「既に石山にて新たな水軍の建設に取り掛かっております」

「新たな水軍？」

私が問い掛けると相国が頷いた。

「外から来る敵と戦う水軍にございます。その水軍を中核に全国の水軍を集め敵と戦う事になりましょう。日本は周囲を海に囲まれております。海を固めれば明、朝鮮を恐れる事は有りませぬ。万一、敵の上陸を許してもその場合は某自ら軍を率い、必ず敵を撃滅してご覧に入れまする」

自信に溢れた口調だ。皆が頷いた。先程まで顔を強張らせていた帝も今は頬を紅潮させている。

憎い男だと思った。やはり強過ぎる。

「頼もしい事だな、誠仁」

「はい」

院と帝が楽しげに話している。面白くなかった。

「となると天下統一は益々急がねばなるまい。のう、相国」

「はい」

太閤殿下と相国の会話に皆が頷いている。弟の右府が私をチラッと見た。そして直ぐに視線を逸らした。私が天下統一を望んでいない事を思ったのだろう。これも面白くなかった。

「明、朝鮮との関係は戦の後はどうなるのかな？」

左府の問いに相国が〝されば〟と口を開いた。

「朝鮮、明の所有する島を奪いまする。そしてその島を利用して明、朝鮮の動きを封じまする。万一、明、朝鮮が戦船を用意し、我が国へ攻め込む構えを見せれば先んじて焼き討ちを仕掛ける事になりましょう」

左府が〝なるほど〟と頷いた。

「その一方で兵を南に送り南蛮の者共を駆逐致しまする。さすれば明が混乱しても南蛮の者達は何も出来ませぬ。日本も安全にございます」

皆が頷いている。相国が古路毛都々美を解いた。中には冊子が入っていた。何処と言って変わりのない冊子だ。相国が手に取った。

「これは当家の家臣、宮川又兵衛と荒川平九郎と申す者が記した物にございます。ここには日本に入って来る物の流れ、銀の流れが記載してございます。これを見れば某の申すところが大袈裟ではないと理解して頂けましょう。御披見頂きたく、この場に持参致しました」

相国が前に進み冊子を差し出すと帝が受け取った。

「確かに受け取った。後ほど読ませてもらおう。親書の件、如何するかは後日、返答する。今宵は疲れた。話が大き過ぎて頭が追い付かぬ。皆もそうであろう?」

帝の言葉に皆が同意した。

「喉が渇いたの。麦湯をと思ったが碗が空だ。何時の間にか飲み干したらしい」

院の言葉に皆が頷いた。私の碗も空だ。何時の間に飲んだのか……。

「今一度麦湯を貰って少し寛ごうではないか。誠仁の言う通りよ、疲れたわ」

院の言葉に皆が笑った。内府が席を立った。廊下に出て頭弁を呼ぶと直ぐに姿を現した。余程に気になったのだ。近くで控えていたのだろう。明日は大騒ぎであろうな。

禎兆七年（一五八七年）　八月下旬　山城国葛野・愛宕郡　東洞院大路　勧修寺晴豊邸

勧修寺晴豊

「如何したのだ、このように朝早くから。用が有るのなら今少し日が昇ってからでも良かろう」

迷惑な、朝餉も未だだというのに……。そう思っていると弟の頭弁、万里小路充房が〝何を暢気な事を〟と勢い良く首を横に振った。また、大袈裟な……。この弟は直ぐに大騒ぎする。

「それどころではおじゃりませぬ。昨夜遅く、院が帝をお訪ねになりました」

「院が？」

問い返すと弟が頷いた。こちらを見る目が血走っている。薄らとだが無精髭も生えていた。

「そなた、昨夜は宮中に詰めたのか」

「はい。今宵は院がお見えになる。大事な話をするので決して人を近付けるなと」

「なるほど。それは御苦労でおじゃったな」

院が帝を訪ねた。そう言えば先日もお訪ねになられたな。はて……。

「それだけではおじゃりませぬぞ、兄上」

「何がだ？」

「院と帝がお話しの最中に太閤殿下が」

「太閤殿下が？」

思わず問い返すと弟が頷いた。

「それに関白殿下、左府、右府、内府、それに相国が参内したのです」

「なんと……」

偶然か？　いや、宮中の重臣が、それに相国が加わっているのだ。それは無いな。

「麿が今帝は院とお話し中だ。余人を近付けるなと命じられていると言うと帝は自分達が来る事を御存じだと関白殿下が」

「そうか」

やはりそうか。深夜密かに話し合ったという事は話の内容は皆には知られたくないという事だ。一体何を話したのか……。鍵は相国だな。相国が加わっているという事は戦が関係している？　直に天下統一だ。となれば天下の仕置きに関してかもしれぬ。

「一刻半ほど、話し合っていたと思います。途中、二度麦湯を所望されました」

一刻半か、二度の麦湯……。

「太閤殿下、関白殿下、左府、右府、内府、相国が下がられてからも帝と院は半刻ほどお話しされています」

合わせれば二刻ほども話し合っていた事になる。

「話の内容は？　帝にお訊ねしたか？」

「それとなくお訊ね致しましたが……」

弟が首を横に振った。頼りないとは思わなかった。簡単に話せる内容なら深夜に集まったりはしない。

「忍んだ方がよろしゅうございましたか？」

弟が上目遣いでこちらを見ている。

「愚か者！　左様な事をして発覚すれば何とする。御信任を失うのだぞ」

「はい」

叱責すると項垂れた。これだからこの弟は……。何時か失敗をするのではないかとヒヤヒヤするわ。万里小路の家に養子に出したのは良かったのか悪かったのか……。

「太閤殿下、関白殿下達だが参内の前と後で様子が違ったか？」

問い掛けると弟が〝さて〟と首を傾げた。

「うろ覚えではおじゃりますが参内の前は表情が明るかったような気が致します。麿が驚いているのを面白がっていたのかもしれませぬが……」

「では参内の後は？」

「皆様、厳しい表情をしておじゃりました」

「喋らなかったか」

弟が〝はい〟と頷いた。参内前のものに比べれば弟の返事は迷いが無かった。余程に印象に残ったのだ。話し合いは相当に揉めた、或いは予想外の方向に進んだのかもしれぬ。院が残り帝と話したのもそれが理由だろう。二人だけで半刻、一体何を話したのか……。

「相国の様子は？」

「さあ、特には……」

首を傾げている。

「印象が無いか」

「はい」

この辺りが頼りないのよ。滅多に参内しない相国が深夜に参内したのだ。誰よりも先ず相国に関心を持たねばならぬのに……。右大弁、蔵人頭。直に参議に昇進する。出世街道を歩んでいるというのに……。

「院、帝の御様子は？」

「院は……、そう、お帰りになる途中で含み笑いを漏らしましたな」

含み笑い？　弟も困惑している。

「間違いないのか？」

「はい」

「帝の御様子は？」

「お悩みのようでした」

即答した。ふむ、どうもおかしい。院が含み笑いを漏らしたというのはどういうことだ？　他の方々とは反応が違い過ぎる。〝兄上〟と弟が私を呼んだ。困ったような表情は変わらない。

「何か？」

「帝に冊子が献上されたようにおじゃります」

「冊子？　間違いないのか？」

「はい、あのような冊子、見た事がおじゃりませぬ。院がお帰りになった後、帝はそれに目を通しておられました」

それだな、その冊子が鍵だ。献上したのはおそらく相国だろう。余程の大事が記してある筈だが……。

「何が記してあるのだ?」

〝分かりませぬ〟と弟が首を横に振った。やはり無理か、簡単には見られぬらしい。

「帝は冊子を夜御殿にまでお持ちになりました」

なんと、寝所にまでか……。思わず溜息が出た。


禎兆七年(一五八七年) 八月下旬　山城国葛野・愛宕郡　平安京内裏　正親町上皇

常御所に誠仁を訪ねると誠仁は人を遠ざけ一人で物思いに耽っているところだった。手には冊子を持っている。はてさて、困ったものよ。

「良いかな?」

声を掛けるとハッとした様子でこちらを見た。

「父上」

「今日も暑いの」

「はい、暑うございます」

傍に寄り腰を下ろした。誠仁は困ったような表情をしている。

「宮中で噂になっているそうじゃぞ。相国達が深夜に参内して以来、そなたの表情が優れぬと。皆、一体何を話したのかと興味津々らしい。西園寺権大納言、飛鳥井准大臣が教えてくれた」

「左様でございますか」

「今もそれを見ていたのか？」

冊子を指し示すと誠仁が苦笑を浮かべた。

「見ていました。見終わってからは色々と考えていたのですが途中からはぼんやりしていたと思います」

誠仁が冊子を脇に置いた。深夜に参内した相国が置いて行った冊子だ。日本に入って来る物の流れ、銀の流れを記した物だと言っていた。自分も見たが日本は豊かに成ったのだと驚くと共に実感した。冊子には南蛮、明がその富を狙うだろうと書かれていたが素直に頷けた事を覚えている。

「その冊子の事も噂になっておる。常に傍に置き片時も離さぬ。その冊子について問うても何も答えぬと」

誠仁が困ったような笑みを浮かべた。

「頭弁が二度ほど訊ねてきました」

「そうか。……悩んでいるのか？」

「そうでは有りませぬ。自分が無知である事に嫌気がさしていたのです」

「……嫌気か」

誠仁が〝はい〟と頷いた。

「私は相国が天下を統一すればもう心配する事は無いと思っていたのです。明や朝鮮、琉球、南蛮の事はそれほど意識していなかった。天下泰平、乱世は終わり皆が安心して暮らせると思っていたのです。でもそうではなかった。戦が近付いております。南蛮か、明か。大きな戦になりましょう。それも知らずに親書の事で不満を持つとは……。私はなんと愚かな事か……」

「……已むを得まい。そなたは知らなかったのだ。知る術(すべ)も無かった。だが今は知っている。それが大事であろう」

「はい」

誠仁は頷いたが力が無い。困ったものよ。

「私も何も知らなかった。そのままなら異国が攻めて来るまで何も知らなかった筈じゃ。驚いたであろうな、慌てた筈じゃ。元寇の時も同じであったのかもしれぬ。何度か元から朝貢せよと国書が届いた。だが幕府も朝廷もそれを無視した。戦になった途端慌てふためいたと聞いている」

「……」

「日本は四方を海に囲まれておる。海を越えて異国が攻めてくるとは中々考えられぬのであろう。そうは思わぬか?」

「かもしれませぬ」

地続きの国が有ればそうはいくまい。必ずその国を危険視する筈だ。そして備えを置く。ふむ、日本が国の内で長く争ったのも地続きの国が無かったからかもしれぬ。いや地続きの国が有れば滅んでいたやもしれぬな。その事を言うと誠仁が驚いたような表情を見せてから頷いた。

「そう考えると相国には驚かされるわ」

「はい」

「視野が広い。国の内だけではない、外も見据えている。そして未だ見えぬ戦に備えている。相国が戦上手である事は知っていたがここまでとは思わなかった。頼もしい限りよ。そなたは未だ不安かな？」

問い掛けると誠仁が苦笑しながら〝いいえ〟と答えた。

「あの者、戦を避けるのなら明に服属する手も有ると申しました。私がそれを望んでいないと知っていながら言ったのです。私が怒っても怯まずに国の大事だと言いました。あれは阿諛追従(あゆついしょう)の徒では有りませぬ。国の行く末を心から案じる者です。国を混乱させる事は致しますまい。信じて良いと思います」

「善きかな、善きかな。それで、親書の件は如何する？」

問い掛けると誠仁の表情が歪んだ。

「受け入れようと思います」

「ふむ、受け入れるか」

「はい。明や南蛮の事を考えれば先ずは受け入れ天下の統一を優先するべきでしょう。そして明、南蛮の動きに備える。親書を拒絶すれば琉球との戦も生じます。得策とは思えませぬ」

「私もそなたに同意する。親書は受け入れるべきだと思う。だがそなたは納得はしておらぬな。決断はしても心の奥底に屈託が有ると見た。そなたが真に悩んでいたのはその事ではないのか？　違うかな？」

「……」

誠仁が顔を伏せた。

「申してみよ。心が軽くなるぞ」

「……親書の宛先は私ではありませぬ、相国です。私は帝であるのに親書を受け取れません。琉球は明を憚れて私を無視するのです。何と惨めな事か。漸く天下も安定し朝廷もかつての栄華を取り戻しつつあります。それでも私は弱くて惨めな存在なのです。その事を思うと……」

「苦しいか」

誠仁が〝はい〟と頷いた。

「それにこの問題は公家達にも話さなければなりませぬ。公家達が如何思うか……。それを思うと憂鬱です」

「良いのう。そなたには矜持が有る。だがその矜持に振り回されて国の大事を誤らぬだけの心の強さが有る。真に良い」

誠仁が顔を背けた。

「そのような事はありませぬ。今も苦しんでおります」

「ははは。そうじゃのう。そなたは面目が立たぬと苦しんでいる。ならば私がそなたの面目を立ててやろう」

「父上……」

誠仁がぽかんとしている。その事がおかしかった。

「琉球は何故そなたに親書を出せぬのだ？」

「それは……、明に臣従しているからです」

「そうじゃのう。そなたは誰かに臣従しているのか？」

「いいえ、そのような事はありませぬ」

「うむ。つまりそなたと琉球王ではそなたの方が立場は上だ。そうであろう」

「はい」

誠仁が頷いた。

「ならばじゃ。琉球王はそなたが自ら相手にしなければならぬ者なのか？　王とは名乗っているが他国の臣下じゃぞ」

「……」

誠仁が目を瞠っている。考えた事も無かったらしい。

「他国の臣下なればこそそなたにではなく相国に親書を認めたとも考えられるではないか」

「なるほど、確かに」

誠仁が二度、三度と頷いた。

「公家達には琉球は明に臣従している国なれば自ら相手にする者に非ず。相国に対応を任せたと言えば良いわ」

「はい」

「どうじゃ、そなたの面目も立ったであろう」

「はい。そのような事、考えた事も有りませんでした。なんと迂闊な」

誠仁が嬉しそうに顔を綻ばせている。

「ははは、こういうのを年の功と言うのよ。詭弁では有るが理はこちらに有る。誰も否定出来ぬ。そうであろう」

「はい」

「だがの、いずれは詭弁では無くなるやもしれぬ」

誠仁がジッと私を見た。

「……明に勝った時でございますか？」

「そうじゃ。明と戦になった時、そして明の兵を討ち破った時じゃ。誰もが今は日本よりも明の方が上と見ていよう。しかし日本が勝てば日本は明と対等以上に戦う者となる。そうなれば周辺の国々も日本を、そなたを無視出来なくなる。その時、一体どんな国書を寄越すか……」

「なるほど」

誠仁が大きく頷いた。

「楽しみじゃの」

「はい、楽しみにございます」

何時か、何時かそんな時が来る。誠仁の前に何人もの他国の使者が頭を下げる日が。そして誠仁が使者達を満足そうに見下ろす日が。出来る事ならその日をこの目で見たいものよ……。

「さて、近衛達を呼ばねばならぬな」

「はい」

「公家達にも諮らねばならぬ」

「諮るのでございますか？」

誠仁が驚いている。おかしくて笑ってしまった。

「これだけの大事じゃ。我らだけで決めたとなれば不満が募ろう。諮れば不満も消える」

「それはそうですが……」

誠仁が訝しんでいる。

「気が進まぬか？」

「煩い事を言う者も居るかもしれませぬ」

「はははは、そうじゃのう。国の大事じゃ、居るかもしれぬ」

「父上」

誠仁が困った表情をしている。困った父親だと思ったか。それも良いわ。この問題が起きてから誠仁と話し合う機会が増えた。苦しんでいる息子を助ける。それも楽しい。

「陣定を行えば良かろう。あれは意見を出す場じゃ、意見を纏める場ではない。決めるのはそなたじゃ」

「なるほど、陣定ですか」

誠仁が大きく頷いた。

「しかし父上、陣定は随分と前に絶えて久しく行われていませぬぞ」

「復活させれば良かろう。国の大事、皆の意見を聞きたいと言ってな」

「なるほど」

「まあ、事前にそなたが如何考えているか、それとなく頭弁に匂わすのじゃな。大喜びで話す筈じゃ。そなたの意向を知れば公家達も煩い事は言うまいよ」

皆が先例を調べるので大騒ぎであろうな。ふふふ、琉球の使者の謁見を思い出すわ。公家達も自分達は疎外されていないと満足しよう。意見を言う前にそれだけで満足するかもしれぬ。まあ、それが大事よ。


禎兆七年（一五八七年）　八月下旬　　山城国葛野・愛宕郡　　近衛前久邸　　近衛前久

「陣定？」

相国が妙な顔をした。

「知らぬかな？」

「いえ、そのような事は有りませぬが……」

「まあ、疑念を持つのは分かる。あれが流行ったのは五百年も前の事、御堂関白と謳われた藤原道長公の頃じゃ。今では廃れた」

話していうちにおかしくなって笑うと相国も〝そうでしょうな〟と笑った。この辺り、普通の武家なら知るまいな。やはり二代に亘って公家の血が入っているからかもしれぬ。朝廷の事に妙に詳しいと驚く事が有る。

「これだけの大事じゃ。一部の者だけで決める事は出来ぬ。皆で話し合ったと形を作らねばの。それで陣定よ」

「なるほど。道理でございますな」

陣定とは院も上手い手を考えるわ。聞いた時には思わず膝を叩いたものよ。

「皆大騒ぎじゃ。過去の前例を調べておる。謁見の時と同じじゃ」

「では皆様お楽しみという事で」

相国が含み笑いを漏らしている。

「そういう事でおじゃるの。それだけで不満など吹き飛ぶわ」

二人で声を合わせて笑った。疎外されていると思うから不満が募るのよ。形だけでも参加したとなれば納得するわ。まあ、そういう意味では相国がこちらに親書の判断を委ねたのも悪くない。朝廷を上手く使うわ。こちらも公家達を上手く使わねばならぬ。

「陣定の上卿は左大臣でしたな」

「うむ」

「では左大臣も慌てていましょう」

「なに、左府は主催するだけじゃ。慌てているのは頭弁でおじゃろう。発言の内容を記さなければならぬ」

相国が〝なるほど〟と頷いた。まあ、万里小路家は代々頭弁を輩出してきた家だ。それに実兄の勧修寺権大納言も居る。問題は無かろう。

「今日も暑いの」

蝉が喧しく鳴いている。麦湯を一口飲んだ。相国も一口麦湯を飲んだ。

「御蔭で今年は豊作のようです。百姓達は喜んでおります」

「……なるほど、喜ばしい事でおじゃるの」

相国が〝はい〟と頷いた。豊作か……。そのような事、気にもしなかった。朝廷が政から離れて久しい。なるほど、疎くなる筈よ。

「しかし大丈夫でございますか？　余りに無責任な意見が出ては困りますが」

相国が首を傾げている。

「なあに、あれは意見を言うだけで決める場では無い。意見を基に判断を下すのは帝じゃ。案ずるには及ばぬ」

「ですが反対意見が多くては帝も決め難いのでは？　無視しては後々の反発も厄介なものになりましょう」

ほう、流石よ。そこまで読むか。

「まあその事はこちらも認識しておじゃる。という事での、事前に噂を流した」

「噂？　帝は親書を受け取る事を望んでいると？」

「そうじゃ。宮中はその噂で喧々囂々よ。皆思い思いに騒いでおる。先例も調べねばならぬしの。大忙しよ」

「なるほど。……明、南蛮の事は？」

相国がこちらを覗き込むように問い掛けてきた。首を横に振った。

「そこまでは無理じゃ。事が広がり過ぎる。皆も判断出来まい。此度はあくまで親書を受け取るか否か、それだけを議する事になる」

相国が頷いた。

「左様ですな。それが宜しいでしょう。しかし先の事はどう変化するかは分かりませぬ。院、帝は元より太閤殿下、関白殿下、三公の方々にはその時のために備えて頂かねばなりませぬ」

「そうでおじゃるの」

二人で顔を見合わせて頷いた。何時かはその日が来る。一体如何いう形でこの国に危難が迫るのか……。

「これからは陣定が増えるやもしれませぬな」

相国が宙を見て呟いた。

「そうかもしれぬの」

いや、確実に増えるだろう。相国が朝廷を重視する姿勢を見せれば見せるほど、朝廷は形だけにしろ決断を迫られる事になる。公家達から不満が出るかもしれぬの。無視された方が楽だと……。

「ふふふふふ」

「如何なされました？」

相国がこちらを訝しげに見ている。

「無視されるのは辛いが決断を迫られるのも楽では無いと思ったのよ」

相国が苦笑を浮かべた。

「已むを得ませぬ。これから五十年から百年、この国を取り巻く環境は激変しましょう。それを無視する事は出来ませぬ。国の大事にございます」

溜息が出た。

「五十年から百年か……。麿は生きておじゃらぬの。見届ける事は出来ぬ」

「某も生きてはおりますまい。しかしここ十年から二十年、国をどのように動かすかで先行きは変わると思います」

「なるほど、十年から二十年か……」

その十年から二十年で明、南蛮との戦は起きるのだろう。その事を問うと相国が〝はい〟と頷いた。

「ふふふふふ、見届けなければの」

「はい、まだまだ死んでもらっては困りますな。この国は殿下の御力を必要としているのです」

「ふふふふふ、嬉しい事を言う。そなたは人使いが荒いの」

「家臣達にも良く言われまする」

いかぬの、笑いが止まらぬ。今年五十二歳になった。二十年なら七十二歳か。厳しいが不可能ではあるまい。

「ならば今少し、意地汚く生きようか」

「はい」

二人で声を合わせて笑った。未練かもしれぬ。しかしこれほど楽しい見物はあるまい。見ずには死ねぬわ。


禎兆七年（一五八七年）九月上旬　　近江国蒲生郡八幡町　　八幡城　　朽木小夜

「朝廷と色々と決めなければならない事が有るのだが思ったよりも日数が掛かりそうだ。今暫く京に滞在する事になるだろう。まだまだ暑い日が続く。皆々暑さに負けぬよう気を付けるようにして欲しい。特に幼い子らにはよくよく注意するように。こちらは元気だから心配は要らない。戻った時には皆の元気な顔が見たいと思っている。大殿からの文にはそのように書いてあります」

私が大殿の文を読み上げると彼方此方から溜息が聞こえた。

「今暫く……。大殿は未だお戻りにはならないのですね」

「寂しゅうございます」

桂殿、夕殿が力の無い声で言うと他の側室達が頷くのが見えた。

「槇島城に行きとうございます」

篠の言葉に〝私も〟という声が幾つか続いた。

「それはなりませぬ。槇島城には御重臣方も同道されています。皆様お一人です。大殿だけ女人を呼んでは皆が不満に思うでしょう」

「雪乃殿の言う通りです。大殿もそのような事は望みますまい」

雪乃殿と私の言葉に皆が不承不承に頷いた。困った事。槇島城には豊千代の母が居る、大殿を独り占めにしていると思っているのだろう。

「大殿は遠くに居るのでは有りませぬ。直ぐ傍の京に居ます。それに戦をしているわけでも無い。文には今暫くとは書いてありますが決める事を決めれば直ぐにお戻りになるでしょう。文に書いてあった通り、暑さに注意して大殿のお戻りを待ちましょう。戻って良いですよ」

皆が〝はい〟と頷き、そしてぞろぞろと席を立つ。雪乃殿だけが残った。はて……。

「何かありましたか？」

「ええ、娘から文が届きました」

文？

「鶴殿ですか？」

問い掛けると雪乃殿が頷いた。

「だいぶ混乱しているようです」

「……」

「琉球の親書をどう扱って良いのか決めかねているようだと。太閤殿下、内大臣様が話していたそうです」

「そうですか……」

雪乃殿が〝はい〟と頷いた。困った事。大殿の京での滞在は思ったよりも長引くのかもしれない。その分だけ皆の不満は募るだろう。

「娘にも如何思うかと太閤殿下が訊いたそうです」

「まあ、鶴殿はなんと？」

雪乃殿が困ったような表情を見せた。

「親書を受け入れるべきだと答えたそうです。受け入れられぬのなら琉球を攻め滅ぼすべきだと」

「まあ」

声を上げると雪乃殿が益々困ったような表情を見せた。

「困った娘にございます。太閤殿下、内大臣様には随分と驚かれたそうで……。武家の娘は乱暴だと思われたでしょう」

「ほほほほほ、鶴殿は雪乃殿よりも大殿に似たのかもしれませぬ」

「笑い事ではございませぬ。女子らしくないと思われるのではないかと心配です。折角朽木家と近衛家を強く結び付けるために嫁に出したというのに」

雪乃殿が溜息を吐いた。

「心配は要りますまい。飛鳥井家からは夫婦仲は円満だと文が届いています。それに太閤殿下は大層鶴殿を気に入ったようだと」

「それなら宜しいのですが……」

また雪乃殿が溜息を吐いた。

「それにしても混乱しているというのは困った事ですね」

「はい。朝廷が政の実権を失ってから久しゅうございます。いきなり決めろと決断を迫られても上手く対応出来ないのかもしれませぬ」

二人で顔を見合わせて頷いた。決断を下すという事は責任を負うという事でも有る。長年飾り物であった朝廷には荷が重いのかもしれない。

「鶴殿が思い切った事を言うのもそれ故では有りませぬか。歯痒く思って太閤殿下、内大臣様に早く決断するべきだと迫った……」

「かもしれませぬ。娘の文からは多少そのような想いが読み取れました」

やはりと思った。鶴殿は大殿を見て育った。鶴殿にとって大殿は強く頼り甲斐のある存在だっただろう。どうしても比較してしまうのかもしれない。

「雪乃殿、鶴殿にあまり案じぬようにと伝えて下さい。大殿は京に重臣達と共に滞在しています。長期戦になる事を想定しての事でしょう。或いは朝廷に決断させる。それが大事だと見ているのやもしれませぬ」

雪乃殿が私をジッと見た。

「これからは決断を迫る事が増えると御台所様はお考えですか？」

「ええ、増えるだろうと思います。大殿もそうお考えなのだとは思いませぬか」

「思います。私も増えると思います」

大殿は朝廷を重視する姿勢を見せている。これまでは朽木の権威を確立するために朝廷の協力が必要だった。だが天下統一が間近に迫ってもその姿勢は変わらない。大殿は天下を統一した後、何らかの形で朝廷を政に関与させようと考えているのだろう。だとすれば今回はその試金石なのかもしれない。その事を言うと雪乃殿が大きく頷いた。

「大殿は果断な御方ですが待つという事も良く御存じです。娘にはその事も伝えましょう」

「ええ、そうして下さい。大殿が朝廷を重視するのなら近衛家との協力は絶対に必要です。鶴殿にはしっかりと朽木と近衛を繋いで貰わなければなりませぬ」

飛鳥井家を通しての繋がりを持つ家は幾つかある。だがそれだけでは不十分だ。これまでは武家の有力者に大殿の娘を嫁がせてきた。でもこれからは朝廷の有力者に嫁がせる事が重要になるのかもしれない。

禎兆七年（一五八七年）　九月上旬　　周防国吉敷郡上宇野令村　　高嶺城　　毛利輝元

「京に居られるのか」

文を読みながら思わず声が出た。忙しいのだと思った。だがその忙しい中で相国様はこちらの事を気遣ってくれる。有り難い限りだ。こういう気遣いは私も学ばねばならぬな。忙しいから後回しではない。忙しいからこそ率先して下の者を気遣う。そうでなければ下の者から信頼されぬ。

天下は動いているのだと思った。琉球が服属を願い出てきたか……。天下統一はまだ先だが琉球は相国様を懼れている。あるいは頼り甲斐が有るとも見ているのだろう。琉球が服属したとなれば次は朝鮮だな。だがこちらは簡単には行くまい。対馬の件も有る。相国様も厳しいと見ていた。さて、どうなるか……。

「よろしゅうございますか？」

声を掛けてきたのは妻の南の方だった。廊下からこちらを伺うように見ている。文を畳んで横に置く。〝構わぬぞ〟と声を掛けると部屋の中に入ってきた。

「如何した。何ぞ用か？」

「いえ、そうではございませぬ。ですが何やらこちらから唸り声が聞こえてきましたので」

思わず苦笑いが出た。顔が熱い。妻がチラリと文を見た。気になるのだと思った。もしや女子からの文と疑っているのだろうか？

「唸っていたか？」

「はい。向こうまで聞こえましたぞ、それも二度」

「二度か。それは困ったのう」

妻が〝ほほほほ〟と笑い出した。私も一緒に笑った。どうやら女子からの文とは思っていないようだ。ホッとした。

最近の妻は良く話し掛けてくる。昔のように私を見て顔を背ける事も無くなった。前の戦で豊前一国を頂いた。その事で私を認めたらしい。そして周囲も私を認めるようになった。

「貴方様は隠し事が出来ませぬな」

「人間の底が浅いのだろう」

妻がクスッと笑った。

「昔は貴方様が嫌いでした。一人では決断出来ずおどおどしていた。この人が夫かと思うと情けなく思ったものでございます」

「そうであろうな。私自身、そんな自分が嫌だった」

妻が〝左様でしたか〟と言った。

「お辛かったのでは有りませぬか？」

「辛かった。そして寂しかった。私は何時も一人だった」

周囲には人が居た。そして皆が私に決断を求めた。何をしている、早く決断しろ。口には出さなかったが目で私を責めた。だが判断を間違えれば家を潰しかねぬ。その思いが私を躊躇(ためら)わせた……。私は決断を求められる事に怯えていたのだろう。当主の仕事は決断する事だ。それが出来ぬ以上、無能と責められても仕方が無い。その事を言うと妻が一つ息を吐いた。

「申し訳ありませぬ。貴方様の苦しみを私は察する事が出来ませんでした。労わる事も……」

「良いのだ。言ったであろう？　私自身、そんな私が嫌だったと」

「今は違いますな。貴方様は変わられました。少しずつですが決断していくようになった。何がございました？」

「何がか……。そうだな、慣れたのかもしれぬ」

妻が頷いた。本当は違う。慣れたのではない、開き直れたのだ。

田布施川の戦いで龍造寺勢に押され味方は劣勢だった。皆が後退を勧めた。正直怖かった。留まれば死ぬかもしれぬと思った。だが後退すれば何も変わらぬだろう。一人では何も出来ぬ男だと蔑まれるだけだ。だから死ねば良いと思った。皆に戦えと命じているのだ。自分だけ逃げてどうする。皆死ね、お前自身も死ねと……。この首を求めて迫ってくる敵を見ながらそう思った。

あの恐怖に耐えたから決断する重みに耐えられるようになった。命までは取られまいと開き直れるようになった……。もしかすると私は当主として一番大切な覚悟を持つ事が出来たのかもしれぬ。

「如何なされました？」

「うん？」

「何やら楽しそうな」

妻が訝しげに私を見ている。正直に覚悟を持つ事が出来たと言うのは気が引けた。恥ずかしかった。

「直にな、朽木家から銭が来る。米もな」

「まあ」

「銭は三千貫だ」

「三千貫？　真でございますか？」

妻が目を瞠って驚いている。滅多に見せない表情だ。大きく見開いた目が可愛いと思って顔が熱くなった。

「真だ。相国様から文が来た」

「ですが何故？」

「うむ。九州は野分で大きな被害を受けた。毛利も豊前は酷い損害が出ている。直方川(のおがたがわ)、山国川等が溢れたからな。田畑だけではない、家屋も流された者が少なくない。その見舞金だ。復興のために使えとな。後で米も送るから余り百姓達から税を重く取るなという事であった」

妻がまた〝まあ〟と言った。

「毛利だけでは無いぞ。九州の者達は皆五百貫の銭と米を受け取る事になった。皆喜んでいるだろう。毛利は三千貫だが、まあこれは領地が大きいからな」

「驚きました。まさか朽木家から援助があるなんて……」

「そうだな、信じられぬ事だ」

妻が頷いた。領地を頂いた以上、その領地で何が起きようとそれは領主が対応しなければならぬ。これまではそうであった。妻が驚くのも無理は無い。

「野分の被害を重く見ているのでしょうか？　それとも新たに九州に領地を貰った者から援助の要請が有ったのでしょうか？」

「さあ、どうであろう。対馬の事も有る。朝鮮に付け込まれぬよう九州をしっかりと押さえるという意味は有るだろうな。昼餉を差し上げた時もだいぶ朝鮮の事を気にしておられた。そなたも覚えているだろう」

「はい」

「それに天下統一を目指す相国様にとって残るは関東から奥州だ。攻める前に西を安定させようとした。そんな狙いも有るのかもしれぬ」

「確かに」

妻が頷いている。妙な気分だった。妻とこんな話をする日が来るとは……。

「しかしな、御方。相国様は此度の援助を例外とするつもりは無いらしい」

「それは一体……」

妻が困惑している。

「災害が起きた時は援助する。そういう制度を作ろうとお考えらしいのだ」

妻が〝ホウッ〟と大きく息を吐いた。

「そのような事、可能なのでございましょうか？　朽木家が裕福で有る事は分かっております。しかし銭には限りが有りましょう。幾ら何でも……」

妻が首を横に振った。

妻の言う通りだと思った。鎌倉の幕府も足利の幕府もそんな事はしなかった。出来なかったのだ。相国様にそれが出来るだろうか？　出来るとは思えない。しかしもし出来たら……。妻が〝ほほほ〟と笑い出した。おかしそうに私を見ている。

「如何した？」

「また唸っておられますよ」

「う、そうか」

「はい」

「困ったのう」

「はい」

二人で声を合わせて笑った。出来るとは思えぬ。しかしもし出来たら……。

「御方」

「はい」

「天下は変わるぞ」

妻がジッと私を見た。

「……先程の援助の事ですか？　貴方様は出来ると思うのでございますね」

「分からぬ。私には出来ない。だが出来ないと思った事をしてきたのがあの方だ。そうではないか？」

妻が〝それは〟と言って一つ息を吐いて頷いた。出来ない事をしてきたから天下人になったのだ。天下人を常人と思ってはなるまい。

「もし、そのような制度が出来れば相国様の威は天下の隅々にまで及ぶだろう。武の力ででは無い、政の力でだ」

武家の力は武が全てだった。それが変わるのだ。天下は間違いなく変わる。

「それにな、琉球が服属を申し出てきたそうだ」

「なんと！　真でございますか？」

妻の声が裏返っている。心底驚いているのだと思った。

「真だ。その事で相国様は京に居られる。朝廷と色々と話しているそうだ」

「なんと……」

妻が溜息を吐いた。気持ちは分かる。相国様が琉球を服属させたいと考えているのは分かっていた。しかしこんなにも早く実現するとは……。

「琉球が服属したとなれば次は奥州攻め、そして朝鮮との交渉という事になる」

「朝鮮との交渉、上手くいきましょうか？」

妻が不安そうな表情をしている。

「分からぬ。交渉が拗れれば戦という事も有るのかもしれぬ」

口に出して有り得ると納得している自分が居た。対馬、宗氏の事も有る。拗れる要素は十分に有るのだ。戦か、戦となれば位置的に毛利が先陣という事になるだろう。準備を怠る事は出来ぬな。後で叔父達に諮らねば……。

「どれ、広間に行くか。皆に援助の事を教えねばならぬ」

「左様でございますね」

「それに恵瓊には京に行って貰わねば」

「御礼の使者でございますか？」

「それも有るが弓の婚儀で公家の方々と繋がりが出来た。そちらに挨拶回りをして貰う。色々と話を聞けるだろう。こういう縁は大事にしなければな」

妻がクスクスと笑い出した。

「やはり貴方様は変わりました」

「そうかな」

「はい、立派な毛利家の当主にございます」

妻が私を面白そうに見ている。顔が熱くなった。〝行ってくる〟と言って席を立った。恵瓊には近江にも行って貰わなければならんな。それに銭が来るのだ。九州の被害の復興の手順を今一度検討しなければ……。

禎兆七年（一五八七年）　九月上旬　　山城国葛野・愛宕郡　　平安京内裏　　勧修寺晴豊

「絶えて開かれなかった陣定が催された事に驚いている者も居ると思う。皆も知っての事と思うが琉球王から親書が来た」

左府の言葉に参列している皆が頷いた。

「親書の内容は琉球が日本に服属するというものでおじゃるが親書の宛先は帝ではない。相国だ。琉球も朝鮮も明に服属している。帝に直接親書を出すのは差し障りが有るのだ。相国はこの親書を受け取るか否か、帝の御判断に従うと言っている。おそらく、これは琉球だけではない、朝鮮でも同じ問題は起きるだろう。帝は皆の意見を聞きたいとお考えだ」

左府が一座を見回し〝始めよ〟と言った。皆の視線が参議正親町三条公仲に集まった。正親町三条宰相が迷惑そうに顔を顰めると咳払いをした。

「参議正親町三条公仲が申し上げまする。親書は受け取るべきかと思いまする。琉球は明に服属しているのならば他国の臣下という事になりましょう。帝が直接相手にするべき者とは思えませぬ。親書が相国に宛てた物というのはむしろ好都合。帝に宛てた物であればこれは断固として受け取る事は出来ませぬ」

言い終わって正親町三条宰相が威儀を正した。何人か頷いている。弟の万里小路充房が紙に発言の内容を記していた。頭弁である弟は陣定で発言する権利は無い。だが皆の意見を取りまとめ奏文としてそれを摂政、関白、帝に提出する役目がある。

正親町三条宰相の言った事は宮中に流れている噂そのものだ。噂を流したのは弟の万里小路充房だが帝の意を汲んでの事。帝はそういう形で琉球の服属を受け入れようとしているのだろう。この場を設けたのは公家達に何も聞いていないと不満を言わせないためだ。そして陣定ならば結論は出さない。結論は帝が出す。皆も意見が言い易いと思ったのだろう。正親町三条宰相も意見を言うのは楽だっただろう。

陣定では下位の者から発言する。古くは上位の者から意見を言ったらしい。だが上位の者から意見を言うと下位の者が自由に発言出来ないという理由で下位の者からの発言になった。もっともその所為で下位の者は上位の者達が何を考えているのかを必死に探ろうとしたという。上位者を怒らせては出世に響くという事だろう。自信が無い時は陣定を欠席する事も有ったようだ。陣定への出席は自由だったから参列者が少ない陣定がしばしば有ったと聞く。

「参議花山院定熙も正親町三条宰相と意見を同じくします。琉球の親書を受け取るべきでおじゃりましょう。他国の臣下ではおじゃりますが日本に服属すると申し出ているのです。真に喜ばしい事かと思いまする」

花山院宰相が嬉しげに言った。これにも何人か頷いている。その後、参議が何人か親書を受け入れるべきだと言った。このまま親書を受け入れるという者が続くのだろう。弟も書く事が無くて詰まらなそうにしている。

「権中納言正親町季秀は親書を突き返すべきかと思いまする」

正親町権中納言が発言したのは参議の発言が終わり権中納言が何人か発言した後だった。ざわめきが起こった。正親町権中納言が周囲を見回すとシンとした。

「親書は帝に対して出されるべきものでおじゃりましょう。その上で帝が応対する者に非ずとなれば相国に親書を下げ渡し応対させるべきかと」

なるほど。一理あるが突き返せば琉球との国交は途絶えるだろう。帝が親書を受け入れたいと考えているのも突き返せば国交が途絶えるからだが……。

「弟の言う通りかと思います」

正親町権中納言に賛同したのは実兄の権中納言庭田重具だった。

「相国は天下人ではおじゃりますが臣下。この国の頂点は帝、親書は帝に出すべきでおじゃります。これほどの無礼はおじゃりませぬ。帝に対して親書を出す様に命じそれに従わぬのなら無礼を咎め兵を出して琉球を討つべきでおじゃりましょう」

〝兵を出す?〟、〝何という事を〟と幾つもの声が上がる。

「相国は十万の兵を動かします。不可能ではおじゃりますまい」

庭田権中納言が発言するとシンとした。皆が固まっている中で弟の頭弁が懸命に紙に書いている。その姿が滑稽だった。しかしこの二人、示し合わせて来たな。

「権中納言広橋兼勝は親書を受け取るべきと思いまする」

広橋権中納言が発言すると正親町権中納言、庭田権中納言の兄弟が不愉快そうに広橋権中納言を見た。

「今兵を出すという意見が出ましたが琉球、朝鮮は明に服属しておじゃります。一つ間違えば日本は明と戦う事になりましょう。兵は不祥の器、君子の器に非ずとも言います。国を危うくするような事をするべきではおじゃりませぬ」

広橋権中納言の言葉に彼方此方から同意の声が上がった。特に下位の参議達からの声が多い。自分達の意見が正親町、庭田の二人に否定されたようで面白くないのだろう。どれ、次は私だ。

「権大納言勧修寺晴豊が申し上げまする。磨も親書を受け取るべきかと思いまする。天下統一を前に国の外に兵を出すのは避けるべきでおじゃりましょう。先ずは天下を統一し国を安定させるべきかと思いまする。そのためにもここは親書を受け取るべきかと。国と国との関係は後々変える事も出来ましょう」

私の意見にも同意の声が上がった。これであの二人の意見は少数派という事になる。上の方々は既に帝から相談を受けている。帝の意に反する事を言うとは思えぬ。帝も親書を受け取ると決め易い筈だ。

正親町権中納言、庭田権中納言の兄弟を見た。不愉快そうな表情をしている。まあ正親町家も庭田家も家格は羽林だ。武張った事を言わねばと思ったのかもしれぬが賢いとは言えぬな。上位者を怒らせては出世に響くという先人の知恵を忘れたと見える。権大納言への昇進は当分先だろう。

民が見えておらぬ者

禎兆七年（一五八七年）　九月上旬　　山城国葛野郡　　一条邸　　朽木基綱

「随分と京に居られますが？」

「決めなければならない問題が有りますので……」

「殿方は大変です事。ですが宜しいのですか？」

「……」

悪戯っぽい笑みを浮かべて俺を見ているのはこの屋敷の女主人、春齢内親王だ。俺と同い年だから四十歳に近いのだが未だ二十代後半ぐらいに見える。可愛いな。

「最近は左大臣殿も忙しいようです」

「御迷惑をお掛けしております」

「お気になされますな、それが仕事ですから。それに相国様も大変な筈」

そう言うと内親王が柔らかい笑みを浮かべた。いや、まあそうなんだけどね。でも如何なんだろう？　女にとって亭主が忙しいのは嬉しいのかな？　それとも不満？　良く分からん。

「近江では相国様の御帰りを今日か明日かと待ちかねておられる方もお有りなのではありませぬか」

「戦ともなれば半年や一年は留守にする事も珍しくありませぬ。皆、慣れておりましょう」

内親王は〝まあ〟と声を上げた。目を瞠った表情が可愛い。

「武家は殿方だけでは無く女人方も大変ですね」

「……」

なるほど、家臣の事じゃなく女達の事か。確かに帰ると色々と大変なのは確かだ。寂しいと甘えて来るし子供の事の相談も有る。大体十日間ぐらいは表の仕事よりも家族サービスの方に気を遣う。

国書問題は佳境に入った。帝も院も俺が琉球を従属させたいと考えている事は知っている。簡単だとは思っていなかったようだが琉球からは使者が来ているのだ、それなりに順調に進んでいると思っていたらしい。従属は無理でも使者が来れば謁見が有る。朝廷の存在を皆にアピール出来る。それだけでも十分だという思いも有ったようだ。

だから実際に琉球が従属したいと言ってきた事には驚いたし非常に喜んだ。喜んだが親書の宛先は俺になっていると聞いて訝しんだ。不満にも思っただろう。だが太閤殿下達の説明を聞いて帝、院は随分と驚いたらしい。冊封体制の厄介さも有るが明の皇帝が暗愚である事が今回の従属に絡んでいる。明は当てにならない、場合によっては滅ぶかもしれないと琉球は危惧している。その事に吃驚したようだ。要するに帝も院も東アジアの国際情勢を初めて理解したわけだ。驚天動地だっただろうな。

急遽俺が呼ばれた。事を公にしたくないという事で夜中に参内して帝、院に拝謁した。深夜の極秘会談だ、こっちも驚天動地だ。緊張したわ。親書を突き返す事は可能かと問われた。可能だがその場合は日本と琉球の関係は断絶状態になる恐れがある。そうなった時、今は天下統一を優先するが将来的には琉球を征服しなければならなくなる事を理解して欲しいと訴えた。

近年、日本の近海に南蛮の船が現れるようになった。南方では南蛮の勢力下に入った所も有る。日本に隙が有れば当然だが彼らは日本の征服を目指すだろう。その時、根拠地として使われ易いのが琉球だ。琉球を拠点に九州から徐々に北上する。それを防ぐためには琉球を直接日本が支配するか日本に友好的な勢力が琉球を支配している事が必須になる。そしていざという時は琉球を助けられる体制が必要だ。朽木が琉球との関係を重視しているのは交易だけでは無く日本の安全を維持するためでもある。

帝も院も驚いていたな。〝元寇の様な事が起きるか〟なんて言っていた。これまでは国内が統一され安全になればと願っていた。実際に朽木がそれを実行しつつある。朽木は朝廷への奉仕に熱心だ。ホッとしただろう。だが日本国内だけが世界ではないのだ。日本の外にも世界が有る。

史実では琉球は島津に征服された。もし征服されなければどうなっただろう？　ポルトガル、スペイン、オランダ、イギリスの植民地になった可能性が無いとは言えない。そうなれば日本は大騒ぎになっただろう。海防への関心がより早い時点で高まった可能性は十分に有る。むしろその方が日本にとっては良かったかもしれない。黒船騒ぎは起きない。そんな歴史も有り得ただろう。難しいかな？

日本は島国である以上、侵略者は海から来る。その事を理解しなければならない。制海権の確保を何よりも重視しなければならないのだ。帝も院もその事を理解した。日本の安全保障問題に初めて向き合ったと言える。それは俺にも言える事だ。これからは九鬼、堀内、若狭の水軍だけじゃなく九州、四国、瀬戸内の水軍も強化する必要が有る。何より、石山で創らせている水軍を質量ともに充実させなければ……。状況を確認する必要が有るな。後で石山に視察に行こう。自分の目で見るのが一番だ。早急に取り掛からないと……。

その場では答えは出なかった。帝、院の間で何度か話し合いが持たれたようだ。太閤殿下達が呼ばれる事も有ったらしい。そして出た結論が親書を受け入れるだった。琉球は明に従属している以上、他国の臣下である。帝が直接国書の遣り取りをする者に非ず。要するに明の臣下なのだから帝の臣下である俺が書を受け取るのが道理であるというわけだ。

なるほどと思ったわ。これなら帝の面目も保たれる。いや帝の権威がより上がる。帝は琉球王、朝鮮王よりも一段上になるのだ。上手い事を考えるものだと思ったよ。もっとも謁見はこれまで通り続ける事になった。やはりあれは楽しいんだろうな。それと国書については帝が直接受け取る、差し出すのは控えた方が良いんじゃないかという意見も有ったようだ。後々責任が生じる様な事は避けるべきだという事らしい。

まあ面倒な事は皆こちらに丸投げという事だな。不満は無い、君臨すれど統治せず、国の象徴とはそういうものだ。もっとも国書を受け取るのも出すのも俺で良いが必ず帝にもそれを見せるという事を条件に付けた。帝の諒承を得ている、日本国として行うという形式を整えるためだ。そして今、一条左大臣が廟堂で公卿達とどうするかを議論している。帝の御内意も有るのだ。反対する者は居ないだろう。それに陣定だ。決定権は帝に有る。

屋敷がざわめいている。春齢内親王がニコッと笑みを浮かべた。

「戻って来たようですね」

「はい」

すっと彼女が立ち上がった。部屋の外に出て行く。多分迎えに出るのだろう。少しして左大臣一条内基が春齢内親王と共に現れた。

「留守中、御邪魔しております」

座るのを待ってから挨拶すると左大臣が首をゆるゆると振った。

「いやいや、呼びたてたのは当方。待たせたようでおじゃるの」

「左程の事はございませぬ。それで、首尾は如何でございましたか？」

位階は俺の方が上なんだが左大臣の方が宮中では先達だし朝議のトップだ。此処は下手に出よう。宮中の事は公家を立てる、それが原則だ。

「多少煩い事を言う者も居た。親書が帝に宛てられたものではないという事が不満らしい。兵を出して討つべきだと言う意見もあった。しかしこの件は帝の御内意も有る。殆どの者は煩い事は言わぬ。琉球、朝鮮の事は相国が受け持つ事となった。予定通りでおじゃるの」

つまり琉球の服属を受け入れる。俺宛ての親書も認めるという事だ。そしてこの件は朽木が勝手にやっている事では無く日本国としてやっているという事になった。これで後々あれは無効だと言われずに済む。外に向かうには内を固める必要が有るのだ。

「有り難うございまする。では此方にて琉球王への書状を認めまする」

「うむ。……それにしても不思議でおじゃるの。妻の縁で相国に土佐の事を頼んだがまさかこのような事になるとは……」

左大臣が溜息を吐いた。

「真に」

俺も同感だ。まさかという思いは俺にも有る。従妹姫の内親王宣下も朽木に利が有る、いずれは嫁ぎ先が朽木の味方になってくれるだろうと思ったから協力した。嫁ぎ先が一条家となった時には素直に喜んだよ。だがその事が俺を土佐から琉球へとずっぽりと関与させる事になった。不思議な事だな。

禎兆七年（一五八七年）　九月上旬　山城国葛野・愛宕郡　平安京内裏　九条兼孝

「今頃は相国も左府より結果を聞いておりましょう。さて如何思ったか。天下統一を優先出来ると喜んだか、それとも琉球を攻め獲れぬと不満を持ったか」

そう言うと太閤殿下が〝ほほほほほほ〟と笑い声を上げた。帝、院が困った様な表情をされている。真、困ったものよ。

「笑い事ではおじゃりませぬ。この問題、拗れれば厄介な事になりました」

太閤殿下を窘めると帝、院が微かに頷かれた。

「拗れればでおじゃろう。だが拗れなかった」

「朝議の場では公家達の中には親書を突き返すべきだ、兵を出して無礼を咎めるべきだと強く主張する者も居たとか。そのように左府から聞いております」

太閤殿下も笑うのを止めた。清涼殿の一角、常御所の中に沈黙が満ちた。帝、院、太閤殿下、私、皆沈黙している。

「確かに厄介な事でおじゃるの。相国は些か強過ぎる。足利とは違う。その分だけ公家達も強気になるのやもしれぬ。良い事なのか、悪い事なのか……」

太閤殿下の言葉に帝、院が頷かれた。足利は弱かった。国内を纏める事も出来なかった。国の外の事など考える余裕は無かっただろう。公家達も今回の様な事が起きても琉球の無礼を咎めて足利に琉球を討てとは誰も言わなかったに違いない。

「まあ何はともあれ琉球は片が付きました。次は朝鮮でおじゃりましょう」

「相国は琉球よりも朝鮮の方が交渉は難しいだろうと言っておじゃった。何と言っても明とは地続きだからの」

「対馬の事もおじゃります」

「そうよの、対馬を忘れてはいかぬ」

皆が厳しい表情をしている。対馬の宗氏が朝鮮に従属していた。となれば朝鮮は対馬を朝鮮の領土と主張してくる可能性が有る。国交だけでなく対馬の帰属を巡る争いにもなろう。場合によっては戦という事も有る。相国が朝鮮との交渉は天下統一後というのもその辺りの事を考えての事であろう。

「太閤、関白、明が滅ぶという事が真に有るのか？」

帝の御下問に太閤殿下と顔を見合わせた。帝は不安そうになされている。

「明では皇帝の悪政により民が苦しんでいるそうにございます。悪政が続き民が土地を捨て逃げるようになれば、そして逃げた民が集まって明に対して反乱を起こすようになれば危ういだろうと相国は申しておりました。ただそれが何時の事になるかは分かりませぬ」

太閤殿下の言葉に帝、院が頷かれた。

「また、明の外の事もございます。明の外から明を窺う者が有れば、国内の混乱に乗じて攻め込むという事も有りましょう。国の内と外、内憂外患に悩まされれば如何に明が大国とはいえ国が傾き滅ぶ事は十分に有り得る事でございます」

太閤殿下の言葉にまた帝、院が頷かれた。

「信じられぬ事では有る。だが琉球が我が国に服属を申し出てきた。明が滅ぶ、有り得る事なのであろうな」

「……」

「天下は天下の天下なり、一人の天下に非ずして天下万民の天下なり。今更では有るが真にその通りであると思う。明の皇帝はそれが分からぬのであろう。民が見えておらぬのじゃ。見えぬから悪政を施く……」

帝が首を御振りになった。

相国がその言葉を欲しがった時、賛成出来なかった。あの時は相国の真意を理解出来なかったのだ。だが今ならはっきりと分かる。足利が滅び明も危ぶまれている。民が見えておらぬ者は滅びるのだ。今後朝廷の役割はその言葉をその時の権力者に伝えて行く事になるのだろう……。

禎兆七年(一五八七年) 九月上旬 山城国久世郡 槇島村 槇島城 朽木滋綱

早急に槇島城に来いとの命令を受けて槇島城に赴くとそこには万千代も居た。万千代も俺と同じ命を受けたらしい。万千代は昨日戻ったようだが話は俺が戻ってからと言われたようだ。少し話をしようかと思っていたら直ぐに大広間に来いと父上に呼ばれた。父上らしいせっかちさだ。万千代と二人で急いで大広間に向かうとそこには父上と評定衆、奉行衆、相談役が揃っていた。新任の松永弾正殿も居る。驚いた、父上が暫く前から京に居る事は知っているが評定衆達も一緒だったらしい。

「琉球の使節達との見聞は如何であった?」

「はい、昨年は地震の跡が結構あったが今年はそれが無いと使節達は驚いておりました」

「某も同じ事を聞きました。使節達は頻りに感心しております」

父上が満足そうに頷かれた。重臣達の顔にも笑みが有る。

「琉球が日本に従属を申し出てきた事、知っているか?」

俺が〝はい〟と答えると万千代も〝知っております〟と答えた。

「親書の事も知っているか、宛先が俺である事だが」

万千代と二人で〝はい〟と答えた。その事が問題になっている事も知っている。それを言うと父上がまた満足そうに頷かれた。万千代は訝しげな表情をしている。説明すると〝なるほど〟と納得した。

「受け入れるのでございますか？」

問い掛けると父上が頷かれた。

「既に帝からの御言葉が有った。琉球、朝鮮の事は俺に任せるとの事だ。琉球も朝鮮も明の家臣、帝が直接応対する者に非ずという事だ」

直接応対する者ではない。だが拒絶はしない。父上が応対をする事で従属を受け入れるという事か。朝廷も色々と考えるものだ。

「琉球もなかなか強かだな」

強か？　如何いう意味だろう。琉球は日本に従属したのだが……。俺と万千代を見て父上が苦笑を浮かべられた。我らが理解出来ずにいる事が分かったらしい。

「天下を統一してからでは琉球に対しての応対が厳しいものになりかねぬ。だから今従属を申し出てきたのだ。実際に天下統一前に琉球と事を構えるべきではないという意見が朝廷には有った」

なるほど、と思った。琉球はこちらの情勢を見極めて従属してきたという事か。強かとはそういう意味か。

「……」

「従属したとは言うが油断は出来ぬし甘く見る事も出来ぬ」

「だがこれで琉球を通して明に働きかける事も可能になった。天下統一後は朝鮮との交渉に本腰を入れる事になる」

朝鮮か、対馬の宗氏を筑後に移したのも朝鮮が絡んでいた。対馬は今では朽木の直轄領だ。父上は以前から朝鮮を重視している。いや日本の外を重視している。

「三郎右衛門、万千代」

「はい」

「これから琉球の使節と服属の条件を詰めねばならん。その方らも討議に参加せよ」

「はい」

最近父上は俺と万千代を鍛えようとしている。俺は六角家を継ぐ、多分領地は遠方の筈だ。そのためかもしれない。万千代は如何だろう？　雪乃殿の最初の男子だからな、それなりの男にしなければならないと御考えなのかもしれない。

「父上」

「何だ、万千代」

「琉球へ行きたいと思います」

万千代の言葉にどよめきが起こった。

「本気か？　行けば半年は戻ってこられぬぞ」

父上の言葉に万千代が〝本気です〟と答えた。

「父上の仰られる強かな国を見たいと思います。それに明という国も知りたい。琉球から明を見たいのです」

父上が声を上げて御笑いになった。

「なるほど、雪乃の子だな。良いだろう、行くが良い。元服もさせる。一人前の武士として送り出してやろう」

「はい！」

万千代が嬉しそうに返事をした。また父上が御笑いになった。

酒と女

禎兆七年（一五八七年）　九月中旬　　近江国蒲生郡八幡町　　八幡城　　雪乃

溜息が出ました。万千代の元服が決まりました。そして琉球に行く事が決まったのです。行けば半年は戻ってこないでしょう。言葉も通じない琉球で半年を過ごす、あの子にそれが耐えられるのか……。大殿からの文には万千代が自らそれを望んだと書いて有りますが不安だけが募ります。

如何して母に一言相談してくれないのか、そう思う反面一人で決断した事を尊重するべきではないかとも思います。先日までは琉球へ行くことに決して乗り気では無かった筈、一体何が万千代の心を変えたのか……。気が付けばまた溜息を吐いていました。

「雪乃様」

侍女がおずおずと声をかけてきました。溜息を吐いてばかりの私を案じたのでしょう。〝大丈夫です〟と答えると侍女が気まずそうな表情をしました。

「いいえ、そうでは有りませぬ。御台所様がお見えでございます」

「まあ」

〝お邪魔しますよ〟と言う声と共に御台所様が部屋に入って来ました。後ろには真田の恭が居ます。慌てて下座に控えました。恭は私の更に下座に控えました。

御台所様が上座に座られ挨拶を交わすと侍女が御台所様と私に御茶を用意しました。御台所様が一口お飲みになるのを待ってから私も御茶を頂きました。良い香りです、心が癒されます。

「万千代殿の元服が決まったそうですね」

「はい」

返事をすると御台所様が頷かれました。御存じなのだと思いました。多分御台所様の所にも大殿から文が届いたのでしょう。

「琉球に行くとか、不安では有りませぬか？」

「不安はございます。琉球がどのような国かも分からぬのですから」

御台所様が〝そうですね〟と言って頷かれました。

「止めますか？」

「それは……、致しませぬ」

一瞬だけ迷いました。そんな私を御台所様が労わる様に見ています。

「男の子はあっという間に大人になってしまいます。そして母親の下から離れてしまう。寂しい事です、昨日までは未だ子供だったのにと思う事も少なく有りませぬ」

「大樹公の事でございますか？」

御台所様が首を横に振られました。

「三郎右衛門です。元服を済ませ九州から戻ってきたら随分と大人びていました」

「……」

三郎右衛門様、無口で滅多に心の内を明かさぬと評判の若君。譜代の老臣達からは御顔立ちも含めて大殿の御若い頃に一番似ているとも評されています。

「昔の事ですが大方様から伺った事が有ります。大殿は朽木家の当主に成るとあっという間に大人びてしまって如何接して良いのか分からなくなってしまった。結局は朽木家の当主として接する事しか出来なくなってしまったと。酷く御寂しそうでした」

「まあ、そんな事が……」

私の言葉に御台所様が頷かれました。

「男の子というのはそういうものなのでしょうね。己の進むべき道、立場を理解すると歳には関係なく子供では無くなってしまう」

「……そうかもしれませぬ」

「私達母親はその変化が突然過ぎて戸惑ってしまうようです」

「左様でございますね」

本当にそう思います。

「でも安堵致しました」

安堵？　御台所様はニコニコしておられます。

「雪乃殿が万千代殿の琉球行きを止めようと考えていたらどうしようと思っていたのです。此処に来るまでも有りませんでしたね」

「いいえ、そのような事は有りませぬ。迷っておりました。いえ、今でも迷っております。でも受け入れるしかないのだとも思っております」

御台所様が〝そうですね〟と頷かれました。

私は大殿の子を産みました。私の子は大殿の子であるという事実からは逃れられぬのです。竹は上杉家に嫁ぎ鶴は近衛家に嫁いでいます。大殿の娘でなければそんな事にはならなかったでしょう。万千代が如何いう一生を送るのかは分かりません。ですが万千代も大殿の子であるという事実からは逃げられぬのです。その事を背負って生きて行くのでしょう。


禎兆七年（一五八七年）　九月中旬　　近江国蒲生郡八幡町　　八幡城　　柳川調信（しげのぶ）

「柳川権之助調信にございまする。御声をかけて頂き恐悦至極、身命を賭してお仕えする事を誓いまする」

「柚谷半九郎康広にございまする、某も身命を賭してお仕え致しまする」

我らが挨拶をすると上座に座った太政大臣朽木基綱様が満足そうに頷いた。世間一般には相国様と尊称される男だが思ったよりも若いと思った。未だ四十にはならないと聞いていたが戦い続けてきたのだ。今少し老けていると思ったが……。白髪も見えぬ。それに身体つきも歴戦の戦国武将とは思えぬ。中肉中背、何処といって特徴の無い男だ。

「九月の頭にはこちらに来たそうだな」

「はっ」

「済まぬな。京に行っていたので待たせてしまった。不安であっただろう。約束通り、それぞれ四千石で召し抱える」

「はっ、有り難き幸せ」

「必ずや、お役に立ちまする」

四千石か、宗氏に仕えていてはとても望めぬ待遇だな。それにしてもいきなり四千石か。朽木は豪儀だ。

「俺が何を望んでいるか、分かっているな？」

「はっ、朝鮮との交易を望んでおられると石田殿より聞いておりまする。また西笑承兌殿、景轍玄蘇殿からもそのように」

儂が答えると相国様が頷いた。

「俺は明に服属する事はせぬ。それをやれば朝鮮との交易が容易に進む事は知っているがな」

「……」

「西笑承兌、景轍玄蘇から明が滅ぶと俺が考えていると聞いたか？」

「はっ」

「聞きましてございます」

儂と半九郎が答えると相国様が頷いた。

「信じられるか？」

「……」

半九郎と顔を見合わせた。正直信じかねている。あの明が滅びる？　皇帝が愚かな事は知っているが……。答えに窮していると〝ふふふふ〟と笑い声が聞こえた。相国様が笑っている。

「あれほどの大国が滅ぶとは信じられぬか。まあ無理も無いな。しかしな、明とてこの世の最初から有ったわけではない。明の前は元、その前は宋があの地を治めていた。未来永劫明という国が繁栄し続けるという保証は何処にも無いぞ」

相国様がまた〝ふふふ〟と笑った。嘲笑だと思った。この御方は明が滅びる事に確信を持っている。信じかねている我らを先を見る目が無いと笑っている……。

「現に琉球は俺に服属してきた。あの国は相当に明を危うんでいる。俺や異国に攻められても明が兵を出して琉球を助ける事は無いと見ているのだ」

「……」

「服属の証として尚寧という王の甥にあたる人物が人質として日本に来る事になった。王には跡継ぎが居ないから有力な後継者候補だな。そういう意味では日本を重視していると言える。もっともあの国は相当に強かでな。琉球王は未だ三十歳になっておらん。跡継ぎがこれから生まれる可能性は十分にある」

相国様が笑っている。場合によっては捨て殺しも有り得るという事か。いや、相国様が後ろ盾になって琉球王とする可能性も有るな。この場合、琉球王は傀儡か。なるほど、状況次第だが相国様に損は無いか。琉球王よりもこの御方の方が強かよ。

「俺は強かな連中が嫌いでは無い。交渉の出来ない愚かな頑固者よりもずっとましだと思っている」

「……」

「朝鮮王だがどういう男だ？」

半九郎と顔を見合わせた。答えねばなるまい。儂が一つ頷くと半九郎も頷いた。

「朝鮮王ですが名は李昖、年は四十にはなりますまい」

「ほう、では俺と同年代か」

〝はい〟と答えると相国様が少し考える素振りを見せてから〝続けよ〟と私に命じた。

「朝鮮では儒教を重んじておりますが朝鮮王も非常に儒教を重んじております。そのためかと思いますが権威に煩い所があると聞いております」

相国様が曖昧な表情で頷いた。儒教を重んじ権威に煩い。どちらも日本の立場では有り難い事ではない。

「他に有るか？」

「感情に任せて家臣を処罰する事も少なからず有ると聞きます。政にも熱心とは言えず朝鮮では家臣達の争いが激しく満足な政が行われていないとも聞き及んでおります」

半九郎が答えると相国様が一つ息を吐いた。

「話にならんな。そうは思わぬか。西笑承兌、景轍玄蘇」

「はあ」

「いささか」

名を呼ばれた西笑承兌殿、景轍玄蘇殿が渋い表情で同意した。

「内を纏められん男に外との交渉が出来ると思うか？　家臣達が騒げばオロオロするだけだろう。そのくせ儒教を重んじ権威に煩いか。詰まらん事にこだわるのだろうな。実利を取るなどという事は出来まい。交渉相手としてはもっとも不向きな相手だな」

強かな連中が嫌いでは無いと言っていた相国様にとっては最も不本意な交渉相手だろう。西笑承兌殿、景轍玄蘇殿の表情も渋さが増している。

「宗氏を対馬から移したが朝鮮の反応はどうなのだ？」

相国様の表情には笑みが有った。心配しているのではない。面白がっている。多分、どんな反応かは想像が付いているのだろう。

「当然の事では有りますが面白く思ってはおりませぬ」

「漢城府、これは朝鮮の都の事でございますが漢城府では兵を出して対馬を取り返すべきという意見も有ると聞いております」

儂と半九郎が答えると相国様が面白そうに〝ほう〞と声を上げた。

「何処から聞いた？」

「博多の商人、島井宗室、神谷宗湛にございます」

儂が答えると相国様がニヤリと笑った。

「その二人、俺を恨んでいるだろう。商売がやりにくくなったと。対馬を取り返して以前のようにして欲しいとでも思っているのではないか」

困った。なんと答えるか……。悩んでいると半九郎が咳払いをした。

「確かに商売がやりにくくなったと申しております。なれど九州の中で戦が起きる事は無くなった。これからは商売に専念出来るとも申しておりました」

「相国様は交易に熱心な御方。朝鮮、明との関係をどうするのかとも申しております。期待も有るのかと思いまする」

半九郎、儂の発言に相国様が〝ふふん〞と笑った。

「権之助、半九郎。二人との関係、切らすなよ」

「はっ」

「仰せの通りに」

「いずれな、いずれ美味しい思いをする事になるだろうと伝えておけ」

〝はっ〞、〝確と〞と儂と半九郎が答えると相国様が表情を改めた。

「それにしても兵を出すか。何処まで本気かな？　朝鮮王も乗り気なのか？」

「そういう意見が漢城府に有り朝鮮王もその意見を喜んでいると聞きます。しかし実際に兵を出すかと言えば……」

「半九郎の申す通りにございます。そのような動きはございませぬ」

「なるほどな、気分だけか」

儂と半九郎が同意すると相国様が〝詰まらん〟と言った。

「いっそ本当に攻めてくれれば良いのだ。叩き潰してやるのに」

声が出ない。半九郎、西笑承兌殿、景轍玄蘇殿も無言で顔を見合わせている。

「……それをきっかけに交渉をとお考えでしょうか？」

景轍玄蘇殿が問い掛けると相国様が頷いた。

「無視は出来ぬ、怒らせる事も出来ぬ。それが交渉の前提ではないのか？」

確かにそうだ。そのために力を使う。おかしな事ではない。やはり手強いと思った。この御方は交渉が何で有るかを知っている。この御方自身、交渉では手強い相手になるのだろう。

「ところで、朝鮮では日本を如何見ているのだ？　統一に向かいつつ有ると認識しているのか？」

「足利氏が滅んだ事は認識しております」

儂が答えると相国様が笑った。

「なるほど。では乱世も此処に極まれりだな」

「はっ、日本は戦乱が激しく混乱していると見ておりまする」

半九郎が答えると相国様がフンと軽蔑したように笑った。朝鮮はそういう風に見たいのだ。東の野蛮国が混乱している。そして朝鮮は安定し繁栄していると誇り、優越感に浸りたいのだ。誰よりも朝鮮王がそう思っているだろう。

「暢気な事だな。しかし分かっているのかな？　足元がぐらついているのだが」

「……」

「朝鮮では綿布を銭として使う。そうだな？」

儂と半九郎がそうだと答えると相国様が〝ふふふ〟と笑った。

「その綿布だが日本から朝鮮に流れているぞ」

〝まさか〟、〝なんと〟と声が上がった。皆が驚いている。

「事実だ。かつて綿布は朝鮮から日本に売られていた。しかし俺が日本で広めてから朝鮮から購入する事は殆ど無くなった筈だ」

その通りだ。かつては宗氏も綿布の売買で儲けていた。

「日本で広まった綿布が朝鮮へと流れている。その方らが知らぬのも当然よ。綿布は山陰、北陸の海から運ばれているのだ。勿論私貿易だ」

なるほど、九州は関係無いという事か。道理で分からぬ筈よ。

「日本が綿布を買わなくなった所為で朝鮮では綿布が余っている筈だ。そこに日本の綿布が流れる。綿布の価値は下がるな。銭の価値が下がるのだ。混乱するぞ」

シンとした。混乱するという言葉が響いた。確かに朝鮮は混乱するかもしれない。それにしても何時の間にそのような事を調べたのか……。相国様を見た。薄い笑みを浮かべている。油断は出来ぬと思った。この御方は相当に朝鮮を調べている。我らに問うた事など事前に知っていたのかもしれぬ。となればこの場は我らが信用出来るか否か試しているのだろう。明が滅ぶ。十分に有り得るのかもしれぬ。

「それで、この後だが如何する?」

相国様の問いに西笑承兌殿が咳払いをした。

「琉球が服属してきたのです。統一は未だですが朝鮮との交渉を始めるべきかと思いまする。先ずは正面から正攻法で行くべきでしょう。親書を送ります。日本国王である足利が滅んだ事、そして相国様が日本を統一しつつ有る事を報せるのです。そして国交を結び親しくしたい。両国が協力すればお互いに得るところが有る筈だと記します」

相国様が〃ふむ〃と唸った。

「まあ一発目としてはそうなるな。二発目は天下を統一した後か」

「はい、日本を統一した事を記し改めて国交を結び親しくしたい。両国が協力すればお互いに得るところが有る筈だと記すのです」

相国様がニヤリと笑った。

「両方とも無視だろうな」

皆が失笑した。相国様も笑っている。ふむ、案外洒落っ気が有る。仕え易い方なのかもしれぬ。

「左様、無視でしょうな。しかしこの手の交渉は音を上げては駄目です。しつこく戸を叩き続けねばなりませぬ」

景轍玄蘇殿の言葉に西笑承兌殿が〝左様〟と続けた。

「幸いと言ってはなんですが朝鮮の沿岸は倭寇によって随分と荒れていると権之助殿、半九郎殿に聞きました。そうでございましたな？」

「はい。日本人も居りますが明人も加わっているようです。日本人は大友、龍造寺が滅んだ事で食えなくなった者が海に出たのでしょう」

半九郎が答えると相国様が頷いた。

「明も税が重くなったからな。食えなくなった者が海に出たか。これから益々増えるな」

なるほど、明も足元がぐらついて来たのだと思った。

「宗氏が対馬から筑後に移った所為で倭寇を抑える者が居なくなりました。その事も朝鮮の海が荒れる一因かと」

半九郎が答えると相国様が頷いた。この御方は対馬に九鬼と堀内を置いている。しかし彼らは倭寇に対して何もしていない。放置だ。おそらくはこの御方の指示なのだろう。

「適当なところで琉球から明に使者を出させよう。海が荒れている。日本を使って倭寇を抑えるべきではないか。日本は朝鮮との国交を望んでいるようだ。先ずはそこで試してはどうかとな」

「……」

「琉球も日本と朝鮮が戦になる事は望んでおらぬ。喜んで協力してくれるだろう」

皆が頷いた。上手くいくかどうかは分からぬ。背に腹は代えられぬという言葉も有る。問題は日本よりも朝鮮だろう。或いは本当に武力を使うという事が有るのかもしれぬ。

禎兆七年（一五八七年）九月中旬　近江国蒲生郡八幡町　八幡城　朽木基綱

久し振りに近江に戻ってきた。先ずは壺を磨く。赤褐色の織田焼からだ。キュッキュッと下から磨く。寂しかったか？　俺も寂しかった。槇島城にも壺を置こう。不便だ。俺の精神を安定させるためには壺が必要なのだ。琉球の使節との話は纏まった。向こうは喜んでいたな。これで安全保障も交易も問題無し、そんな感じだ。人質が来るのは来年だ。

人質を出すなんて思い切った事をすると思ったが当代の琉球王、尚永という人物には男子がいないらしい。人質は尚永王の甥に当たる人物、琉球王家の分家の家に生まれ母親が尚永王の妹という素性の人物が来るそうだ。名前は尚寧。道理で人質を出すのに躊躇いが無い筈だよ。

尚永王が死ねば尚寧が次の琉球王になる可能性はある。有力な候補者だろう。そういう意味ではこちらを軽視しているとは言えない。だが尚永王は未だ二十代だと聞いた。これから子供が生まれる可能性は大いにある。むしろ現時点で男子が居ない事を喜んだかもしれない。尚寧が人質としてどれだけ役に立つのか、ちょっと不安だ。

いざとなれば捨て殺しというのも有り得るだろうな。上手く嵌められたかもしれん。琉球は強かだわ。壺の口の部分を磨く。此処は丁寧に磨くのが大事だ。雑に扱うと破損しかねない。良し、終わりだ。次は黒灰色の珠洲焼だ。この色がまた渋いんだ。ぞくぞくする。

琉球には天下統一後には朝鮮との国交樹立を目指すと伝えてある。場合によっては明を利用する事も有る。日本の立場を明に伝える役割を琉球に果たして貰う事になるかもしれないと伝えた。琉球の使節からは交渉が上手く行かなかった場合朝鮮との戦争を考えているのかと質問が有ったからそんな事は考えていないと答えた。

まあ一つの手段として戦争を仕掛け和平交渉を行う事で国交を結ぶというやり方も有る。琉球はそれを危惧したようだ。日本、朝鮮の関係が悪化すれば日本と明の関係も悪化しかねない。それは避けたいと思ったのだろう。安心したようだ。琉球側はこちらの要求を受け入れた。まあこれまでも琉球は明に日本の事を報せているようだ。朝貢船は二年に一度、明に出している。その時に報せているらしい。

明は足利が滅んだ事、そして日本に新たに統一政権が出来つつある事も知っているだろう。もっとも明が何処まで日本に関心を持っているのかは分からない。琉球の使節も分からなかった。何と言っても皇帝は遊びに忙しいからな。明からは琉球に対して日本を調べろという様な命令は無かったようだ。琉球にとっては不満だろう。日本を上手く使えば東アジアの海はより安定すると思った筈だ。琉球が日本に近付いたのはそういう明の無関心さに不安を感じたという事も有るのかもしれない。

政府レベルでの交流とは別に民間の商船を使って日本の状況を報せるルートも琉球には有るようだ。琉球には明の商人が多く訪れている。これを使ったルートだ。琉球に来るのは主に福建、広東、浙江の商人らしいがこの商人達の中で昔から琉球に来ているのが福建の商人だ。彼らを使って福建の役人、巡撫に報せるルートが有る。もっとももこの民間ルートの情報も何処まで明の上層部に関心を持たれているかは分からない。

この福建、広東、浙江の商人は日本にも来る。九州は坊津、博多、平戸、長崎。本州では赤馬関、美保関、堺、小浜、敦賀等だ。最近では大湊にも来るようになった。琉球が形としては対等の関係を望んだのはこの商人達の眼を欺くというのも有るだろう。おそらくこの連中からも情報は福建、広東、浙江の役人を通して明の上層部に流れているのだろう。もっとも役に立っているとは限らないが。

悪い事じゃない、無知であるよりは余程に良い。それにいざとなれば彼らを使って交渉も出来るという事だ。こちらも明の商人と積極的に繋がりを持つべきだろう。琉球だけに依存するのは危険だ。徐々にだが環境が整ってきたな。柳川権之助調信、柚谷半九郎康広も俺に仕えてくれる事になった。西笑承兌、景轍玄蘇も後は琉球から人質が来て天下統一が成れば朝鮮との交渉を本格的に行うべきだと言っている。……うん、珠洲焼も終わりだ。次は丹波焼だ。このおとなしめで爽やかな若緑色、堪らん。

環境は整ってきたが不安要素は有る。朝鮮王、李昖という人物だがこいつの評判が良くない。儒教を非常に重んじているようなんだが妙に権威主義で気紛れな所が有るようだ。感情に任せて家臣を処罰する事も多いらしい。政務にも熱心じゃなく朝鮮の内部は家臣達の政争が激しくて収拾が付かない状況になっているらしい。朝鮮王李昖には分裂する家臣達を纏める力量は無いのだろう。朝鮮王も朝鮮の家臣達も交渉相手として相応しいとは言えない。果たして連中に何処まで現実が見えているか、現実的な対応が出来るか、疑問では有る。

取り敢えず一発目の親書を出そうという話になった。内容は足利が滅び朽木がもう直ぐ天下を統一するであろう事。その後は日本と朝鮮の国交を樹立したいと考えている事。両国は協力出来るし協力すればお互いに利益が有ると考えている事。そんな事を記したものになる。

まあ一発目で上手く行く事は無いだろう。大体親書を受け取って貰えるかどうかも分からない。朝鮮王は権威主義者だし家臣達は分裂して混乱している。この状況で親書を受け取って国交を結ぼうと言えるだろうか？　無理だ。内で混乱している分、外には強く当たろうとするだろう。だがね、朝鮮側にも弱みは有るのだ。

ここ最近倭寇が朝鮮半島沿岸を激しく荒らしているらしい。博多に置いた石田佐吉から報告が入っている。倭寇とは言っているが明人の倭寇も有るようだ。万暦帝の悪政で食えない連中が海賊になったのだろう。そして九州では大友、龍造寺が滅んだ事で食えなくなって倭寇になった連中が居る。まあいざとなったら官製の倭寇を使って朝鮮を交渉に引き摺りだそうとしていた俺にとってはラッキーな展開だ。自分の手を汚さずに済む。

朝鮮の海はこれから更に荒れる。これまでは対馬の宗氏を倭寇対策に使えた。だが俺が宗氏を内陸に移したから朝鮮には使えるカードが無いのだ。倭寇を抑えようとすれば俺と手を組むしか無い。西笑承兌達が朝鮮との交渉に乗り気なのもその辺りを考えての事だ。紆余曲折は有っても最終的には上手く行く、成算は有ると彼らは見ている。俺も簡単には行かないと思うが可能性は有ると見ている。その可能性をモノにするためにも朝鮮のドアを叩き続ける事が必要だ。最初の使者は年内には出す事になる。

万千代を元服させなければならん。名前は如何しよう？　あれはちょっと感じ易い所が有るようだ。自分の名に誇りを持てるような名が良いだろう。則綱、規則を守らせる。ちょっと堅苦しいかな？　景綱、見晴らしが良い。悪くないけど今ひとつだな。照綱というのは如何かな。周囲を明るく照らすという意味だ。うん、照綱にしよう。四郎右衛門照綱だ。烏帽子親は主税に頼もう。雪乃も喜んでくれるだろう。後は嫁取りだな。

三郎右衛門の嫁が決まった。相手は権大納言今出川晴季の娘だ。そして竹田宮の正室の妹でもある。三郎右衛門の嫁探しは北畠の義叔母に任せていたんだがその義叔母が今出川晴季の娘をと勧めてきた。驚いた事に今出川家には六角家の血が入っているらしい。今出川晴季は義叔母の従甥（いとこおい）に当たるそうだ。吃驚だわ。

詳しく言うと義叔母の叔母に当たる女性、つまり管領代六角定頼の妹が今出川晴季の祖父に嫁いだようだ。義叔母としては六角の血を引く女性をと思っただろうが該当者がいない。已むを得ずそれなりの身分の女性と考えて公家から嫁をと考えたらしい。そこで今出川家に叔母が嫁いだ事を思い出した。幸い今出川家は竹田宮にも娘を嫁がせている。家柄も良いし朽木との関係も良い。是非にと勧めてきた。

まあこちらとしては異存は無い。義叔母に今出川家との交渉を頼むと直ぐに纏めてきた。今出川家も異存は無いのだろう。婚儀は再来年だ、来年は関東出兵で忙しいからな。婚儀前に六角家を継承させる。つまり六角三郎右衛門滋綱として妻を娶（めと）る事になる。九州への配置はその後だ。今出川家の娘を娶るのだ、そして竹田宮の義弟にもなる。益々近江には置けなくなった。小夜は三郎右衛門の相手が決まった事には喜んでいるが九州への配置には複雑な表情だ。可愛がっているからな。素直には喜べないのだろう。

延び延びになっていた那古屋城の見分に行かなくてはならん。それと奥州の諸大名に文を出す。来年関東に兵を出す、その場に挨拶に来ない奴は敵だと見做すとな。さて、壺磨きは終わりだ。次は豊千代の顔でも見て来るか。忙しいわ。

禎兆七年（一五八七年）　十月上旬　　山城国葛野・愛宕郡　　仙洞御所　　近衛前久

「近衛におじゃりまする。お呼びと聞き御前に参上致しました」

「うむ、御苦労じゃな。近う、遠慮は要らぬ」

院の御前に進むとそれまで控えていた院臣達が下がった。事前に人払いを命じていたらしい。院臣達の姿が見えなくなると院が手招きした。用件は他聞を憚る事か。はて、一体……。訝しみながら近付くと院が頷いた。

「琉球が服属を申し出てきた。天下の統一を前にじゃ。今更ではあるが相国は強いのだと改めて思った」

「相国は十万の兵を軽々と動かしまする。琉球の使者はそれを見ておじゃります。相国を懼れるのは已むを得ぬ事かと思いまする」

「そうよな、馬揃えもあった。琉球はあれにも驚いたようじゃの」

「はい」

「あれは楽しかった。そなたも楽しんだのう」

「畏れ入りまする」

楽しかった。皆の歓声を浴びながら馬を進める。何とも晴れがましかった。一生忘れる事は無かろう。

「だが、その強さを懼れる者も居る」

「……」

関白の事だろうか……。その想いを読み取ったのだろうか？　院が〝そうではない〟と首を横に振った。

「誠仁じゃ」

「まさか、帝が……」

院が〝真じゃ〟と頷いた。信じられぬ。今まで帝から相国を不安視するような言葉は無かったが……。

「先日二人で会った時、漏らした。そなた達から琉球の親書の件を聞いた後じゃ」

「……」

「誠仁も相国の朝廷への奉仕には感謝している。それだけに相国への不安を口には出せなかったらしい」

「左様でおじゃりますか」

厄介な事になったと思った。今は不安を抑えている。だが不安が募ればいずれは口外するようになるだろう。そうなれば朝廷と相国の関係にも軋みが出る……。

「そなたは相国を危険だと思うか？」

危険？　院が私を見ている。迂闊な事は言えぬ。腹の底に力を入れた。

「いえ、思いませぬ。相国は確かに大きな力を持っておじゃります。しかし大事なのは力ではなくその力をどのように使おうとしているかでおじゃりましょう。随分とあの者を見てきましたがあの者は天下を安定させたい。そしてそのためには朝廷と手を携えていくべきだと判断しているのではないかと臣は思いまする」

「うむ」

「尊王、勤王の意思もおじゃりましょうが相国が朝廷に奉仕するのは何よりも天下の安定のためでおじゃりましょう」

院がまた〝うむ〟と頷いた。

「私もそう思う。あの者は天下は天下の天下なりと考えている。天下を恣意で混乱させるような事は無かろう。そうは思わぬか？」

院が問い掛けてきた。天下を恣意で混乱させるか……。院は足利の事を言っているのだと思った。

「その通りかと思いまする」

義輝、義昭の恣意で天下は混乱した。院はそうお考えなのであろう。その通りだ、義輝は三好を敵視し義昭は相国を敵視した。それ以外は何もなかったといって良いほどだった。あれでは天下は安定しない。

「誠仁にもその事は諭した。今は本人も理解している。しかしの、焼け木杭に火が付くという言葉もある。油断は出来ぬ」

「……」

「そう考えると関白の存在が厄介じゃ。あれは何かにつけて相国を危険視する。天下統一を望まぬと言ったとも聞いた。一体何を考えているのか」

院の口調は苦みを帯びている。不愉快さがこちらにまで伝わって来た。

「関白の交代をお考えでおじゃりましょうか？」

院が頷いた。

「関白が傍に居ては誠仁の心に火が付きかねぬ。放置は出来ぬ」

なるほど、関白は自らは知らぬ間に帝の不安を煽ったと院はお考えか。確かにそうかもしれぬ。となれば……。

「確かに、放置は出来ませぬ」

院が頷いた。

もし、関白が帝の不安に気付いたらどうなるか？　それこそ関白は相国に対する不安を声を大にして言い出すだろう。反論する者にも帝も同じ不安を持っていると言うに違いない。そして帝、関白に同調する者も現れよう。そうなれば公武の関係が徒に緊迫しかねない。その事を言うと院が大きく頷いた。

「その通りじゃ。私もそれを懼れている。漸く天下が一つに纏まる。天下から戦が無くなるのだ。それなのに相国を懼れ忌諱するとなれば足利と変わるまい。朝廷が天下を混乱させる事になる」

「確かに、危険でおじゃりましょう」

私の言葉に院が沈痛な表情で頷いた。

相国は天下を混乱させる者は許さない。その事は何度も関白に警告した。だが分からなかったか……。本人は帝のため、朝廷のためと思ったのであろうが自分が徒に不安を煽っている、危険な存在になっているとは気付いていないのだろう。

「それに相国はこちらを測っているのやもしれぬ」

「……院、それは……」

躊躇いがちに声を掛けると院が頷いた。

「朝廷は何処まで自分との関係を重視しているかという事よ」

「なるほど、待っていると」

院が頷いた。有り得ぬとは言えぬ。相国が関白の解任を要求すれば朝廷はそれを無視は出来ぬ。だが相国はそれをしない。出来ないのではない、しないのだ。九州遠征後に関白を脅したがあれは我らに対する合図だったのか？　本人は気にしていないように振舞っていたが合図だったのだとすれば放置は出来ぬ。相国がしびれを切らす前に関白をその地位から降ろさなければならぬ。

「関白はもう七年も務めていよう。左府に譲っても良かろう」

「はい、おかしな事ではおじゃりませぬ」

左府は春齢内親王様を娶っている。院にも帝にも、そして相国にも近い。その調整役には適任だろう。いかぬ、忘れていた。

「つきましては左府の後任は右府、右府の後任は内府となりまするが次の内府は？」

院が少し考える素振りを見せた。

「そうじゃな、鷹司で良かろう。その方が関白も納得し易いのではないか？」

「御意におじゃりまする」

「琉球の問題が落ち着いたらそなたから誠仁に話してくれぬか」

「いえ、臣から関白に辞任するようにと伝えましょう。帝にお伝えすれば自分が関白を辞任に追い込んだとお苦しみになりかねませぬ。それは避けるべきかと思いまする」

私の言葉に院が大きく頷いた。

「そなたの至誠、心に染み入る。頼むぞ、近衛」

「必ずやご期待に添いまする」

「鷹司の件は私が誠仁に勧めておく。嫌とは言うまい」

「はっ」

やらねばならぬ。相国はこれまでの武家とは違う。遥かに強いのだ。そして日本は異国とも戦う事になるかもしれぬ。朝廷と武家が反目するような事態は決して有ってはならぬのだから……。

禎兆七年（一五八七年）　十月上旬　周防国吉敷郡上宇野令村　高嶺城　小早川隆景

「ただ今戻りました」

恵瓊が挨拶をすると右馬頭が〝御苦労であった〟と労った。大広間には両者と私の他に兄吉川駿河守、弟の天野六郎左衛門尉、末次七郎兵衛尉、奉行の国司右京、粟屋与十郎、桂源右衛門尉、内藤与三右衛門、林土佐守が座っていた。

「それで、相国様に毛利が感謝していると伝えてくれたか？」

右馬頭の問いに恵瓊が〝はい〟と頷いた。

「愚僧が京に着いた時には相国様は既に近江へとお戻りでございました。それ故愚僧も先ずは御礼をと思い急ぎ後を追いましてございます。近江の八幡城は大変な騒ぎでございましたな」

「恵瓊殿、騒ぎとは？」

奉行の桂源右衛門尉が問うと恵瓊が頭をつるりと撫でた。

「九州から御礼の使者が沢山来ておりましたぞ。朽木の譜代は当然の事でございますが島津、秋月、伊東、大友、立花に高橋。いや、驚きましてございます。児玉三郎右衛門殿に聞きましたが愚僧が近江に着く前の日辺りから御礼言上の使者が来始めましたそうで」

彼方此方から唸り声が聞こえた。

「正に天下人だな」

兄の言葉に〝確かに〞、〝その通りですな〞と同意する声が彼方此方で上がった。右馬頭も頷いている。

「愚僧も相国様に拝謁致しました。すこぶるお元気そうでございましたな。毛利家の者は皆が感謝していると伝えますと被害の状況を訊かれましたので彼方此方で河川が氾濫した事、溺死者も少なからず出た事を申し上げました」

皆が沈んだ表情をしている。頂いた領地が野分で大きな被害を受けた。折角の喜びが半減したと口にする者も居る。

「相国様からは改めて豊前の統治は焦らずに行うようにとのお言葉がございました。税を取るよりも領民を安心させるようにとの事でございます」

右馬頭が大きく頷いた。奉行達がホッとした表情を見せている。

「朽木領内は北陸、東海、畿内、四国、いずれも豊作との事です。米も心配するなとの事でございました」

「まあ、そうであろうな。毛利領も豊前を除けば豊作だ」

「銭はともかく米を頂くのは何やら気が引けるわ」

国司右京、粟屋与十郎の言葉に皆が笑い出した。

「良いではないか。その分だけ豊前の民を労わってやれる。そうであろう」

私が言うと〝まあ〞、〝それは〞と声が上がった。

「恵瓊、他には?」

「されば、次郎五郎様にお会いしました」

皆が兄に視線を向けた。

「次郎五郎様に聞いたのですが朽木家では米を国の外から買い入れる手筈を整えているようです」

皆が顔を見合わせた。訝しんでいる。

「兄上は御存じですか？」

問い掛けると兄が頷いた。

「次郎五郎から儂の所に文が届いた。昨日の事だがな。文には恵瓊にも教えたと書かれていたから話した後に文を認めたのだろう。儂に何故報せぬと怒られては堪らぬと思ったのだろうな」

兄の言葉に彼方此方から失笑が起こった。

「叔父上、恵瓊、如何いう事なのかな。朽木領は豊作の筈だが……」

右馬頭が首を傾げている。皆も訝しんでいる。私もだ。一体如何いう事だ？

「先を見据えての事にございます。直に天下は統一されましょう。そうなれば戦は無くなり人が無駄に死ぬ事が無くなる。つまり、この日ノ本に人が溢れる事になります」

「……」

「ちょっとした冷害、水害で餓死者が出る事になりましょう」

シンとした。皆が顔を見合わせている。誰かが小声で〝馬鹿な〟と呟くのが聞こえた。馬鹿ではない。十分に有り得る事だ。

「天候不順で大規模な冷害となれば全国で餓死者が出かねませぬ。それを防ぐには国の外から米を買い入れなければならない。相国様はそうお考えです」

呻き声が上がった。私も呻いていた。そうか、そういう事か。納得した。そして天下人とはそういう事を考えねばならぬ立場なのだと思った。大きい、今更だが相国様は大きいと思った。

「恵瓊の言う通りだ」

兄が発言すると皆が視線を兄に向けた。

「朽木家では新田の開発に力を入れる事になった。人が増えると見ての事だ。だがそれが役立つのは平時だ。飢饉等の非常時には国の外から米を買って皆に配る。それを考えている。次郎五郎はその拠点作りを任されたらしい。まあ次郎五郎だけではないがな」

「叔父上、拠点作りとは？」

右馬頭が兄に問い掛けた。

「異国からの米は船で運びまする。となれば何処の湊に運べば効率よく米を配れるか。九州、山陰、山陽、四国、畿内、東海、北陸、関東、奥州、考えなければなりませぬ。それに湊からの街道の整備等ですな。米の貯蔵庫も要ります。相当な大仕事になる。しかしやらなければ餓死者が出ます。それ人が減るという事は国が貧しくなるという事。そして政を執る者への非難に繫がりましょう。それを防ぐためでしょう。朽木家では天候不順が続いても育つ作物を探しています。それらを広め、出来るだけ飢えを凌ぐ。米が穫れず異国から購入出来ずとも人が死なぬようにする。そのように考えているようです」

彼方此方から溜息が聞こえた。

「それが可能となれば天下に朽木家に逆らえる者は居りますまい」

内藤与三右衛門が呟くように言うと皆が頷いた。

「しかし、国の外とは……」

今度は林土佐守が呟く。こちらにも皆が頷いた。

「夢物語では有りませぬぞ」

恵瓊の発言に皆が恵瓊を見た。

「琉球が服属を申し出てきました。朝廷では相当に揉めたようですが最終的に琉球の服属を認めました。相国様の武威は国の外まで届いているのです。米を国の外から得る。少しもおかしな事ではありませせぬ」

皆が頷いた。

「毛利も後れを取ってはなりませぬ。毛利なりに飢饉対策をしなければなりますまい。他国は助けられなくても自領は責任を持って領民を守る。その心構えが必要かと思いまする」

「そうだな、その通りだ。我らも何が出来るか考えなければならぬ。奉行衆で案を考えて欲しい。その後で評定で検討しよう」

右馬頭の言葉に奉行衆が畏まった。

大広間での報告が終わった後、恵瓊が私と兄を誘って右馬頭の部屋へと向かった。なにやら皆の前では話し辛い事が有るらしい。右馬頭は我らが訪ねると笑みを浮かべて我らを迎えた。この辺りが以前とは違う。以前は何処かおどおどと不安そうな様子を見せたのだが……。

「如何した？」

「あの場では少々話し辛い事がございまして……」

恵瓊の言葉に右馬頭が兄と私を見た。

「我らも未だ聞いておりませぬ」

兄の言葉に右馬頭が〝そうか〟と頷いた。

「何が有ったのだ？」

「近江から戻り京で公家の方々に挨拶に回った時の事でございます。二条右大臣様から一条左大臣様に挨拶は済んだかと問われました」

妙な話だ。わざわざ問い掛ける事とも思えぬが……。右馬頭、兄も妙な顔をしている。

「未だ済んでいないと答えますと左大臣様にはよくよく丁寧に挨拶をしておいた方が良いだろうとの事でございました」

これもまた妙な話だ。

「左大臣様の勢威が強まる。或いは左大臣様が出世する。そういう事かな？」

兄が問い掛けてきた。自信有り気な表情ではない。

「出世と言うと関白という事になります。右大臣様は関白殿下の弟君でしたから殿下から何か聞いたという可能性が有りますな。恵瓊、関白殿下の御様子は？」

私が問い掛けると恵瓊が困ったような表情を見せた。

「お元気そうでございました。愚僧も関白殿下の御身体に不調が有り右大臣様に辞意を漏らされたのかと思いましたが……」

「そのような事は無いか」

右馬頭が問うと恵瓊が〝はい〟と頷いた。関白殿下は未だお若い。身体に不調が無いというのが嘘とは思えぬ。では何故辞任するのだ？　右大臣様は匂わせるのだ？

「左大臣様の御様子は如何か？」

兄が問うと恵瓊が首を横に振った。

「琉球の件では随分と忙しい思いをしたと仰られていましたが……」

「特に不自然なところは無いか」

恵瓊が渋い表情で〝はい〟と答えた。こちらにもおかしな点は無いか……。

「左大臣様は相国様とは近しい関係にあります。されどそれは誰もが知る事、右大臣様がわざわざそれを指摘したとは思えませぬ」

その通りだ。となると……。

「やはり右大臣様が仰られたのは関白殿下の辞任が間近だという事であろう。違うかな？　恵瓊」

私が発言すると皆が私を見た。そして恵瓊を見た。恵瓊が頷いた。

「愚僧もそう思いまする。右大臣様は何らかの根拠があるのでございましょう。但し、その根拠が何かは分かりませぬ」

恵瓊があの場で話さぬ筈よ。情報は得たが確証は無い。皆の前では話せぬと思ったのだ。

「となると二条様が何故恵瓊にそれを教えたかだが……」

右馬頭が俯きながら呟いた。そして顔を上げた。

「こちらへの好意と見て良いのかな?」

「それは有りますまい。おそらく二条様は毛利に恩を売ったつもりでしょう」

兄が答えると右馬頭が不愉快そうに顔を顰めた。

「これからは仲良くしたい。左大臣様とも関係を良くしておけ。そんなところでしょうな」

私が言うと右馬頭が益々顔を顰めた。

「利用されるのは好きではない」

「こちらも右大臣様を利用すれば宜しゅうございましょう。先ずは様子見ですな。左大臣様との関係を重視するのは当然の事として本当に関白殿下が辞任されるのか。右大臣様との関係を密にするか否かはそれ次第かと」

右馬頭が大きく頷いた。

「そうだな。当てにならぬ情報を送って来る者を大事にする必要は無い」

右馬頭の言葉に皆が頷いた。ふむ、暫くは京からも目は離せぬな。


禎兆七年(一五八七年)十月下旬　近江国蒲生郡八幡町　八幡城　児玉元良

小姓の案内で相国様の部屋に向かっていると先を歩いていた小姓がくるっと振り返って膝を突いた。はて……。

「主は庭で三郎右衛門様をお待ちです」

「庭で？」

問い返すと小姓が頷いた。そして〝あちらです〟と言って手を庭の方へと差し出す。釣られて庭を見ると確かに庭に相国様が居た。眼を細めずとも分かる。ここからだと半町ほどは有るか。相国様がこちらを見て手を挙げた。慌てて頭を下げた。

「そちらに履き物がございます。それをお使い下さい」

また小姓が手で場所を示した。確かに履き物が二足有る。

「ここから先は某一人かな？」

「はい、主が余人は近付けるなと。某は此処でお戻りを待ちまする」

ふむ、なかなかハキとした若者だ。見目も悪くない。

「御小姓、名は何と申される？」

「はっ、松浦源三郎久信と申しまする」

「左様か、お手を煩わせましたな。ではここからは一人で参りましょう」

なるほど、松浦肥前守の息子か。肥前守は文武両道に優れた男だと聞いていたが父親に似たらしい。履き物を履いて庭に出た。有り難い事だ。今日は風が無い。その所為か寒さは感じない。急ぎ足で近付く。其処此処に人が居た。警護の者だろう。八門かもしれぬ。

「申し訳ありませぬ。お待たせ致しました」

「なんの、謝る必要は無い。本来なら部屋で茶でも飲みながら話したいのだが少々あそこでは話し辛いのでな。こちらに来て貰った」

「はっ」

はて、話し辛い……。ふむ、お顔の色は悪くないが……。

「少し歩くか」

「はい」

相国様と歩く。うむ、悪くない。困った事よ。

「秋だな。葉が色付いてきた」

「真に。今少し経てば見頃になりましょう」

「そうだな」

庭にはニシキギ、ヤマボウシ、紅葉、ハゼノキが色を競っていた。ふむ、安芸の吉田郡山城も紅葉は見事であったな。あの風景が二度と見られぬのは残念よ。はて？　見慣れぬ木が有るが……。

「相国様、あれは何の木でございましょう？」

「？」

「あの一際朱色が美しい木でございますが……」

指で指し示すと相国様が足を止め〝ああ〟と声を上げた。

「あれか、ナナカマドだな」

「ナナカマド？」

「紅葉が美しい木だが寒い地方を好む木でな。西や南では山の上、寒いところでなければ余り見かけぬかもしれぬ」

「左様でございますか」

なるほど、私が分からぬのも当然か。

「この木は堅いのでな、彫刻によく使われるらしい。ろくろ細工にも適しているそうだ。炭にも使える。美しく役に立つ木だ」

ほう、そういう木か……。感心していると相国様がニヤリと笑った。

「詳しかろう」

「はい、驚きました。良く御存じで」

「はははは。殖産奉行の又兵衛の受け売りだ。又兵衛はこの木がお気に入りでな。わざわざ庭に植え俺に説明した。紅葉の季節になる度に俺に説明する。そうでなければ俺には分からん」

おかしかったが笑うのは控えた。失礼はならん。

「紅葉が終われば散ってしまう。そうなれば寒々しい限りだ」

「真に」

相国様がまた歩き始めた。その後に続く。少し歩くと相国様が立ち止まった。

「周の事だが……」

「はい」

「良い相手は見つかったか？」

〝いえ〟と答えると相国様が頷いた。話というのは周の事か。頭の痛い事よ。中々良い相手が見つからぬ。

「毛利では南の方が懐妊したそうだ。夫婦仲は改善したらしい。目出度い事だな」

「はい。後は男子が生まれれば……。皆がそれを願っておりまする」

「まあ、女児でも婿を取る事で血を繋ぐ事は出来る。子が無い事に比べればずっとましよ。そうであろう」

「はい」

口中が苦い。如何してもっと早く夫婦仲が良くならなかったのか。そうであれば周を連れて逃げるように近江に来る事も無かったのに……。

「俺はな、周の相手は東から見つけようかと考えていた。西では毛利の影響力が強いと思ったのだ。例の一件は世間には知られておらぬ。しかし南の方が周を意識するようだと皆が疑問に思おう。そこから世間に無責任な噂が広まりかねぬ。それでは嫁ぎ先も迷惑するし毛利家にもそなたにも迷惑が及びかねぬ。なにより周が憐れだ。そう思ったのだ」

「お気遣いを頂き畏れ入るばかりにございまする」

頭を下げると相国様が気にするなと言わんばかりに首を横に振った。

「しかしな、夫婦仲が改善したとなれば話は別だ。西から相手を選んでも問題は無い。むしろ毛利にとっても利の有る話にした方が南の方も周に配慮をする筈だ」

「なるほど」

そうか、周を取り巻く環境は一変したか。

「先日、九鬼孫次郎と堀内新次郎が俺の所に来た」

「……」

「あの二人には新たな水軍の建設を命じているのだが銭の無心とそれなりの受領名を頂きたいと言ってきた。全国の海賊衆に侮られぬだけの名が欲しいとな」

「はあ」

はて、周の縁談とどう繋がるのか。まさか九鬼、堀内のいずれかに周を？　戸惑っていると相国様がニヤリと笑った。困った御方よ、こちらの困惑を楽しんでおられる。

「九鬼は宮内少輔、堀内は安房守と名乗る事を許した。もっとも受領名とは言っているが本心では官位が欲しいのだろう。折を見て正式に任官させる事を約束した。それなりの立場にはそれなりの官職が要るのも確かだからな」

相国様が〃ふふふ〃と笑った。悪く思ってはいない。むしろ好意的に見ている。九鬼、堀内は相国様から気に入られているらしい。

「その折だがな、九鬼孫次郎、いや九鬼宮内少輔だな。宮内少輔が息子の嫁に周をと願い出てきたのだ」

「……」

九鬼か……。父親は中々の荒くれ者と聞くが……。

「倅を見た。父親の名を譲り受けて孫次郎と名乗っているが悪くない。中々の若者だ」

「左様でございますか」

ふむ、父親とは違うか。

「如何かな？　海賊の家は嫌か？」

「そのような事はございませぬ。児玉の家は海賊とも繋がりがございます」

答えると相国様が頷いた。

「そうであったな。川ノ内警固衆を率いたのは三郎右衛門の親族であったな」

「良く御存じで。某の叔父が警固衆を率いました。叔父の後はその子が率いております」

答えると相国様が頷いた。

「では進めても良いか？」

「某には異存ございませぬ。有り難いお話かと思いまする。しかしあちら様は宜しいので？　児玉の家は陪臣でございますが……」

九鬼の家は朽木家でも有数の実力者の家だ。身代も大きい。陪臣の児玉家とは家格が釣り合わぬ。周の相手は今少し低い家格の者、或いは小身の者と思っていたのだが……。

「その事だがな。宮内少輔は周を毛利家の養女に出来ないだろうかと言ってきた。相当に周の事が気に入ったらしい」

「……」

相国様がニヤニヤと私を見ている。困った御方よ。私を冷やかしているのだろう。しかし右馬頭様の養女か。それならば家格の問題は解決する。良い縁よ。南の方様が如何思うかという問題は有るが……。

「もっともそれは認められぬと俺は言った」

「はて、何故でございましょう」

問い掛けると相国様が頷いた。この御方の事だ。意味も無く反対するとは思えぬ。何か理由が有る筈だが……。

「九鬼と堀内には対馬を任せている。朝鮮、明と戦になれば第一撃を受け止める立場だ。当然だが毛利の助力も要る」

「はい」

「常日頃から関係を深めておかねばならぬ。そういう意味でもこの縁談は重要だ」

相国様が私を見た。〝確かに〟と答えると満足そうに頷いた。なるほど、毛利にとっても悪くない。九鬼は相国様の信頼の厚い男だ。そして朝鮮、明の事を考えれば関係を強めておいた方が良い。ならばこそ右馬頭様の養女にと思うのだが……。

「もっとも関係を強め過ぎると九鬼は毛利に近過ぎる、毛利の女の所為だなどと妙な噂が出かねぬ。ふふふ、何と言っても周は美形だからな」

「はあ」

なるほど、それが有ったか。相国様は笑っておられるが確かに困った事よ。九鬼は朽木の水軍を率いる男。それが毛利に通じるなど許される事ではない。

「美しい娘というのは扱いが難しいな、三郎右衛門」

「何とも、申し訳ありませぬ」

謝ると相国様が顔を綻ばせた。

「そこでな、周は毛利の娘ではなく俺の娘として九鬼に嫁ぐ」

「なんと！」

思わず声を上げると相国様が〝はははははは〟と声を上げて笑い出した。

「珍しいな、三郎右衛門。そのように驚くとは」

「……お人が悪うございまする」

「はははははは」

また相国様が笑い声を上げげた。困った御方よ。しかし周をこの御方の養女にか。なるほど、それなら誹謗中傷も防げよう。何より南の方様を抑える事も出来る。なんとも上手い手をお考えになる事よ。憎い御方じゃ。

「先ずは周の気持ちを確かめてくれ。養女の件は伏せてな」

「はい」

「周に異存が無ければそなたから毛利家に打診して欲しい」

「某からでございますか？」

問い返すと相国様が頷いた。

「先ずは内々にという事だ」

「内々に？」

問い返すと相国様が頷いた。

「この手の話は痼(しこ)りを残してはならぬからな」

なるほど、毛利家に異存が無いか確認しろ。いや、先ずは南の方を納得させろという事か。

「お気遣い有り難うございまする。では早速国元に文を送りまする」

「うむ、頼む。話は終わった。今日は風も無い。今少し庭を見るか」

「はっ」

相国様が歩き出した。その後を歩く。うむ、近江の紅葉も悪くないわ。


禎兆七年（一五八七年）十月下旬　周防国吉敷郡上宇野令村　高嶺城　毛利輝元

「ほほほほほほ」

妻の部屋に向かっていると笑い声が聞こえた。妻の笑い声だ。懐妊してから良く笑うようになった。その所為だろうか？　城の中が明るくなったような気がする。

「まあ、ほほほほほほ」

また聞こえた。今度はよりはっきりと聞こえた。何を笑っているのか、上機嫌だな。良い事だ。

「御方、入るぞ」

声を掛けて部屋に入る。部屋の中では妻が女中達と花を生けている最中だった。女中達が周りを片付けると頭を下げて下がった。丁度良いわ。人払いの手間が省けた。

「竜胆(りんどう)か」

「はい、桔梗も良いですがこの竜胆もなかなか」

「そうだな、良い色じゃ」

青に紫が混じったような色だ。上品で中々によい。この色の衣装を着た妻を見てみたいものよ。よく似合うと思うのだが……。

「今日はなりませぬよ」

妻が奇妙な笑みを浮かべている。顔が火照った。

「な、何を言っている。今日はそのために来たのではない」

「あら、違いますの。私を見ているからてっきり。それに女達は下がる時に笑っておりました。あれは多分……」

「は、早とちり致すな。私はそなたに話があって」

「まあ、そうですの」

何故詰まらなそうなのだ？　さっきなりませぬと言ったではないか。いや、それよりあの笑い声、あれはまさか先日の事を笑っていたのか？　女達が頭を下げたのは笑いを噛み殺していた？　あれは妻が誘ってきたのだ。なりませぬとは言っていたが口だけだ。抵抗しなかった。むしろ積極的だったではないか。そうでなければ……。そうでなければ私も昼日中からあのような事はせぬ！

「唸っておりますよ」

妻が笑いながら言った。

「癖なのだ」

「はい、夢中になると貴方様は唸られます。それでお話とは？」

そうだ、話だ。先ずは気を鎮めねば……。一つ息を大きく吐いた。

「良く聞いてくれよ。近江の三郎右衛門から文が届いた。周の事だ」

「……」

「そう険しい顔をしてはならぬ。腹の子にも障る。気を落ち着けよ」

宥めると妻が頷いた。

「相国様から周を九鬼家に嫁がせてはどうかという話が有ったのだ。九鬼家の嫡男にどうかとな」

「まあ、九鬼家でございますか」

頷くと妻が〝九鬼家〟と呟いた。

「不満か？」

「いえ、そうではありませぬ。児玉の家は毛利の重臣では有りますが陪臣でございます。九鬼家はその辺りをどう考えているのかと」

うむ、悪くない。妻は正しく問題を理解している。

「その事だがな、九鬼家では周を私の養女にする事を望んだらしい」

「養女！　貴方様のでございますか？」

妻が驚いている。

「おかしな事ではあるまい。児玉の家は毛利の重臣の家だ。周を私の養女にして九鬼家に嫁がせる。九鬼家がそう考えるのは当然と言えよう」

妻が私を睨んでいる。

「……美しい娘が出来ますね。こちらにもしばしば戻る事になりましょう。貴方様も嬉しいのではありませぬか？」

「戯けた事を。もう済んだ事ではないか。話を蒸し返すな。それに相国様はそれを許さなかった」

「まあ」

妻が驚いている。そうか、妻は周が養女になると思ったのか。先に相国様は許さなかったがと言うべきであったな。うむ、手順を間違えたという事だ。次は気を付けねば……。

「何故でございましょう？」

「九鬼は対馬に詰めている。朝鮮、明に備えるためだが当然だが毛利との協力が必要だ。そういう家に周が嫁ぐ。悪い事ではない。しかし……」

「しかし？」

妻がこちらを見ている。

「九鬼と毛利が親しくなり過ぎるとそれを問題視する者も現れよう」

「まあ、そのような。……まさかとは思いますが相国様は毛利を？」

「疑っているのかと訊くのか？　それは無い。それならばこのような内情を三郎右衛門に話すとは思えぬ」

妻が〝左様でございますね〟と頷いた。

「相国様が恐れているのは毛利へのやっかみではないかと私は思っている」

「やっかみ」

「毛利は豊前一国を加増された。弓が嫁ぐ事で朽木家とも縁を結んだ。そして此度の災害では銭と米を援助してもらう。やっかまれてもおかしくはあるまい」

妻が頷いた。表情が硬い。毛利がやっかまれる立場にあるのだと理解したのだろう。

「上手く行っている時は良い。しかし一つ躓くと全てが悪い方へと取られかねぬ。それでは九鬼と毛利の協力にも差し障りが出る」

「左様でございますね。では周は？」

「相国様の養女になる」

「まあ、相国様の」

妻の声が裏返った。

「その上で九鬼家に嫁ぐ。それなれば九鬼は毛利ではなく朽木家と縁を結ぶ事になる。誰も文句は言えぬ」

「……」

「異存はないな？」

「私でございますか？」

妻が訝しげな声を出した。

「そうだ。相国様は毛利家が、いやそなたが納得する事を望んでいる」

「勿論にございます！　否など有りませぬ」

「ならば決まりだ。三郎右衛門には話を進める様に伝えよう」

これで毛利、朽木、九鬼の関係は一段と強まる。西の備えに不安は無い。関東、奥州遠征に弾みがついたという事だな。それにしても上手い事をお考えになるものだ。私の養女では妻が何かと嫉妬しようからな。

禎兆七年（一五八七年）　十月下旬　　近江国蒲生郡八幡町　　八幡城　　雪乃

大殿が巻いてあった紙を広げました。そこには照綱と書かれています。

「名を照綱とする。周囲を明るく照らすという意味だ。皆から頼られるだろう、そのような男になれ」

「はい、有り難うございまする。名に恥じぬように努めまする」

大殿が〝うむ〟と頷かれました。満足そうに笑みを浮かべられています。

「以後は四郎右衛門と称するが良い」

「はい」

〝おめでとうございまする〟という声が上がりました。万千代、いえ四郎右衛門が顔を綻ばせています。直垂に烏帽子、初々しさは有りますが幼さは有りません。もう子供ではないのだと思いました。

「四郎右衛門、これを取らせる。冬廣の脇差だ」

大殿が差し出すと四郎右衛門が〝有り難うございまする〟と言って押頂（おしいただ）きました。

「目出度いな、雪乃」

「はい、有り難うございまする」

「四郎右衛門に言葉を掛けてやれ」

〝はい〟と答えましたが何を言えばよいのか……。四郎右衛門が私を見ています、胸に込み上げて来るものが有りました。

「精進するのですよ」

「はい」

「身体に気を付けなさい」

「はい」

声が震えました。涙を堪えるのが精一杯です。これ以上は言葉など掛けられそうにありません。見兼ねたのでしょう、大殿が〝四郎右衛門、母の想いを決して疎かにするなよ〟と言って下さいました。

元服の式が終わると改めて四郎右衛門と共に大殿への御礼言上に伺いました。大殿は自室で朽木主税様と寛いでいらっしゃいました。四郎右衛門の元服式では主税様に烏帽子親を務めて貰っています。親族でもあり重臣でもあり幼馴染みでもある主税様が烏帽子親なのです。四郎右衛門を軽視していないという配慮なのでしょう。

改めて大殿、主税様に御礼を言上すると御二人が〝良い式だった〟、〝真に〟と仰って下さいました。

「四郎右衛門、琉球に行く前に氣比神宮に行って来る事だ。大宮司殿も待っておられよう」

「はい」

「雪乃も一緒に如何だ？　遠慮は要らぬぞ」

「では御言葉に甘えさせて頂きまする」

氣比神宮では四郎右衛門の無事を祈って来ようと思いました。

「元服した以上、もう子供ではない。これからは大人として扱う。良いな」

「はい」

四郎右衛門が力強く答えると大殿が頷かれました。

「琉球の使節はその方が琉球に行く事を喜んでいる。人質を出す前に朽木から俺の息子が琉球に行くのだ。琉球を重んじている、そう受け取っている」

四郎右衛門が表情を曇らせました。自分の琉球行きが変に受け取られていると思ったのかもしれません。そんな四郎右衛門を見て大殿が声を上げて御笑いになりました。

「まあそれは良いのだ。俺が琉球を重視しているのは事実だからな。琉球もその方を重視するだろう。その方を懐柔しようとする筈だ。気を付けろよ」

「はい」

「特に女だ」

「は？」

四郎右衛門が眼を瞬いています。それを見て大殿がまた御笑いになりました。

「若い男というのは色に弱いからな」

「大殿」

私が止めようとすると大殿が〝大事な事だ〟と仰られました。それは分かります。でも母親としては余り好ましい話題では有りません。主税様に視線を向けましたが苦笑しています。止めてくれそうには有りません。

「女が近付いてきたら探りに来たと思うのだな。心の中に入られるなよ」

「はい」

「それと酒だ。勧められても飲むな。下戸で身体が酒を受け付けぬと言って断れ」

「はい」

「酒と女、男が失敗するのは大体がその二つだ。気を付けろよ」

「はい」

四郎右衛門が大きく頷きました。理解しているのかしら……。

防衛体制

禎兆七年(一五八七年)十月下旬　近江国蒲生郡八幡町　八幡城　児玉周

「小夜、入るぞ」

声と共に相国様が姿を御見せになりました。御台所様と共に頭を下げて御迎えします。腰を下ろされると相国様はホウッと一つ息を吐かれました。

「御疲れでございますか？」

「一つ荷を下ろした、そんな感じだ。もっとも我が家は子が多いからな、まだまだ荷は多い」

御台所様がコロコロと御笑いになりました。少し不思議です。脇腹の御子も居るのです、不愉快に思われてもおかしくは無いのですが御台所様からはそのような感情は感じられません。豊千代様の事も大切に育てています。

「雪乃はだいぶ万千代、いや四郎右衛門が可愛いらしい。声を詰まらせていたな」

「竹姫、鶴姫と二人姫君が続きましたから……」

「そうだな。……四郎右衛門は月が変われば琉球に行く。今のうちに母子で氣比神宮に行っては如何かと勧めた。琉球に行けば暫くは会えなくなるからな」

〝そうですね〟と言って御台所様が頷かれました。四郎右衛門様が琉球に行きます。朽木家の若君が異国に行く、信じられない事です。父もその事に驚いていました。そして朽木家は進取の気風が有る、それは相国様だけのものではないと感心していました。

御茶をお出しすると相国様は一口飲まれて〝美味い〟と仰られました。

「周、そなたの婚儀の事だがな、聞いているか？」

「はい、九鬼家の孫次郎守隆様との縁談が有ると父より聞いております」

相国様が満足そうに頷かれました。九鬼家との縁談、九鬼家と言えば日本でも有数の海賊です。

伊勢、瀬戸内、今では対馬にも根拠地が有ります。毛利に服属する村上水軍も精強ですがそれに勝るとも劣りません。南蛮船を数多く持っていると聞きます。

「親父の宮内少輔が乗り気でな。是非にも息子の嫁にと願ってきた」

「大丈夫ですか？　海賊衆は気が荒いと聞きますが……」

御台所様が心配そうな御声を出されると相国様が御笑いになりました。

「まさか周を取って食おうとはするまい、案ずるな。それに周は俺の娘として九鬼家に嫁ぐ。大事にして貰えるだろう」

私が相国様の養女！　その話は初めて聞きます。驚いていると相国様が私を見てまた御笑いになりました。

「九鬼家からそういう願いが有ったわけではないぞ。孫次郎はそなたの事を見初めたようだ。それで父親の宮内少輔に相談したらしい。宮内少輔はそなたの事を調べて良い娘だと思った。それで息子の嫁にと願ってきた」

「まあ、では養女というのは」

御台所様が問い掛けると相国様が〝念のためだ〟と仰られました。

「実はな、毛利の娘に出来ぬかと九鬼家からは有ったのだ。だがそれは俺が断った」

私が殿様の養女？　それをお断りになった？

「まあ、何故でございましょう」

御台所様も驚いています。

「児玉家は毛利の家臣、後々煩い事を言う者が出ないようにな、俺の娘という身分で嫁ぐ」

「陪臣という事でございますか？」

御台所様の問いに相国様が〝そうではない〟と首を振られました。

「九鬼は対馬に詰めているからな。毛利と妙に親しいなどと言って詰まらぬ邪推が入らぬようにせねばならぬ」

「と申されますと？」

「あそこで万一の事が有った場合、九鬼にとって頼りになるのは毛利と国東水軍だ。そういうわけでな、日頃から或る程度の付き合いは要る。そこに支障が生じぬようにしなければならぬ」

溜息が出そうです。私の婚儀にそこまで気を遣わなければならないとは……。

「御配慮、忝のうございます」

頭を下げると〝気にするな〟と声が有りました。

「この事は毛利家も納得している。婚儀は来年だな。小夜、娘が嫁ぐのだ、準備を頼むぞ」

「はい」

御台所様が嬉しそうな御声を出しました。畏れ多い事です。

「毛利家の事は案ずるな。右馬頭に子が出来た事は知っているな」

「はい、そのように聞いております」

南の方様が身籠ったと聞いた時は本当に驚きました。

「正室の南の方が身籠った。来年の四月頃に生まれるらしいな。仲は円満とは聞かなかったのだがな、右馬頭も龍造寺攻めでは武功を挙げたし豊前一国の加増となった。南の方も見直したのかもしれぬ」

相国様が楽しそうに御笑いになられました。後は御子が無事に生まれる事、男子である事を祈るだけです。

禎兆七年(一五八七年) 十月下旬 近江国蒲生郡八幡町 八幡城 朽木基綱

周がホッとした表情を見せ小夜はおかしそうにしている。まあおかしいよな。俺も笑いが止まらない。毛利右馬頭夫妻の仲の悪さは結構有名なのだ。正室の南の方は右馬頭を見ると顔を背けるほどに嫌っていたようなのだが龍造寺軍を打ち破り豊前一国を得た事で右馬頭はやれば出来る子らしいと評価を変えたようだ。

そうなるとだ、自分達に子供が無い事が不満になったらしい。南の方には自分の身体には毛利元就と元就の正妻妙玖の血が流れている、これこそが毛利で一番尊い血だという誇りが有った。輝元にもその血が流れている。自分と輝元の子こそ、毛利の嫡流に相応しいというわけだ。八門の調べによれば次郎右衛門に弓姫が嫁ぐ事にも不満を漏らしたようだ。弓姫には妙玖の血が入っていない、毛利を代表する娘ではないという事だろう。当然だが次郎右衛門と弓姫の子を毛利の養子になんて論外だった筈だ。

突然南の方が子作りに積極的になった事で右馬頭は驚いただろう。だが右馬頭にも子供が必要な事は分かっている。南の方に子が出来れば一番問題が無い事もだ。せっせと励んで御懐妊というわけだ。まあ何と言うか子作りに励んでいる内に段々夫婦円満になってきたようだ。多分この二人、行き違いによるコミュニケーション不足が原因の不和だったのだろう。もっと早いうちに子作りに励んでいればよかったのに……。

まあこれで周の問題は解決した。周だけじゃない、児玉の家も安泰だろう。だが念のために朽木にも児玉の血を入れた方が良いな。児玉三郎右衛門には男子が三人居る。一番下の男子は児玉六次郎元次といって今年十五歳、元服したばかりだ。こいつを朽木家に貰おう。周を朽木の娘として九鬼に嫁がせる以上、朽木家に児玉の人間が居た方が良い。そういう理由ならおかしくは無い筈だ。毛利も煩い事は言わないだろう。

「九鬼の家はな、琉球に船を出している。更に南の海にもな。伊勢の長島を通して美濃や信濃とも繋がりが有る。極めて裕福な家だ」

「はい」

「まあ海賊の家だからな、陸の家とは多少違う所も有るだろう。戸惑う事も有るかもしれぬ。だが馬には乗ってみよ、人には添うてみよとも言う。九鬼孫次郎守隆は中々の若者のようだ。添うてみるのだな」

「はい」

周の答えを聞いて部屋を出た。周の声は明るかった。右馬頭に子が出来る、その事でホッとしたのかもしれない。幸せになれるだろう。なんか本当の父親みたいだな。

周を養女にする事で父親の児玉三郎右衛門との関係はより密な物になる筈だ。毛利との関係も同様だろう。そして毛利も九鬼を無視は出来なくなる。対馬の防衛体制はこの婚儀でより連携が良くなる筈だ。九鬼宮内少輔嘉隆も喜ぶだろう。朽木との関係もより強いものになる。

廊下を歩いていると庭から声がした。

「兄上、もう少し」

「うん、もう少しだ」

見ると柿の木に子供が登っている。菊千代だな。柿を捥ぎ取ろうと必死に手を伸ばしている。そして娘が柿の木の下で笊（ざる）を持っている。娘は龍だ。慌てて外に出た。

「無理をするな、菊千代」

〝父上〟と二人が声を出した。

「そのままでいろ、良いな、動くなよ」

近寄って手を差し伸べて〝さあ、こっちへ〟と声を掛けた。

「大丈夫です、もう少しで取れます」

「止めよ！　さあこっちへ！」

強い口調で言うと渋々菊千代が身体を預けてきた。受け止めて降ろす。今年で十一歳だが小柄な所為か思ったよりも軽かった。

龍の持つ笊には柿が四個有った。禅寺丸柿という甘柿だ。というよりこの時代、甘柿はこの禅寺丸柿しかない。他は皆渋柿だ。

「二人で柿を取っていたのか」

菊千代が〝はい〟と答え龍が頷いた。龍は甘い物が好きだからな、菊千代に頼んだのだろう。この二人、仲が良いようだ。

「危ない事をする。柿は枝が折れ易いのだ。落ちたら大怪我をするぞ。二度と柿の木に登ってはならん」

「はい」

素直に二人が頷いた。

現代では柿を取るために柿の木に登る子供は少ないだろう。スーパーに行けば柿なんて簡単に買う事が出来る。だがこの時代にはスーパーは無い。柿が欲しければ自分で柿の木から捥ぎ取らなければならない。夢中になる余り柿の枝に体重を掛け、枝が折れて落下、大怪我をする子供は少なくないのだ。

俺の手の届くところに三つほど色付いた柿が有った。それを捥いで龍の笊に入れる。龍が嬉しそうに笑みを浮かべた。

「さあ、戻りなさい」

二人が声を揃えて〝はい〟と言って館に戻った。龍は一人で居る事が多いと聞いている。他の兄弟姉妹とは親しくないのかと思ったがそうでもないらしい。少なくとも菊千代とは仲が良いようだ。ちょっとホッとした。

四郎右衛門を琉球に送る以上、その周囲にはしっかりした人物を付ける必要が有る。傅役（もりやく）の蒲生

左兵衛大夫、守山作兵衛の他に誰を送るか……。若手でしっかりした人物か、雨森弥兵衛の次男が中々良いと聞いたな。次男か、これを機に召し出すか。名前は何と言った？　勘六だったかな、新六？　後で確認しよう。それから北条又二郎氏益を付けよう。これからは若い連中をドンドン召し出す。倅達が成人する。それを支える人材が必要だ。

禎兆七年（一五八七年）　十一月上旬　　筑前国那珂郡博多　　博多代官所　　石田三成

「市兵衛にござる。宜しいか？」

「構いませぬぞ」

部屋の外からの問いに答えると戸が開いて秋葉市兵衛殿が入って来た。すっと対面に座る。身ごなしが軽い。戦場では幾つもの武功を挙げている。若いが戦巧者として評価が高い。

「石田殿、近江より書状が届いたと聞きましたが？」

「如何にも、これにござる」

書状を差し出すと〝宜しいので？〟と訊ねて来たので頷いた。市兵衛殿が書状を受け取って読み始める。直ぐに眉を寄せた。大殿の直筆の書状だ。決して読み易い書状ではない。

読み終わるとこちらに書状を返してきた。

「なかなか難解な書状でございますな」

「左様、まるで判じ物にござる」

市兵衛殿がキョトンとした表情を見せ直ぐに笑い出した。

「いや、御許しあれ。石田殿が左様な冗談を申されるとは……」

未だ笑っている。私はそんなに生真面目な男だろうか？

「気にしてはおりませぬ。それにしても大殿も祐筆を使えば宜しいものを……、如何いうわけか御自身でお書きなされる事を好まれる」

「貰う方は大殿の直筆の文を喜びますからな」

「読み辛いですぞ」

「そこが良いのです。皆読み辛いとは言いますが楽しんでおりますよ」

そういうものか。私には読み辛いだけにしか思えぬが……。

「それより石田殿、書状の内容の事でござるが朝鮮にも書状を出すと書かれてありますぞ」

「四郎右衛門様が琉球に行かれると書かれてありました。天下統一の前では有りますが琉球との結び付きが強まった以上、朝鮮との交渉も始めるべきだと御考えになったのでしょう」

市兵衛殿が頷いた。おそらくは瀬踏みだろう。交渉が本格化するのは天下統一後、来年以降になる筈だ。

「どうなりますかな。宗氏が筑後に移されてから商人達は何かと不自由をしていると聞きます」

市兵衛殿が小首を傾げている。朝鮮と宗氏の繋がりは太く強かった。毛利、大友も宗氏を利用して朝鮮との交易に手を出していた。商人達も宗氏を頼りにした。問題が有れば宗氏を通して朝鮮と交渉したのだ。だが大殿はその繋がりを切った。商人達はその事に不満と不安を持っている。

「一安心と言いたいところですが交渉が簡単に纏まるとも思えませぬ」

市兵衛殿が〝左様ですな〟と頷いた。

「宗氏は朝鮮に服属していた。その宗氏は対馬を追われた。面白くはありますまい。良く分からぬのは対馬ですな。朝鮮は対馬を如何見ているのか。日本の領土と見ているのか、朝鮮の領土と見ているのか……」

市兵衛殿が私を見ている。私の考えを聞きたいらしい。

「康応の頃に高麗が、応永の頃に朝鮮が対馬を攻めたそうです。倭寇の根拠地を潰すという目的が有ったようですな。その折に宗氏が朝鮮に服属する形で和を結んだそうです。対馬を朝鮮の一部にするという話も有ったようですが日本側が拒んだために有耶無耶になったとか」

「左様な事が……。御調べになったのですな」

市兵衛殿が問い掛けて来たので頷いた。宗氏を追われた柳川権之助調信、柚谷半九郎康広から聞き出した。あの二人は今では朽木に仕えている。私も積極的に仕官を勧めた。大殿の御役に立つだろう。

「宗氏としては交易を保証してくれれば倭寇をする必要は無い。そのための服属という考えだったのでしょう。実際朝鮮からの歳賜米も朝鮮からの貢物と周囲には言いました。朝鮮側もその辺りの事を全く理解していないとも思えませぬ」

「左様ですな」

「ですが一度は朝鮮の一部にするという考えが出たのです。彼らの中に対馬は朝鮮の領土という考えが有ってもおかしくは有りませぬ」

市兵衛殿が唸った。大殿が宗氏を筑後に移したのは正しいだろう。宗氏は交易のためなら形振り構わぬ所が有る。生きるためには已むを得ぬ事では有るが極端な事を言えば朝鮮の出方次第では宗氏は対馬を朝鮮に売った事になりかねなかった。朝廷でも宗氏の事を重視している方々が居ると聞く。放置は出来ない。対馬を朽木の直轄地にする事で朝鮮に対して日本の領土であると示したのは間違っていない。だがその事が交渉にどう影響するかは別問題だ。

「最近倭寇がまた勢いを増しているようです。商人達はその事でも不満を漏らしています。長崎の彦十郎殿からもそのような報せが届いています」

島津が滅んだ頃から増え始めたらしい。そして宗氏が対馬から居なくなった事、龍造寺が滅び大友が領地を減らされた事で更に増えた。食えなくなった者が海に出たのだ。

「対馬の九鬼、堀内は?」

市兵衛殿が問い掛けて来たから首を横に振った。

「九鬼も堀内も倭寇対策には乗り出さぬようです。朝鮮との交渉のためでしょう。大殿を無視するよりも大殿を利用した方が利が有ると思わせるためだと思います」

「なるほど」

要するに宗氏の代わりに大殿を使えという事だ。しかしそう上手くいくかどうか……。

三郎右衛門の憂鬱

禎兆七年（一五八七年）十一月上旬　　筑前国那珂郡博多　　博多代官所　　石田三成

「宗氏と朝鮮の間で繋がりは有りませぬか？」

「無いようです。宗氏は筑後に移されましたからな、朝鮮側も接触しようが有りませぬ」

「商人が仲立ちする事は？」

市兵衛殿が窺う様に私を見た。

「大殿は宗氏に今後は朝鮮との交渉には関わらせぬと言ったそうです。その上での領地替え。此度は領地替えでしたが大殿を怒らせれば宗氏は滅ぼされましょう。それが分からぬとも思えませぬ」

市兵衛殿が頷いた。宗氏の動きは伊賀衆が押さえている。今の所領内統治に余念が無いようだ。特におかしな動きは無い。それに商人達も海を失った宗氏に関心を持つとも思えぬ。

「ところで切支丹の事、大殿には御報告されましたので？」

「先日報告書を近江に送りました。この書状には何も書いて有りませんから届く前に書かれたのでしょう」

「だいぶ酷かったようですな。あの連中、他の教えを邪宗と言って排斥するようです。長崎の彦十郎殿が一向宗のようだと言っております」

「……」

切支丹か、市兵衛殿の言う通りかなり他宗に対して攻撃的な宗教だ。一向宗に似ていると言える。他にも似ている所が有る。政に関わろうとする所だ。西肥前では有馬、大村に食い込んで神社仏閣を破壊した。豊後では大友に食い込んでやはり神社仏閣を破壊した。北部日向でも大友を使って同じ事をしている。畿内でそのような事が無いのは大殿が政に関わるのを許さぬからであろう。だが今では九州も朽木領の一部だ。西肥前、豊後の切支丹を大殿は如何されるのか……。

「彦十郎殿は三河の出ですからな、一向宗の恐ろしさは良く分かっております。切支丹は第二の一向宗になるのではないかと危惧しておりましたぞ」

「某も少々危惧しております。一向宗は顕如の意思で動きました。切支丹が同じ事をするなら如何なるのか？　伴天連達は南蛮人です。異国の者がこの国の者に大きな影響力を持つ。そのような事を許して良いのか……」

「それも有りますな」

市兵衛殿が大きく頷いた。宗氏は朝鮮の影響力を多分に受けていた。交易のため、生きるためであった。切支丹は大きく二つに分類される。交易を求める者と救いを求める者だ。要するに利と心だ、どちらも厄介では有る。そして九州の大名達の中には切支丹の影響を大きく受けた者が少なからず居た。

大村は一度長崎の統治権を伴天連達に託そうとしたらしい。理由は南蛮人との貿易による利を独占するためだ。だが龍造寺山城守がそれを阻んだと聞いている。山城守は伴天連達に不信感を抱いていたようだ。大村の伴天連達への傾倒は目に余る物が有った。

寺社を破壊するだけでは無く先祖の墓も打ち壊したらしい。切支丹への改宗を強要し従わない領民を殺害する事も有ったと聞く。龍造寺山城守は従属する大村が自分よりも伴天連達の意向を重視するのではないかと不安を感じたのかもしれない。敵対する大友は切支丹を庇護していた。切支丹による龍造寺包囲網……。

それだけでは無い。南蛮の商人達は日本人の女を奴隷として買い取り異国へ連れ去っている。特に島津による豊後侵攻時、多くの領民が乱捕りにより連れ去られ南蛮人に売られたらしい。大殿が九州に攻め込んだ時も南蛮商人達が奴隷の買い付けのために集まったと聞く。だが大殿は領民を捕虜とはしなかったため彼らの目論見は外れた。だが現在でも小規模の売買が続いている。許せる事では無い。

「彼らは今焦っています」

「と言いますと？」

「これまでは有馬、大村、大友等の庇護を受けていましたがその庇護を失いました。その所為でこれまで迫害されてきた僧や神官、領民が彼らを非難し始めた。伴天連の教えは邪(よこしま)であると。大友、有馬、大村は切支丹であったが故に没落したと言っているのです」

市兵衛殿が唸り声を上げた。

「具体的には何を？」

「土地の返還です。彼らが有馬、大村、大友を使って奪った土地の返還、破壊した神社仏閣の再建費用を要求しています。最終的には彼らの排斥を望むでしょう」

「それは……」

絶句している。もしその要求を受け入れるとすれば再建費用は相当な物になるだろう。大殿への書状にはそれも記した。一体どのような判断をされるのか……。


禎兆七年（一五八七年）十一月上旬　　近江国蒲生郡八幡町　　八幡城　　朽木基綱

ホウッと雪乃が息を吐いた。憂鬱そうな表情をしている。

「四郎右衛門が心配か」

「はい、もう琉球に着いた頃でしょうか？」

「予定では十一月の半ばには琉球に到着すると聞いている。未だ着いてはいないだろう」

〝そうですね〟と言うと雪乃はまた息を吐いた。だいぶ重症だ。

四郎右衛門を伊勢まで送り、帰りに那古屋城に寄って帰って来た。大きな城だ、城下も賑わっている。もう尾張は織田家の尾張じゃない、朽木家の尾張だ。その事をあの城と城下の賑わいが示している。尾張は東海道の要の場所だ。造るだけの価値は有った。

次郎右衛門の傍には傳役の朽木主殿、長左兵衛綱連、石田藤左衛門を置いて来た。そして木下藤吉郎、丹羽五郎左衛門、沼田上野之助、黒田官兵衛、藤堂与右衛門、長九郎左衛門、日置助五郎、長沼陣八郎、増田仁右衛門、建部与八郎、井口新左近、磯野藤二郎、町田小十郎、今福丹後守を連れ帰った。磯野藤二郎と町田小十郎には九州で所領を与えると伝えた。嬉しそうだったな。だが帰還した俺を待っていたのは鬱々としている雪乃だった。出発の時には明るく送り出してくれたのだが……。

「そう案ずるな。あれは気楽な性格だからな。半年後には真っ黒に日焼けして元気に帰ってくる。琉球の話を色々としてくれるだろう。皆が聞きたがるぞ」

「そうだと良いのですけれど……」

いかんな、雪乃の反応は良くない。まあ気持ちは分かる。この時代に琉球に行くなんて間違いなく大冒険だ。そこへ大事な息子を送った……。

「そう案じてばかりいては気鬱の病になってしまうぞ」

「分かっては居るのですが……」

「竹がまた懐妊した。文を送っては如何だ？　喜ぶぞ」

「そうですね」

駄目だ、雪乃は気もそぞろだ。〝雪乃〟と声をかけて傍に寄った。肩に手をかけて抱き寄せると素直に身を預けてきた。

「これからも琉球とは使者の遣り取りをするだろう。四郎右衛門は朽木家が最初に琉球に出した使者だ。後世にまでその名は伝わるだろうな」

「そのような事、考えた事も有りませんでした」

「心配ばかりしているからだ。心配するなとは言わぬ。だが四郎右衛門は自らの意志で琉球へと向

かった。認めてやれ」

「……はい」

雪乃が泣き始めた。

済まんな、雪乃。俺にとって四郎右衛門は四人目の息子だ。だが雪乃にとっては最初の息子だった。もう少しその事を考えてやれば良かった。竹が懐妊しても素直に喜べない、なんて哀れな……。雪乃が泣き止むまでずっと背中を撫でた。俺に出来るのはそれくらいしかない。太政大臣、天下人なんていっても無力なものだ。


雪乃を慰めた後は部屋に戻って壺を磨いた。落ち込んだ時は壺磨きに限る。磨いている内に落ち込みから立ち直る筈だ。……九州の佐吉から文が来た。どうやら九州で宗教戦争が起こりそうらしい。これまで切支丹は大友、有馬、大村の大名を籠絡して神社仏閣を破壊してきた。彼らにとっては自分達の教え以外は邪宗だからな、当然の事で正しい事だった。後悔なんて欠片もしていないだろう。

だが足元がぐらついて来た。切支丹大名が軒並みブッ潰れた事で立場が弱まっている。史実では切支丹大名は大友、有馬、大村以外にも居た。小西、高山、蒲生等だ。

彼らは比較的豊臣政権の中枢近くに居たから影響力も有った。頼りに出来た筈だ。だがこの世界では切支丹大名は朽木政権内部には居ない。俺が宗教に対して一線を画しているからだ。家臣達も何かにのめり込む事を控えている。切支丹は孤立感を深めているだろう。

如何なるかな？　神官も坊主もかなり不満を抱いている。このままなら先ず間違いなく衝突するだろう。かなり激しい物になるかもしれない。佐吉には手出しするな、見守れと伝えてある。連中がぶつかった後で、或いは関東に行く前に調停者として俺が登場する。そして騒動への処罰と、改めて政治的な活動をする事は許さないと伝えよう。同時に他の宗教への敵対行為も許さないと伝える。そして大友、有馬、大村から与えられた土地の内、その宛行状の無い物は所有権が無いと裁定しよう。多分納得しないだろう。反発するだろうし政治的な活動を止めないかもしれない。それでも良い、その時は軍を派遣して処罰する。教会の施設の破却が適当だろう。軍の派遣以前に坊主や神官側が切支丹を襲撃するようならそれも処罰する。あくまで朽木は中立であり公平な立場で裁く。その姿勢を貫く事だ。

連れ去った奴隷の返還もさせる。それが実行されない間は大々的に南蛮人が日本人を奴隷として買い取りヨーロッパに売っていると宣伝する。そうだな、瓦版の様な物を作って全国に配布させよう。切支丹は激減するだろう。宣教師達も本気で対応しなければ不味いと考える筈だ。まあ何処まで実行されるかは分からない。だが日本で身勝手な真似は出来ないと理解はするだろう。

佐吉は切支丹が外国の影響を受け易いのではないかと危惧していた。その通りだ。宣教師達はポルトガルやスペインによる侵略の先遣隊だった。それを忘れてはならない。織田信長は切支丹に好意的だった。仏教勢力を抑えるためという説が有るがそうじゃないと俺は思う。

信長が戦国で勝ち残れたのは当時の最新兵器、鉄砲を十分に活用した事が一因としてある。鉄砲だけなら堺、国友だけで十分だが鉄砲を有効活用するためには大量の弾薬が必要だ。つまり硝石や鉛だ。日本国内には十分な硝石や鉛は無かった。その硝石や鉛を日本に運んだのが南蛮の商人だった。南蛮貿易と言われているが彼らの協力が有ったから信長は長篠で勝てたのだ。この南蛮商人を利用するにはイエズス会の宣教師達の協力が必要だった。そして彼らが望んだのがキリスト教の布教の許可だ。

信長はそれを認める事で宣教師達の好意を勝ち取る事が出来た。彼らは信長を自分達の庇護者だと判断したのだ。利用出来ると判断した。そして南蛮の商人達に信長への協力を依頼した。長篠の戦いで使用された弾薬は九十万発と言われている。膨大な量だ。弾の重さは一つが三十グラム弱と言われている。九十万発なら約二十七トンになる。この鉛、タイの鉱山から産出された物で有る事が分かっている。日本から四千キロも離れた地から二十七トンの鉛を運んだのだ。そうやって揃えられたから長篠で戦う事が出来た。信長が天下に手を掛ける事が出来たのは鉄砲を大量に用意したからではない。鉄砲を大量に使用出来る補給体制を整える事が出来たからだ。宣教師達の協力が有ったから信長は武田に勝つ事が出来た。そうで無ければ信長は武田と戦う事を決断出来なかっただろう。何時までも武田に悩まされ続けた筈だ。

豊臣秀吉は信長に切支丹は危険だと訴えたらしい。何時の事かは分からない。もしかすると顕如が大坂から退去した後かもしれない。畿内から一向宗の勢力が減退し代わって切支丹の勢力が増大していた。秀吉は切支丹が第二の一向宗になると思ったのかもしれない。或いはだが切支丹のトップは日本人じゃない。海の外に居る。それを危惧したのか……。

だが信長はそれを退けた。先ずは目の前の天下統一を優先するべきだと考えたのだろう。もしかするとヨーロッパからじゃ何も出来ないと高を括ったのか……。そろそろ比叡山、日吉大社の再建を許そうか。天下統一も間近だ。天下統一、天下安寧を皆で祝うという名目で再建を許そう。来年の正月だ。伴天連達がこれを如何思うかだな。

比叡山、日吉大社の再建を許せば九州の神官、坊主は俺が神仏に好意的になったと思う筈だ。強気になるだろう。そして切支丹は俺を頼りにする事は出来ないと思う筈だ。より攻撃的になるだろうな。騒動を起こせば天下安寧を乱した者として両方処罰出来る。大事なのは宗教勢力の横暴を許さない事、そして朽木の政は不偏不党という事だ。公務員なら当たり前の事だな。

九州の商人達は現状にかなり不満を持っているらしい。宗氏が内陸に移された事で色々と不自由なようだ。おまけに海が倭寇の活動で荒れている。商業活動に大きな影響が出ているというわけだ。俺が交渉に乗り出すと知れば商人達も安心するだろうし期待もする筈だ。その分だけこちらに協力的になってくれるだろう。

問題は朝鮮が何処までこちらに歩み寄って来るかだ。朝鮮の国王がどうも頼りない。権威主義者で気紛れな所が有るようだが、現実を把握する能力に欠けているようだと交渉は難航するだろう。根競べになるかもしれない。倭寇の被害に我慢出来なくなるのをじっくり待つ。数年かけての交渉になるだろう。

上杉からは竹の懐妊の報告と共に佐渡攻めの事を文に書いて来た。竹も二人目か、大体半年後には生まれるだろう。上杉では男子を欲しがっているだろうな。だが無事に生まれてくれれば男女どちらでも良い。雪が積もる前に祝いの使者を送ろう。景勝には同田貫の太刀を送ろう。喜んでくれる筈だ。

佐渡攻めに上杉は同意した。上杉は親上杉派の羽茂対馬守高貞と交渉していたらしい。これまでの様な緩い友好関係では無く明確な従属だ。羽茂対馬守は渋っていたようだが朽木が佐渡に関心を示していると聞いて上杉への従属を決断したようだ。佐渡攻略後は羽茂対馬守は越後国内で領地を貰う事になる。佐渡の羽茂郡、加茂郡は上杉の直轄領という事だ。

佐渡攻めは来年の四月以降という事になるだろう。来年は三月までに周の婚儀、そして毛利の弓姫の輿入れを行う事になる。四月以降は越前、加賀、能登の兵力を使って佐渡攻めになる。大将は井口越前守だな。残りは関東に出兵だ。天下統一までもう少しだ。

禎兆七年（一五八七年）十一月上旬　　近江国蒲生郡八幡町　　八幡城　　朽木滋綱

駄目だ、上手く書けぬ。クシャクシャと紙を丸めると放り捨てた。部屋の中は書き損じた紙屑だらけになった。ウンザリして筆を置くとゴロリと横になった。天井の木目を追う。考えが纏まらない、何を書けばよいのか……。考えるのを止めてただ木目を追う。溜息が出た。

「三郎右衛門殿、入りますよ」

声が聞こえた。母上だ。〝はい〟と答え慌てて起き上がると母上が入って来た。紙屑を拾って下座に控えた。母上が上座に座った。

「文を書いていたのですか？」

「はい、今出川家の瑠璃姫に」

母上がクスクスと笑い始めた。

「だいぶ苦戦しているようですね」

「はい、苦戦しております」

嘘をついても仕方が無い。俺は字が下手だ。許嫁の瑠璃姫が如何思うか……。瑠璃姫は極めて流麗な文字を書いて来た。憂鬱な事では有る。

「そなたは大殿に似て悪筆ですから」

母上は笑うのを止めない。もっとも嘲笑うという感じでは無い。心底面白がっている。

母上にとって父上に似ているという事はたとえ悪筆でも美徳の一つなのだろう。母上から字が下手だから直しなさいと言われた事は一度も無い。自慢出来る事では無いが俺は父上よりはましな字を書くと思う。しかし父上は〝瓜の蔓に茄子はならぬな〟と言って笑う。不本意だ、俺の字は父上ほどには右肩上がりが酷くない。

「何か御用でございますか？」

用件を済ませて早めにお引き取り願おう。俺はどうも母上が苦手だ。

「用が無ければ来てはいけませぬか？」

「そのような事は有りません」

母上がまた笑った。いかぬな、遊ばれている。母上も父上同様に人が悪いところが有る。

「周の事です。弟の児玉六次郎殿が朽木家に仕える事になりました」

「決まったのでございますか？」

問い掛けると母上が〝ええ〟と言って頷かれた。毛利家に児玉六次郎を朽木家に譲って欲しいと交渉していたが決まったのか。まあ毛利家が断る事は無いと思っていたが……。

「周は朽木家の娘として九鬼家に嫁ぎます。周のためには児玉家の者が朽木家の中に居た方が良いだろうと大殿は御考えです。毛利家も朽木家の内部に毛利家に縁(ゆかり)の有る者が居れば心強い。次郎右衛門殿が弓姫を娶りますが繋がりは多い方が良いと考えての事でしょう」

「はい」

繋がりか。それは朽木家も同じだろう。児玉家は毛利家では重臣の家だ。父上は毛利家との繋がりだけでなく児玉六次郎を召し抱える事で毛利家の家臣の中にも繋がりを持とうとしている。毛利家は九州再遠征で豊前国を得た。石高は八十万石ほどになるだろう。兵力は約二万五千を動かす事が可能だ。今は朽木家に従順だが将来は分からない。油断は出来ない、すべきではないと御考えなのだろう。

「周は来年早々に九鬼家に嫁ぐ事になります。大殿は三郎右衛門殿に輿入れを宰領させようと御考えです」

「某にですか？」

驚いて問い返すと母上が頷かれた。

「同時期に毛利の弓姫が尾張に来ますからね、次郎右衛門殿に輿入れの宰領を頼む事は出来ませせぬ」

「なるほど」

確かにそうだな。しかし俺が輿入れの宰領？　大丈夫かな？

「不安ですか？」

「正直に申せば不安です」

母上が楽しそうに笑い声を上げた。

「そなたは正直で宜しい。虚栄を張りませぬ」

多分父上に似ていると言うだろうなと思っていると〝大殿もそうでした〟と言った。

「安心しなさい。大殿もそなたに全てを任せるような事はしませぬ。傍で良く学ぶ事です」

「はい」

となると準備は父上がなさるという事か。俺の役割はその手伝いとこの城から志摩までの行列の宰領といったところかもしれない。千種三郎左衛門、黒田休夢に助けて貰う事になりそうだ。

「うふふ」

母上が楽しそうに笑った。

「大殿がそなたの事を認めていましたよ」

「父上が？」

問い返すと母上が頷いた。

「そなたは無口ですからね。愚かではないようだが大丈夫なのだろうかと大殿は心配していたのです。でも今回の九州遠征で色々と話す事が出来た、三郎右衛門は大丈夫だと喜んでいました」

「左様ですか」

あまり喜べない。九州遠征では父上に圧倒されてばかりだった。自分は未熟なのだ、何も知らないのだと嫌でも思い知らされた。

「如何したのです？　嬉しくないのですか？」

母上が不思議そうに私を見ている。

「喜べませぬ。自分は未熟です。父上が見ているようにと命じた理由が良く分かりました。実際に兵を率いれば何も出来ずに皆の足手まといになったでしょう」

母上がジッと私を見た。

「不満ですか？」

「はい、情けないと思います」

「そなた、幾つになりました？」

「歳ですか？　十七です」

答えると母上が〝十七〟と呟いた。十七になっても何も知らない、出来ない。恥ずかしい限りだ。

「十七歳の大殿は北近江半国、三十万石に満たない身代でした。十三代足利義輝公が永禄の変で亡くなられ畿内は混乱していた時です。私は嫁いで四年目、未だ子は有りませんでした」

「……」

十七歳で三十万石。天下人朽木基綱にもそんな時代が有ったのだと思った。

「幼い時にお父上を亡くされ御苦労されたと思います。でも私にはそういう事は一切話しませんでした。あの頃の朽木家は周囲を敵に囲まれ苦しかったのですけど大殿はどんなに苦しい時でも投げ出す事や周囲の私達に当たり散らす事は無かったのです……」

「……」

「そんな大殿がそなた達の事で言った事が有ります」

「それは？」

問い掛けると母上が微笑んだ。

「元服すれば嫌でも世の中の厳しさに触れる事になる。だから元服は急がない。子供らしく過ごせる時間を与えたいと」

「……父上」

胸を衝かれた。父上が自分達を可愛がっている事は分かっていた。忙しい筈なのに自分達を膝に乗せて遊んだり物陰から自分達が稽古している所をジッと見ていた。もしかするとずっと子供のままでいて欲しいと思ったのかもしれない。自分のしたような思いはさせたくないと……。

「そなたは大殿に何も知らない、出来ないと叱責されましたか？」

「いいえ、そのような事は有りませぬ」

答えると母上が頷いた。

「そなたに足りない物が有る事を大殿は誰よりもお分かりです。だから足りない物を埋めなさい。大殿はそれを待っています」

「はい」

「大樹もそうやって皆から認められるようになったのです」

「はい」

母上がジッと私を見た。

「寂しくなりますね」

「は？」

「いずれそなたは六角の名跡を継ぎ九州へと行ってしまう」

「はあ」

まあ、気持ちは分かるが近江に置く事は出来ないという父上の判断が間違っているとは思えない。それに時々は戻って来るのだからそのように寂しがらずとも……。母上がこちらに躙り寄ってきた。そして両手で私の顔を挟む。また始まった。

「母上、お止め下さい」

「良いでは有りませぬか。母子なのですもの」

「そうは言っても、皆が笑いますぞ」

抗議しても母上は〝うふふ〟と笑うだけで止めようとしない。

「大殿のお若い頃にそっくり。右からよりも左から見た方が似ているかしら。まるで時が戻ったような……」

「母上」

この間は右から見た方が似ていると言っていたんだがな。その前は正面からだった。

「うふふ」

困った御方だ……。

禎兆七年（一五八七年）十一月中旬　近江国蒲生郡八幡町　八幡城　朽木滋綱

目の前に坊主がいる。豪盛、全宗、祐能、亮信、賢珍、詮舜、六人。不思議だと思った。それぞれに頭の形が違う。髪の毛が無い所為かはっきりと分かる。豪盛の頭は団子のように丸いが全宗の頭はてっぺんが平らだ。祐能は細長く亮信は顔全体が四角い。賢珍、詮舜は似ている。眉から上の部分が他の者に比べると大きい。賢珍の方が詮舜よりも大きいだろう。

父上が大広間に呼び出したこの者達は天台宗の僧だ。長年比叡山の再興を願ってきたが許される事は無かった。比叡山の焼き討ちは永禄八年というからもう二十年以上経った事になる。自分の生まれる前の事だ。皆、ソワソワしている。再興を許されるのではないかと期待しているのだろう。朽木側は相談役、評定衆、奉行衆を中心に集められた。珍しい事に母上、御祖母様も居る。自分も参加するようにと父上に命じられた。

「豪盛、全宗、祐能、亮信、賢珍、詮舜」

父上が名を呼ぶと坊主達が〝はっ〟と頭を下げた。

「かねてより願いの有った叡山の再興を許す」

「有り難うございまする」

「この御恩、決して忘れませぬ」

坊主達が頭を下げて父上に感謝した。ふむ、朽木の家臣達は喜んでいないな。どことなく冷めた感じだ。母上も左程に喜んでいない。喜んでいるのは御祖母様だけだ。父上は……、父上は冷たい目で坊主達を見ている。なるほど、家臣達も母上も父上が厳しい表情をしている事を重く受け止めているのだろう。

「武器を蓄え僧兵を揃えるなどという事は許さぬ。また信徒を唆し暴動を起こす事、政に容喙(ようかい)する事も許さぬ」

「勿論にございます」

「我ら決してそのような事は致しませぬ」

「民に寄り添う事で教えを広めて行きまする」

坊主達が口々に父上に誓った。父上が頷いた。

「念のために忠告しておく。もしそれを犯せば再度叡山を焼き討ちし、その方らを撫で斬りにする。逃げても無駄だぞ。草の根分けても探し出して首を刎ねる。この天下に俺の命を軽んずる者は居ない。関東と奥州を除けばな。だがそれも直に俺の命に従うようになるだろう。その方達に逃げ場は無い。そして二度と叡山の再興は許さぬ」

「基綱殿、そのように」

御祖母様が父上を宥めようとした。

「母上、お口出しはお止め下さい。これは政の事、表の事にございます」

父上の言葉に御祖母様が口を噤んだ。

「女子供に取りなしを願っても無駄だ。朝廷へ願ってもな。この件での譲歩は一切無い。だから詰まらぬ考えは持つな」

「はっ」

坊主達が畏まった。皆、先程までの喜びは無い。顔を強張らせて畏まっている。

「皆に言っておく。俺は直に関東に向かうが坊主達が禁を犯した時は速やかに処断せよ。俺の指示を仰ぐ必要は無い。時を置けば必ず口出しする者が出よう。それを許すな」

「はっ」

皆が畏まった。御祖母様を此処へ呼んだのは父上だ。父上は御祖母様が坊主達に好意的だと知って敢えて此処に呼んだ。そして口出しは許さないと釘を刺した。もしかすると坊主達は御祖母様に取りなしを願っていたのかもしれない。

「皆、御苦労で有ったな。下がって良いぞ。三郎右衛門は残れ」

皆ぞろぞろと席を立った。坊主達の表情が硬い。再興は許されたが父上は叡山に対して決して好意的では無い。その事を改めて実感したのだろう。皆が立ち去ると父上がもっと傍に寄れというように手招きをした。二人だけだ、遠慮せずに傍に寄った。

「三郎右衛門、その方は仏罰や天罰を信じるか？」

「信じませぬ」

「ほう、何故だ？」

「そんなものが有るのなら父上は疾うの昔にお亡くなりになられ朽木の家は滅んでいた筈です」

父上が笑い出した。

「そうだな。では地獄は存在すると思うか？」

「怪しいと思います」

「ほう、怪しいか」

「はい。仏罰や天罰が無いのに地獄が存在すると言われても……」

父上がまた笑い出した。

「なるほど、皆の言う通りだな。確かにその方は俺に似ている。俺の息子だ」

「……」

一頻り笑うと父上は真顔になった。

「あの連中は口が上手い。後生が恐ろしいだの前世の報いだのと言って人の心を怯えさせ搦め捕るのだ。そうやって人の心に食い込んできた。自分達の思うように動かしてきた。そしてそれに逆らう者を仏敵として排斥してきた」

「はい」

「朽木の天下ではそういう事は許さぬ」

「分かっております」

答えると父上が頷いた。

「父上はあの者達が禁を犯すとお考えでございますか？」

「さあて、どうかな」

「御祖母様をあの場に呼んだのは父上ではありませんか？　予め(あらかじめ)口出しさせないように釘を刺した。

そうする事で坊主達にも釘を刺した」

父上がクスクスと笑い出した。

「やはりその方は俺に似たらしい。困った奴だ」

「困った奴、でございますか？」

問い返すと父上が頷いた。

「母上に怖がられるぞ」

「……」

どう言って良いか分からずにいると父上が困ったように目を逸らした。珍しい事だ。こんな父上は見たことが無い。

「母上が俺を怖がるのは叡山を焼いたからでも一向一揆を根切りにしたからでもない。それ以前からだ。俺が子供らしくない、自分の子とは思えない。その事に怯えていた」

「……」

「実際妙な子供だった筈だ。子供らしくない、可愛げの無い子供だっただろう」

父上がこちらを見た。

「なにより俺はこの乱世を楽しんでいた。乱世を生き抜くことをな」

「！」

驚いていると父上がニヤリと笑った。

「だからな、俺に似ると怖がられるぞ」

「……」

答えられずにいると父上が表情を改めた。

「その方はいずれ九州へ行く。九州は仏教、神道、両方盛んな所だ。そして切支丹も多い。あの地で何が起ころうとしているか、良く見ておけ。宗教の厄介さが分かるだろう」

「……はい」

「石田佐吉に文を書くと良い。今から九州の状況を知っておきたいと言ってな。丁寧に教えてくれる筈だ」

「はい。そのように致します」

答えると父上が頷いた。そして〝ふふふ〟と笑った。期待されているのだと思った。それとも試されているのか……。負けられないと思った。戦だけではない。政でも自分は未熟だ。親に愛されるのではなく怖がられるくらいにならなければ父上には追い付けないのだと思った。

スペイン帝国の影

禎兆七年（一五八七年）十二月上旬　　近江国蒲生郡八幡町　　八幡城　　朽木基綱

「夜分に畏れ入りまする」

闇の中、寝所で千賀地半蔵の声が聞こえた。

「構わぬ。内密に報せたい事があると聞いた。何が起きた？」

「はっ、西肥前では寺社の者達による切支丹への抗議がだいぶ強くなっております」

「うむ、佐吉から衝突も有ると聞いた」

「切支丹の旗色は良くありませぬ」

そうだろうな。切支丹大名は殆どが没落したのだ。庇護者は失うし邪宗だと非難されるし宣教師達も頭が痛いだろう。おまけに俺が比叡山の再興を許した。それも不安要因の筈だ。

「伴天連達は現状に危機感を抱いております」

「うむ」

「色々と対策を考えているようですが呂宋、あの者共がフィリピンと呼ぶ地からのイスパニア軍の派遣、或いはインドのゴアに居るポルトガルの副王の援助を願おうと考えている者がおります。名はガスパール・コエリョ。伴天連共の中でもかなりの高位に在る者にございます」

インドか、遠いな。問題はフィリピンだ、こっちは近い。マニラの総督府の力を借りようというわけだ。イエズス会の本領発揮だな。

「……コエリョの狙いは？」

「寺社を脅し信徒達を守る事、そして切支丹の力を見せ付ける事で大殿に切支丹を蔑ろにするなとの警告を発するのだとか」

思わず失笑しかけた。コエリョという男、賢いとは言えないな。そんな事をすればより危険視されて叩き潰されるとは思わないらしい。教会の力、イスパニアの力が及ばない所が有るのだと認識出来ていないようだ。

「派遣して如何するのだ？」

「長崎の占拠を考えているようで。以前から伴天連達は長崎に目を付けておりました。長崎を切支丹の自治都市にと」

史実でも長崎はイエズス会の領地になっていた。この世界では龍造寺の隠居がそれを許さなかった。そうでなければ同じようにイエズス会の領地になっていただろう。連中、余程に長崎が欲しいらしい。

「フロイス、ヴァリニャーノ等の他の伴天連達もそれに賛成したとか。明確に反対したのはオルガンティノだけのようにございます」

「なるほど。如何なる？　イスパニアの軍は来るのか？」

「分かりませぬ」

「佐吉は知っているのか？」

「はい、御指示を頂きたいと申しております」

まあ異国との外交問題にまでなるからな、自分では決められないか。

「伴天連、そして寺社の者達をこちらに連れて来るようにと伝えてくれ。俺の方で裁断を下す。佐吉はそれに従って処理をすれば良い」

「はっ」

「他に有るか？」

「いえ、ございませぬ」

方針さえ決めておけば後は佐吉に任せれば良い。何と言っても豊臣政権きっての行政官だ。

「これからも伴天連達の動向から目を離すな。それと呂宋のイスパニアにもだ」

「はっ、呂宋に人を送りまする。インドのゴアは？」

「今のところは良い」

「はっ」

すっと気配が無くなった。流石だな。伊賀衆がフィリピンか、八門にはもう少し朝鮮の内部を探らせたほうが良いな。

しかし武力行使か。可能性は有るだろう。九州再遠征まで伴天連達は大友の不甲斐無さには頭を痛めてもそれほど危機感は無かった筈だ。大友、有馬、大村、九州の切支丹大名は無力な存在では無かったのだ。第一次九州遠征で大友が厚遇されたのも伴天連達を安心させただろう。俺が切支丹に好意的だと勘違いしたかもしれない。だが九州再遠征で大友は没落、有馬、大村は潰された。切支丹は庇護者を一気に失ったのだ。危機感は相当に強い筈だ。

連中が日本にこだわるのはイスパニアによる明の征服が狙いだと本で読んだ事が有る。明だけじゃない。日本の征服計画も有ったらしい。日本の兵力を利用して明に攻め込み明を征服するためだ。イエズス会はそのための尖兵という役割を担っている。日本征服、明征服の理由は銭、正確に言えば戦費調達だ。事実だろうと俺も思う。

今イスパニアはポルトガルを併合しカトリックの庇護者としてプロテスタントとの戦争中だ。太陽の沈まない帝国などと言われているが形勢は必ずしも良くない。むしろ泥沼の状態だろう。イエズス会もカトリックの一員としてイスパニアを応援しなければならない状況に有る。そう言えばアルマダの海戦って何時だろう？　もう終わったのかな？　だとすると伴天連達の危機感は俺が思っている以上に強いかもしれない。

戦争というのは銭が掛かるのだが厄介な事にイスパニアは敵が多く更に財政基盤が脆弱という弱点が有る。今はフェリペ二世の時代だがフェリペ二世の時代にイスパニアは何度か破産しているのだ。メキシコの銀、東南アジアの香辛料だけでは財源が足りないという事だろう。

明を征服すれば絹、陶磁器がただで手に入る。それをヨーロッパに送ればガンガン銭儲けが出来るだろう。一気に財政状況は改善する。そして軍事費を増やす事が出来る。プロテスタントを打ち破れる力を付ける事が出来るのだ。喉から手が出るほどに欲しいに違いない。国のために、カトリックのためになどと連中は主張するだろうがやっている事は強盗とさほど変わらない。

史実ではイスパニアが日本に兵を送った事実は無い。多分、秀吉の伴天連追放令と朝鮮出兵が原因だろうと思う。秀吉は九州遠征で切支丹を危険視して追放令を出した。その後、東日本を制圧して天下を統一、朝鮮に出兵する。大体四、五年の間に行われたと記憶している。

当時の宣教師達にはそれが如何見えたか？　混乱していた日本に、十五万もの大軍を朝鮮半島に送り込む統一政権が突然登場したように見えただろう。おまけに切支丹大名は次から次へと棄教した。当てには出来ない。しかも明が出て来るまで破竹の勢いで日本軍は進撃した。どんな馬鹿でも日本を占領するのは容易な事では無いと判断した筈だ。

秀吉の死後もそれは変わらなかった。関ヶ原の戦いだけでも東西合わせて二十万近い大軍が動員されたのだ。全国的に見れば三十万近い兵が東西に分かれて戦った事になる。その兵力に圧倒されたと思う。日本を占領するには三十万以上の大軍が必要だと思った筈だ。そんな大軍をヨーロッパからアジアに送れるだろうか？　無理だ。そんな国が有るのならとっくの昔にヨーロッパを統一していただろう。

豊臣政権誕生から徳川政権初期における日本は間違いなく軍事大国だった。スペインも占領を諦めざるを得ない大国だったのだ。十五世紀末から十六世紀末の戦国時代、約百年かけて軍事大国日本は成立した。要するに足利が弱かったから日本は混乱し軍事大国になったという事になる。偶には足利も役に立つらしい。

ではこの世界でも同じかと言えば疑問だ。イスパニアがコエリョの話に乗る可能性は無いとは言えない。東日本は未だ朽木に服属していないのだ。朽木基綱は日本の有力者では有っても支配者では無い。付け込む隙は有ると考えている筈だ。そして史実では切支丹大名が何人もいた。だがこの世界ではそうではない。今のままでは日本の兵力を当てに出来ない、明の征服は覚束ないのだ。宣教師達は危機感と希望を持っているだろう。

俺は何度も連中に政治に関わるなと言ったんだがな。どうも理解が出来ないらしい。元々キリスト教そのものがローマ帝国の皇帝を利用してキリスト教の勢力を拡大させたという成り立ちが有る。政治、いや権力者かな、それを利用するという発想から脱却出来ないのだろう。一度ガツンとやった方が良いかもしれない。

イスパニアが来ると言うなら受けて立とう。フィリピンやインドのゴアにある兵力がどの程度のものかは知らないが連中の主戦場はヨーロッパだ。精鋭部隊が置かれているとも思えない。置かれているのは二線級の兵だろう、怖れる必要は無い。厄介なのはイスパニア本国から派兵される事だが日本に大部隊を送るほどの余力が有るとも思えない。一旦送ったらヨーロッパに戻るまでに四、五年は掛かる筈だ。イスパニアはヨーロッパに軍事的な空白を発生させてしまう事になるだろう。プロテスタント側がそれを見逃すとも思えない。

たとえ本国の兵でも小部隊なら怖れる必要は無い。海戦で叩く事も出来るが陸に上げて殲滅する事も可能だ。その上でこちらからフィリピンへの侵攻を考えるという手も有る。簡単に制圧は可能だろう。そしてヨーロッパだけでも持て余しているイスパニアにアジアで長期間に亘って日本と事を構えられるような体力は無い。日本が負ける要素は無いのだ。

もう直ぐ正月だ。正月は少しゆっくりしよう。来年は弓姫の輿入れ、周の輿入れ、関東遠征と忙しくなる。偶には寝正月というのも悪くはないさ。

禎兆七年（一五八七年）　十二月中旬　　山城国葛野郡　　近衛前久邸　　近衛鶴

「お目出度うございまする。奥方様は御懐妊に間違いございませぬ」

「そうか！　目出度いの、内府！　鶴、ようやった。大手柄じゃ！」

薬師の自信満々の判断に義父が大声で叫んだ。いつも冷静で沈着な義父なのに……。子が出来たからといってそんなに大騒ぎしなくても……。夫が躙り寄って私の手を握った。

「鶴、目出度いな。ようやってくれた」

「はい、有り難うございまする」

夫の労いに答えつつも違和感が有る。良くやったと言われても……。

子供が生まれるのは当たり前の事ではないの？　母は五人、姉も既に一人産んでいる。兄のところでは二人。むしろ生まれない事の方が不思議なのでは？　朽木の家では毎年のように子が生まれていた。最初は楽しみだったけれど最後の頃は側室が増えた所為で誰の子供か混乱するほどポコポコ生まれていた。ろくに顔も知らない弟、妹が沢山いる。近江の父は区別がついたのかしら？　いや、それより妹達の嫁ぎ先ってどうなるんだろう？　探すのが大変だと思うんだけど……。

「子が生まれるのは何時頃かな？」

夫が問い掛けると薬師が〝されば〟と言って宙を睨んだ。

「七月から八月頃になりましょうな」

「半年以上も先か」

夫が何処か残念そうに言った。義父も残念そうにしている。お腹も脹らんでいないのにもう生まれるとでも思ったのだろうか？　好い加減手を離してくれないかしら。恥ずかしいんだけど。でも振り払ったら気を悪くするわよね。

「御方様は初産ですしお若うございます。無理はなりませぬぞ」

「そうでおじゃるの、無理はならぬ。鶴、無理はならぬぞ」

「そうじゃ、内府の言う通りでおじゃるの。無理はならぬ」

「はい」

夫と舅が気遣うように私を見ている。心配しなくても大丈夫。お腹が大きくなれば自然と無理は出来なくなるんだから。今は転ばないように気を付ければ良いわ。でも生まれるのは暑い時ね。それが心配。私、暑いの苦手なんだけど……。あ、夫が漸く手を離してくれた。

「それでは私はこれで失礼させて頂きまする。この後は月に一度、こちらに寄らせて頂きまする」

「おお、そうか。頼むぞ。それにしても嬉しい事だ。ずっと待っていた報せでおじゃったからの」

「左様でございましょうな。これで近衛家も安泰でございます」

「おお、そうよな」

薬師と義父がニコニコしながら話している。未だ生まれていないんだけど。それに男か女かも分からない。なんか違和感が有るわ。これ、生まれたらどうなるんだろう。飛び上がって跳ね回って喜ぶのかしら。

義父が薬師を見送ると言って薬師と共に部屋を出た。

「忘れていた。近江の舅殿にも報せねばならぬな。きっと喜んでくれるだろう」

「はい、父は子煩悩ですから」

そう、子煩悩なのよね。膝の上にのせて可愛がるのが大好きなんだから。

「和子が良いな。近衛家の跡取りじゃ。名は何とするか？」

「明丸ではございませぬの？」

夫の幼名を出すと〝そうじゃのう〟と言いながら頷いた。やっぱり男の子が欲しいのよね。跡取りだもの。

関東の兄上、上杉の姉上にも報せなければ。男の子なら竹若丸殿、虎千代殿の従兄弟ね。近衛、上杉、朽木の結び付きは一層強まるわ。その事を言うと夫が〝そうじゃのう、そうじゃのう〟と頷いた。

「如何した、頻りに頷いているが」

義父が戻ってきた。随分早い。多分急ぎ足で戻ってきたのだと思った。

「いえ、生まれてくる子が和子なら上杉家、朽木家との結び付きはより一層強まると話していたのです」

夫が答えると義父が頷いた。

「そうでおじゃるの。だが姫でも良いぞ」

「それは無事に生まれてくるのが一番でおじゃりますが」

夫の言葉に義父が首を横に振った。あら、女の子でも良いのかしら。

「姫ならば入内じゃ！」

「なんと！」

「まあ！」

夫と二人で声を上げてしまった。入内？

「本気でおじゃりますか、父上」

問われた義父が〝はははははは〟と頭を仰け反らして笑い声を上げた。大丈夫？　どこかおかしくなってない？

「本気じゃ！」

「……」

義父の目が怖いほどに輝いている。

「姫は磨の孫で相国の孫なのじゃ。相国は宇多源氏でおじゃるしの。これほど帝の中宮に相応しい姫はおじゃるまい」

「はあ、それはそうでおじゃりますが……」

夫が圧倒されたように頷いた。中宮って私の産んだ娘が帝のお后になるって事？

「そして和子が生まれればいずれは至尊の座に就く事になろう」

つまり私の孫が帝？　本気でそんな事を考えているの？　駄目、私ついていけない。夫も呆然としている。

「本気でおじゃりますか、父上」

「同じ事を聞くな、本気じゃ」

「……」

義父が私と夫を見て大きく息を吐いた。

「磨の頭がおかしくなったとでも思っているのか？」

「いえ」

「そのような事は」

慌てて否定した。でもちょっと、いえかなり危うんでいる。大丈夫かしら？

「これは大事な事なのじゃ。良いか、相国は、いや朽木の家は強い。北条や足利など比べものにならぬほどに強い。現に琉球が日本に服属してきた事を軽視してはならぬ。その威は国の外にまで及んでいる」

素直に肯けた。皆が足利の天下は混乱するだけだったと言っているし父が天下人になってから豊かになったと言っている。

「それ故に公家の中には相国が簒奪するのではないかとくだらぬ心配をする者も居る。馬鹿げた話よ。相国はそのような事は考えておじゃらぬ。あの男はこの国を豊かにし繁栄させたいと考えているのだ。分かるな？」

「はい」

「勿論でございます。近江の父は皇統には関わるつもりは無いと言ったと聞いております。武家は朝廷を守る者だと」

義父が〝うむ〟と頷いた。

「相国こそ真、武家の鑑よ」

私と夫が〝はい〟と答えた。

「なればこそ天皇家に朽木の血を入れなければならぬのだ。かつて藤原氏は栄華を思うままにしたが簒奪を疑われる事は無かった。それは代々その血を天皇家に入れる事で結び付きを強めたからじゃ。相国の血を入れれば、もう朽木を疑う者は居なくなる。それだけ天下は安定する」

夫が〝なるほど〟と頷いた。私も納得した。確かに義父の言う通りなのかもしれない。私が近衛家に嫁いだのも朽木と近衛の結び付きを強めるため。そして姉が上杉に嫁いだのも上杉と朽木の結び付きを強めるためだった。血の結び付きを甘く見る事は出来ない。

「それにの、本来帝には后が居て当然なのじゃ。世の中が混乱した所為でその当然の事が出来なくなってしまった。今相国の力で漸く朝廷も安定した。ならば朝廷も有るべき姿に戻すべきでおじゃろう。そうは思わぬか？」

うん、言ってる事は分かるわ。でもだからって私の娘が中宮で孫が帝？　なんかとんでもない事になってきたんだけど……。


禎兆八年（一五八八年）　一月上旬　　近江国蒲生郡八幡町　　八幡城　　朽木基綱

「宜しいのでございますか？」

「ほほほほほ、麿は既に関白を辞した身、構うまい」

そう言うと太閤近衛前久は杯を口に運んだ。肴はスジエビの素揚げだ、軽く塩を振ってある。

「淡海乃海を見ながら雪見酒を楽しむ。悪くない」

素揚げを一つ摘んで口に運ぶ。眼を細めた。雪見酒を楽しんでいる。八幡城の櫓台からは淡海乃海と雪に包まれる山々が見えた。

「寒くは有りませぬか?」

「うむ、これが有るからの」

太閤殿下が褞袍(どてら)をちょっと引っ張った。褞袍の他にも襟巻をしている。綿が普及した事で防寒着が充実した。良い事だ、冬に風邪を引いて死ぬ人間が減るだろう。

しかし良いのかな? こんなところで遊んでいて。正月は宮中行事が目白押しの筈なんだけど。昨日は鷹狩で雉(きじ)や鶫(つぐみ)、鵯(ひよどり)、雉鳩(きじばと)を獲っていた。その前日は釣りだった。大物を釣ったと喜んでいたけど……。俺の疑問を察したのだろう、太閤殿下がまた〝ほほほほほほ〟と笑い声を上げた。

「麿が居っては関白も遣り辛かろうと思っての。帝、院にはそれとなくその事をお伝えしておじゃる。問題は無い」

「左様でございますか」

まあ多少遣り辛いというのは有るだろう。五摂家の当主は太閤を除けば皆若いのだ。経験も足りなければ修羅場もくぐっていない。どうしても太閤には気圧されるかもしれない。それに公家達も関白殿下よりも太閤殿下を重んじるだろう。関白にしてみれば面白くないに違いない。

「麿よりもそなたの方が問題でおじゃろう、違うかな?」

太閤殿下が悪戯小僧の様な笑みを浮かべながら俺の顔を覗き込んできた。殿下の杯に酒を注いだ。殿下がまた眼を細めている。酒好きなのだな。殿下の話では俺は飲まないから飲み友達には不足だそうだが話し相手には最適らしい。という事で付き合っている。

「某も良いのです。某が正月の行事に参加してはそれこそ関白殿下は遣り辛いでしょう」

「そうでおじゃるの」

太政大臣だから参加してもおかしくは無い、いや参加するべきなんだろうが俺の場合は太閤殿下よりも不味い。何と言ってもスポンサーなのだ。色々と食材などを供している。帝、院、公家達も俺に配慮せざるを得ない。皆遣り辛いだろう。それに本音を言えば堅苦しいのは面倒だし衣冠束帯ってあまり好きじゃないんだ。大きな声では言えないが。

「皆がそなたの事を慎み深いと言っておじゃるぞ」

「慎み深い？」

なんだ、それは。

「滅多に姿を見せぬからの。偶に参内しても深夜の参内となれば誰もそれを知る事は無い。皆に遠慮しているのであろうと言っておじゃる。そなたが参内すれば皆も挨拶が大変だからの」

「遠慮では有りませぬ」

面倒なだけだよ。太閤殿下が分かっていると言う様に頷いた。

「まあ良いではないか。皆が好意的に取っておじゃる。皆、そなたに感謝しておるのよ」

「……」

「朝廷も安定し皆が安心して暮らせるようになった。京で戦が起こる事も無い。異国の使者も来る。今年は天下も統一されるであろう。天下静謐でおじゃるの。目出度い限りよ、皆がそう言っておじゃる。……分かるであろう？」

「はい」

公家達も安心して暮らせる。地方に行って大名の世話になる事も無ければ大名の争いに巻き込まれて死ぬ事も無い。大内氏の大寧寺の変では何人もの公家が殺された。その中には五摂家の一つ二条家も有る。食うために地方に行ったのだが地方に行くのも命懸けだったのだ。

「太政大臣にはなったが朝廷の内の事に関わろうとせぬ。内心ホッとしておろう」

「それが慎み深い、ですか」

「まあそういう事でおじゃろうの」

太閤殿下が曖昧な表情で頷いた。要するに庇護は求めているが口出しは求めていないという事だ。そういう点からすると朽木はあくまで朝廷の庇護者という立場をとっている俺は公家達にとっては理想の庇護者なのだろう。

「不愉快かな?」

「いいえ、そうは思いませぬ。某が太政大臣を望んだのは政の府の理を整えるためです、朝廷の中で威を振るうためでは有りませぬ」

「……」

「天下を統一したら相国府を正式に開きます。そして政の仕組みを整える。そうなれば某が何故太政大臣を望んだのかを誰もが理解するでしょう」

〝ほほほほほほ〟と太閤殿下が笑い声を上げた。

「そなたは本当に面白いの。普通なら不愉快に思う筈なのに」

お互いに棲み分けをしているだけだ。こちらは朝廷の中に入っていかない。公家達は政の中に入ってていかない。それが一番良い。

「ところで随分と賑やかなようでおじゃるな」

「はい。九州の者達が使者を寄越しております。それに今年は奥州の諸大名から随分と使者が来ておりますな」

太閤殿下が〝ほう〟と声を上げた。皆には新年は自分の家でゆっくりしろと言って有るんだが九州の連中は野分の援助をしてもらったからな。その御礼、そして事後の報告を含めて使者を寄越したらしい。毛利も安国寺恵瓊を寄越した。

「奥州からの使者は良く来るのかな？」

「いえ、そのような事は有りませぬ。どうやらそろそろ奥州攻めだと見たようでございますな。使者を寄越さねば攻め潰すと文を送りましたゆえ」

太閤殿下がまた〝ほう〟と声を上げた。九州遠征が終わった。毛利とも婚姻関係を結んでいる。奥州の諸大名は西に不安は無い、そろそろこちらに来ると見たのだろう。脅しじゃない、本気だと見たのだ。

「では簡単に奥州攻めは終わるかな？」

「さて様子見という事もございましょう。油断は出来ませぬ」

太閤殿下が〝なるほど〟と頷いた。

「四月には関東に出兵と聞いたが」

「はい」

「麿も同道して良いか?」

「はあ?」

思わず間の抜けた声を出してしまった。それを聞いて太閤殿下が〝ほほほほほほ〟と笑い声を上げた。

「そう驚く事も有るまい。昔の事だが麿は関東に赴いた事がおじゃる」

「存じております」

越後に行って輝虎と一緒になって関東に攻め込んだ。公家のやる事じゃないな。

「もう一度関東の平野を見たくなっての」

「……」

太閤殿下は懐かしそうな表情だ。妙な公家だ。地方に居て京を恋しがるなら分かるが京に居て関東を恋しがるとは……。

「足手纏いにはならぬ。戦だと分かっておじゃる」

他の公家なら駄目だと言うんだけどな。

「場合によっては奥州に攻め込む事も有り得ます。そちらはなりませぬぞ」

「分かっておじゃる。その時は関東に留まる」

「それならば」

太閤殿下がウンウンと頷いた。

「嫁が懐妊した。夏には子が生まれよう」

「はい」

鶴が懐妊した。正直ホッとしたわ。これで近衛家も安泰だし鶴の立場も一層強くなる。朽木と近衛の結び付きも強まるだろう。しかし出産ラッシュだな、五月に竹が、夏に鶴が子を産む。

「男ならば跡取りだが娘ならばいずれは入内をと考えている」

「入内でございますか」

太閤殿下が頷いた。

「中宮が居らぬようでは朝廷も寂しいからの」

「なるほど」

長い戦乱で公家も朝廷も貧しくなった。入内も出来なければ中宮として遇する事も出来ない。ここ数代に亘って帝の傍に居るのは女官だけだ。その女官が帝の妻となっている。千津叔母ちゃんもその一人だ。当然だが彼女達の実家は羽林家、名家等の家格を持つ中級貴族だ。五摂家は家格から言っても女官は出せない。

「良いかな?」

太閤殿下が問い掛けてきた。ちょっと困った様な表情だ。金銭援助かな?

「某に遠慮は無用にございます。その時にはお手伝い致しましょう」

「そうか、嫁から朽木は武家、皇統には介入せぬ。娘を入れる事もせぬと聞いていたからの。ちと心配でおじゃった」

なるほど、そっちか。

「朽木は平氏のような事は致しませぬ。それだけにございます。鶴の産んだ娘は近衛家の娘として入内致します。朽木はお手伝いは致しますがあくまでそれは財力面での事、それ以上では有りませぬ。もし皇子が誕生した場合も皇位争いには加担致しませぬ」

俺の答えを聞いて太閤殿下が〝なるほど〟と頷いた。

まあそれでも朽木の血を引く娘となれば宮中ではかなり有利だろうな。朽木の娘を欲しがる公家が増えるだろう。それも悪くない。それだけ親朽木派の公家が増えるという事だ。朝廷との関係も円滑な物になるだろう。目出度し、目出度しだ。

禎兆八年（一五八八年）　一月上旬　　越後国頸城郡春日村　　春日山城　　上杉景勝

「良い、正月だな」

養父が上機嫌で言った。それに父、母、竹が頷いている。皆、飲んでいるのはお茶だ。養父は倒れる迄は酒を手放せなかった。だが倒れてからは茶を楽しむようになっている。今も香りを楽しむかのような素振りを見せている。随分と変わったものだ。

「今年は良い年になりましょう」

母の言葉に皆が頷く。そして竹を見た。少し腹の辺りが脹らんでいる。五月頃には子が生まれる筈だ。皆が喜んでいる。家臣達もだ。男女どちらでも良い。だが出来る事なら男子が欲しい。虎千代を助ける弟が生まれれば上杉の家は安泰だ。

「生まれるのは五月か。残念なのは喜平次が居らぬ事だ。まあ、これはかりは仕方の無い事だが……」

「二度目でございます。心配には及びませぬ」

父の言葉に竹が答えた。そして俺を見てニコリと笑った。だから竹は良いのだ。俺に気を遣わせる事無く自然に寄り添ってくれる。他の女だったら俺は疲れていただろうな。有り難い事だ。

母がこちらを見ている。分かっている。何か言えと言うのだろう。

「男女どちらでも良い。丈夫な子を産んでくれ。そなたも無事にな」

「はい、有り難うございまする」

竹が笑顔で答えた。母は幾分不満げな表情だ。俺の言った事に必ずしも満足していないのだろう。もう少し情のある言葉を掛けなさい。そんなところだな。しかし本心だ。嘘は吐いていない。竹にはずっと一緒に居て欲しい。気心が知れているし楽だ。やはり幼い時から一緒に居る所為だろう。

「近衛様のところでも鶴姫様が御懐妊とか。目出度い事でございます。上杉、朽木、近衛の三家は益々繋がりが強くなりました」

母の言葉に皆が頷いた。そうだな、鶴姫に子が生まれれば、それが男なら三家の結び付きは益々強まる。それにしても見事だ。上杉、近衛、三好、毛利。舅殿は着々と手を打っている。天下の有力者と絆を強めようとしている。

「天下統一も、間近だな」

養父が感慨深そうに言った。

「真に。残りは関東と奥州のみ。不思議な気持ちがします」

父の言葉に養父が頷いた。この二人には乱世が終わる日が来るというのは何処かで信じられないのかもしれない。しかし舅殿が負けるとは思えない。それは養父も父も同じだろう。

「そう言えば、刀を貰った、と聞いたが」

養父が目を輝かせている。

「はい」

「朽木、刀か」

「それが、少々変わった刀でして……」

「ほう」

養父が声を上げた。父、母、竹も興味ありげに俺を見ている。

「刀を打ったのは元々は九州に居た刀鍛冶なのだとか。地名から同田貫と名付けられておりますが延寿派の流れを引いているそうです。わざわざ近江にまで来て刀を打ちたいと願ったそうで」

「ほう、延寿派か。では来派の流れだな」

今度は父が声を上げた。

「ど、どんな刀、なのだ」

気が急く(せ)のだろう。養父が身を乗り出すようにして問い掛けてきた。

「切れ味は悪くありませぬ。しかし見栄えは良くありませぬ。見ていて楽しい刀ではないのです。

それに扱いが難しいと思います」

養父と父が訝しげな表情をしている。

「通常の刀よりも分厚くずっと重いのです」

養父が〝重い?〟と訝しげな声を出した。

「使い熟(こな)すには相当に力が要ります。非力な者では刀に振り回されましょう。振り下ろせば刀を止められずに自分の足を傷付けると思います。しかし使い熟せれば、下手な受け方、あるいはなまくらでは受けた刀が折れましょう。そのまま殺されていると思います」

今度は母と竹が〝まあ〟と声を出した。養父と父は顔を見合わせている。

「相当に癖の有る刀のようでございますな」

「うむ」

確かに癖はある。人を斬る刀ではない。叩き斬る刀だ。そして美しさや感動を与える刀ではない。刀が人殺しの道具だと持ち主に認識させる刀だ。

「頂いた文には乱世が終われば刀を使う機会は格段に減る。刀が人を殺す武器なのだという事も徐々に重視されなくなる。そうなれば武威は落ちるだろう。天下はまた乱れかねない。そうさせぬためにこの刀を大事にしたいと記されてありました」

養父が大きく頷く、父も頷いた。

「さ、流石よ」

「はい、治に居て乱を忘れずと言いますが相国様は治を見据えながらその先の乱に備えようとされておりまする」

養父と父が感嘆している。自分も同じ思いだ。舅殿は天下統一を間近に感じていよう。しかし少しも弛んでいない。

「う、上杉の武威も、衰えさせて、はなるまい」

養父の言葉に皆が俺を見た。

「次の戦では頂いた同田貫を用いようと思っております。某が使えば皆も手に入れようとしましょう。家中に同田貫を使う者が増える筈です」

皆が頷いた。同田貫を見た甘糟備後守、竹俣三河守は頻りに唸っていた。そして肩に担いで馬上から振り下ろせば無双の業物だろうと言っていた。

「虎千代が元服した時に同田貫を譲ろうと思います。この刀の由緒を伝えこの刀に相応しい男になれと言って」

また皆が頷いた。

「良い案です。虎千代殿にとってはこれ以上は無い祝いの品になりましょう。御祖父様から頂いた刀を譲り受けるのですから」

「虎千代も喜ぶと思います」

母、竹が嬉しそうに言った。

「代々、受け継がせよ。さすれば、同田貫を、使う者も、増える筈。う、上杉の武威が、衰えるこ、事を防いでくれよう」

養父が懸命に口を動かして言った。そうだな、そうすればあの同田貫は上杉の家宝になる。

「そのように致しまする」

俺が答えると皆が頷いた。何の変哲も無い無骨な刀が家宝か……。それで良い、上杉に相応しい家宝よ。


禎兆八年（一五八八年）二月中旬　山城国葛野郡　九条兼孝邸　一条昭実

「辞表を出したと聞きました。真でおじゃりますか？」

問い掛けると兄がさばさばした表情で〝真だ〟と言った。

「御身体に不調でも？」

弟の鷹司権大納言が問い掛けると〝そうではない〟と首を横に振った。はて、妙な事よ。兄は未だ若い。となるとやはり……。弟に視線を向けた。弟は訝しげな表情をしている。兄が我らを見て一つ息を吐いた。

「院の思し召しが有った。関白を辞任せよとな」

ボソッとした口調だった。だが身体が強張るには十分だった。弟も顔を強張らせている。やはりそうなったか、来るべきものが来たのだと思った。事実上の罷免だ。兄が皮肉そうな笑みを浮かべて私を見た。

「右府、そなたの言う通りになった。麿は武家の扱いを間違えたらしい」

「馬鹿な事を……」

口調が弱い。兄の顔を見るのが辛かった。武家の扱いを間違ったという事はやはり相国に非協力的である事が問題になったのだと思った。

相国を見る兄の目が気になっていた。そんな兄を見る院の目はもっと気になっていた。琉球の親書の件で相国が深夜に参内した。そして院、帝の御前で相国が状況を説明した。その時、兄が相国へ向ける視線は明らかに好意的なものではなかった。だが兄は気付いていなかっただろう。そんな兄を見て院が御顔を顰めていた事を。あの時、兄が関白でいられる時間はそれほど長くないと思った……。しかし、予想が当たっても少しも嬉しくない。

「院の思し召しとの事でおじゃりますが院から直接そのように？」

弟が問い掛けると兄が首を横に振った。

「太閤殿下からだ。昨年の十月の事でおじゃった」

十月……。琉球の問題が片付いた頃だ。混乱を避けたのだと思った。院は太閤殿下に意の有る所を伝えた。それはもっと前の事かもしれない。二人で兄の解任を決めたのだろう。そういえば太閤殿下は新年は近江に行っていた。兄の解任を相国に伝えたのかもしれん。待てよ、相国から院に兄が関白では遣り辛いと訴えが有ったのか？

「直ぐに辞めては後を引き継ぐ左府も困るだろうという事で二月になった」

なるほど、新年の祝いも済んで落ち着いたら辞任という事か……。

「そなた達、余り驚いてはおじゃらぬな」

兄が笑みを浮かべながら私と弟を見ている。

「知っていたのか？」

弟と顔を見合わせた。切なそうな表情をしている。已むを得ぬな、私から話そう。

「知っていたのではおじゃりませぬ。ですが兄上が解任されるだろうとは思っておじゃりました」

兄が頷いた。兄は笑みを浮かべたままだ。

「それは何故かな？」

「相国が参内した時の事です。説明する相国を兄上は時々厳しい目で見ておじゃりましたな。院はそんな兄上を見て御顔を顰めておじゃりました。それが理由でおじゃります」

兄が苦笑しながら〝なるほど〟と言った。

「腑に落ちたわ」

「……」

「麿は相国を危険視した。相国は強過ぎる。何時か朝廷を圧迫するのではないかと思ったのだ。だがそれは麿だけの危惧ではなかった」

「それは？」

問い掛けると兄が〝帝だ〟と言った。仰け反るほどの衝撃が有った。帝が？

「帝も同じ危惧をお持ちでおじゃった」

「し、しかし、そのような素振りは……」

弟が問うと兄が首を横に振った。

「相国に遠慮しているのだ。ふふふ、おかしな事ではおじゃるまい。禁裏修理、譲位、新年の祝い、地震の後の復興。皆相国の援助で行ったのだ。麿の立場なら危惧を表に出す事は出来る。だが帝の御立場ではそれは出来ぬ。大問題になる」

なるほど、確かにそうだ。

「帝はそれを兄上に漏らされたのですか？」

兄がまた首を横に振った。

「帝が危惧を漏らされたのは院だ。院は帝を窘められ、そして麿が関白では帝の危惧を煽りかねないと判断した。それが辞任を求められた理由だ」

だとすると……。

「では相国はこの件に絡んでおじゃらぬのですな」

私が問うと兄が頷いた。

「絡んでおらぬ。麿の辞任を知れば驚くだろうと太閤殿下は言っていた。もっとも正月は近江に行っている。伝えたかもしれぬ」

相国は関わっていない。院が重視したのは帝だ。兄と相国の反発なら院は放置したかもしれない。しかし兄が関白では帝と相国の関係がぎくしゃくすると危惧したのだろう。

「先に言ったな。麿は武家の扱いを間違えたと」

「はい」

「それだけではなかったのかもしれぬ。今思えば麿は相国にばかり気を取られていた。院、帝、そして公家に十分な注意を払わなかった。まあ相国が大き過ぎるからかもしれぬが……」

兄が一つ息を吐いた。

「言っても詮の無い事でおじゃるの」

「そのような事はおじゃりませぬ。戒めとさせて頂きまする」

私の言葉に兄が頷いた。

「そうでおじゃるの。戒めとするが良い。麿の後任は左府だ。いずれは左大臣を辞任するだろう。その後は右府が、そして内府が右府になる。その後は権大納言、そなただ」

「真でおじゃりますか？」

弟が問うと兄が笑みを浮かべて頷いた。

「麿を宥めようというのかもしれぬ。だがそなた達がとばっちりを受けなかったのは幸いでおじゃった」

確かに幸運だった。万一の事を考え毛利との結び付きを強めておこうと考えたが必要無かったか。だが院、太閤殿下は私と弟を危うんでいるかもしれぬ。特に私だ。左大臣となれば陣定を主催する立場になる。気を付けなければ……。

「これから先、日本は相国の手で統一される。そして相国は海の外に出るだろう。朝鮮、明、南蛮と戦う事になるのかもしれぬ。今まで以上に我らは難しい立場に立たされる事になると思う」

「はい」

「そう思いまする」

私と弟が答えると兄が満足そうに頷いた。

「頼むぞ」

〝はい〟と答えつつ思った。我らとは誰の事だろう？　我ら兄弟の事か？　それとも朝廷？　それとも日本？


禎兆八年（一五八八年）二月中旬　　近江国蒲生郡八幡町　　八幡城　　朽木基綱

ポンポンポンポンカン！　ポンポンポンポンカン！　ポンカンポンカンポンカンポンカン。調緒を緩める締めるを繰り返しながら小鼓を打つ。寒いと思った。その所為だろう。小鼓の音が冴えるような気がする。

「大殿」

部屋の外から声が掛かった。小兵衛？　小鼓を打つのを止め肩から下ろした。

「小兵衛か？」

「はっ、お楽しみの所、申し訳ありませぬ」

「遠慮は要らぬ、入るがよい」

皆には急ぎの用が有る場合は遠慮せずに声を掛けろと言ってある。小鼓など所詮は遊びだ。小兵衛がするりと部屋の中に入ってきた。身のこなしがしなやかで軽やかだ。流石だな。

「良いところに来た。少々飽きてきたところだ」

小兵衛が無言で頭を下げた。嘘だと分かっているだろう。しかしね、こういうのは大事なんだ。俺が少しでも報告し易いようにしている、報告を重視していると小兵衛は思うだろう。遠慮するなというのが嘘ではないと実感する筈だ。こういうのは時折行う必要がある。相手への念押しで有り自分への戒めのためだ。情報を素早く知る事を重視しない奴は痛い目を見るのだから。

「それで、何が有った？」

「はっ、関白殿下が辞表を提出致しました」

「ほう」

思わず声が出た。辞任？　悪くない報せだが……。

「理由は？　病か？」

未だ若いが病は歳を選ばない。しかし昨年琉球の件で会った時はおかしな所は無かったと思ったが……。

「病では無いようで」

「では？」

問い掛けると小兵衛が少し首を傾げた。

「関白を務めて七年を過ぎたので後進に道を譲りたいと」

「ふむ」

なんだそれ。太閤殿下への嫌味か。

「本心かな？」

「……」

小兵衛は無言だ。小兵衛にも判断がつかないという事か。

「関白は孤立を苦にして辞表を出したという事はないか？」

俺の天下統一を望んでいないと言った事でだいぶ朝廷で問題になったと聞いている。小兵衛が首を横に振った。

「無いか」

「はい。今年の正月も関白殿下の主導で行われました。特に問題は起きておりませぬ」

「なるほど。太閤殿下は近江に居たな。左大臣の勢威が上がっているという事は？」

「特には。目立つようなものはございませぬ」

孤立してはいない。下から追い上げられたわけでもないか……。分からんな。権力に執着するタイプではないのかもしれん。しかし引っ掛かるな。太閤殿下は近江に居た。まさかとは思うが知っていたのか？　敢えて京を離れる事で有終の美を飾らせた？

「今少し探りまするか？」

小兵衛が問い掛けてきた。俺が訝しんでいると思ったのだろう。如何する？　探らせるか？　病ではない。孤立もしていない。下から追い上げられたわけでもない。となると辞める理由は無い筈だ。関白は辞めさせられたと見るべきだろう。関白に辞めろと言える人物は四人だ。院、帝、太閤殿下、俺……。

「後任の関白が誰になるかだな。左大臣なら問題は無い。だが左大臣以外の人物が関白になるのなら朝廷で深刻な権力闘争が有ったという事になる。その時は探って貰う」

「はっ」

小兵衛が畏まった。俺の予想が当たっているのなら辞めさせられた理由は俺だ。関白は俺に対して非協力的で公武の協調に差し障りが有ると見られたのだろう。俺に事前の報せが無いのはこの件で問題なのは関白だと見ているからだ。つまり朝廷は朝廷内部の問題として片付けたがっている……。

「まあ直ぐ受け入れられる事は無い筈だ。辞任が認められるのは三月に入ってからだろうな」

小兵衛が頷いた。

「兵庫頭からも報せが来る筈だ。俺は知らなかった事にする。良いな？」

「はっ」

兵庫頭はもう少し詳しい話を持ってくるだろう。知らなかったと言えば詳細に話してくれる筈だ。

「他に何か有るか？」

「いえ、ございませぬ」

「そうか、良く報せてくれたな。なかなか面白い報せであった」

小兵衛が恐縮するような素振りを見せた。報告には労わないと……。順当にいけば左大臣が関白か。悪くない、その日が来たら祝いの品を贈らないと。後で平九郎に頼んでおこう。従妹姫もよろこんでくれる筈だ。

懼れる者

禎兆八年(一五八八年)二月中旬　　志摩国英虞郡波切村　　波切城　　九鬼守隆

もうそろそろだろうか。いや軍の移動とは違うのだ、もう少しかかるのかもしれない……。父がニヤニヤと笑っているのが見えた。いかん、またからかわれる……。

「少しは落ち着かぬか」

直ぐこれだ。

「落ち着いております」

答えると父がフンと鼻で笑った。

「落ち着いておらぬわ。さっきからそわそわとしおって。美しい嫁が来るので気もそぞろではないか」

父が笑いながら膝を叩く。笑われて顔が火照った。落ち着かねばならん。落ち着け、落ち着くのだ、九鬼孫次郎。

「養女とはいえ朽木家の姫を娶るのです。気になるのは当然でしょう」

上手く言えた。父がまたフンと鼻を鳴らした。

「相も変わらず口だけは達者だな、孫次郎。戦の方もそうなって欲しいものだが」

「おいおい覚えて行きます」

「女子の方もな」

「……」

「期待しているぞ、九鬼孫次郎。戦も九鬼家の世継ぎもな」

また父が笑いながら膝を叩いた。

「努めます。なれど戦の方は期待されても働きを示す場に恵まれるかどうか……」

天下は統一へと向かっているのだ。大殿は次の関東遠征では関東だけでなく奥州にも兵を進めるとも聞いている。そして今年の正月、奥州の大名達の多くが近江に使者を寄越した。その者達は大殿の天下を認めているのだ。我ら九鬼氏の力が必要になるような戦が有るとも思えない。その事を言うと父が〝ふふふ〟と含み笑いをした。

「使者を出した？　様子見という事もあろうよ。そもそも天下を統一すれば戦は無くなると思っているのか？」

「違いましょうか？」

「甘いなあ、孫次郎」

また父が含み笑いを漏らした。もっとも眼は笑っていない。冷たい目で私を見ている。この目が嫌なのだ。

「宗氏が追われ対馬が朽木家の直轄領になった事、そこに我らが配された事を過小評価してはなるまい」

「……朝鮮と戦になるとお考えでございますか？」

父が〝それは分からん〟と言うとぐっと身を乗り出して私を見た。気圧される様な感じがした。仰け反りそうになるのを懸命に堪えた。

「しかしな、朝鮮にしてみれば不快だろうよ。そうは思わぬか？」

「それには同意しますが……」

戦になるかどうかは別だろう。大殿は対馬の宗氏を筑後に移す事で断固とした姿勢を示された。宗氏を移すだけの力が有る事、対馬を支配しているのが大殿である事を朝鮮に示したのだ。どれほど不快であろうと朝鮮はそれを認めざるを得ないだろう。その事を言うと父が鼻で嗤った。

「琉球が日本に服属した」

「はい」

「天下統一が近付くにつれ日本の力を懼れる者が出始めたという事だ」

「……朝鮮が日本を懼れると？」

父がフンと鼻を鳴らした。

「朝鮮だけでは無いわ。琉球も朝鮮も明に服属しているのだぞ。徐々に日本が琉球、朝鮮を圧し始めたと知れば明は如何思うかな？　隣国が強大になって楽しいと思うか？　何も考えぬと思うか？」

「なるほど、琉球と朝鮮は日本と明の境目ですか」

私の言葉に父が頷かれた。境目の者は強い方に付こうとする。その事が家の存続に繋がるからだ。琉球は周囲を海に囲まれている。琉球が日本に服属したのは明に琉球を救う力が無い、有力な水軍が無いと見たからだろう。一方朝鮮は明と地続きだ。明の力の方が日本よりも強いと見ている……。

「これからは国内よりも国外の方が厄介と大殿は見ておられるのだ。我らが対馬に配されたのもそれが理由だろう」

「……大殿は明に攻め込むつもりは無いと仰られたと聞きます」

父が声を上げて笑われた。

「向こうが攻めてくるかもしれぬではないか」

「……」

父がジッと私を見た。

「孫次郎よ、良く覚えておけ。戦というのはな、その方が考えているよりももっと簡単に、他愛もない理由で起きるのだ。だからこそ日頃から用心せねばならん」

「はい」

やれやれだ、戦は好きではないのだが……。

「不満か、孫次郎」

「……そのような事は……」

父が〝ふふん〟と鼻で笑った。

「不満そうだ。明が徐々に貧しくなっている事、教えたな?」

「はい」

信じられぬ事だが明から銀が日本に流れているらしい。その所為で明の皇帝は税を重くしたと聞く。

「朝鮮は対馬の件で日本を不快に思っている」

「はい」

「大殿は日本を守る水軍を創る事を我らに命じた。そうであろう？」

「はい」

「その方は不満かもしれぬが日本を取り巻く状況は間違いなく悪化している。備えが無ければ慌てふためく事になる。その分だけ被害も大きくなる」

「なればこそ大殿は備えを……」

父が首を横に振った。

「心に備えが無ければ不意を突かれるぞ。その方の心に備えは有るのか？」

「……」

「俺が言っているのはそこだ。心に備えを持て。そうでなければ新たな水軍を創っても飾りにしかならぬ」

「……はい」

父が厳しい目で私を見ている。心に備えか……。戦は嫌いなのだが……。

「失礼いたしまする」

部屋の外から声がした。豊田五郎右衛門が入って来た。

「周姫様、御到着にございまする。ただ今御休息所に御案内致しております。三郎右衛門様が此方に参られますれば御出迎えの御準備を」

父が〝分かった〟と答えると五郎右衛門が下がった。父と共に下座に控えて待った。どうも今ひとつ好きになれぬ。五郎右衛門が力量のある男である事は分かっている。私を支える者として父が見込んだ男だという事も。姉を娶り義兄にもなった。だが目鼻立ちの整った冷たい印象が如何も気に入らない……。トントントントンと足音がした。三郎右衛門様か、父と共に頭を下げて待った。部屋に入って来た、座るのが分かった。

「顔を上げてくれ」

顔を上げると上座に三郎右衛門様が居られた。入り口には千種三郎左衛門殿、黒田休夢殿が座っている。

「此度は三郎右衛門様に御手数をお掛けしました事、真に以って恐懼の限りにございまする」

父が改めて頭を下げたので私も下げた。不思議だ、普段は礼儀作法など無視する父がこういう時はそつなくこなす。

「俺にとって周殿は義姉だからな、当然の事だ。本当なら次郎右衛門兄上が行列を宰領すべきなのだが兄上も弓姫を迎え入れる準備が有る。という事で俺の役目となった。この婚儀で朽木家と九鬼家は親戚となった。目出度い事だ」

「畏れ入りまする」

親戚と言っても朽木家は主家、九鬼家は家臣だ。だが結び付きが強まったのは間違いない。九鬼家にとって目出度い事だ。

「孫次郎は義兄だな。以後は昵懇に頼む」

しい。

周囲から笑い声が上がった。三郎右衛門様は無口な御方と聞いていたが必ずしもそうでもないら

「畏れ入りまする」

「義姉上の事は父上よりも母上の方が可愛がっていてな、後々母上に一筆入れておいた方が良いだろう」

「はっ、御教示、有り難うございまする」

周殿が御台所様のお気に入りという話は聞いていたが事実であったか。悪くない、御台所様は大樹公の御母君でも有られるのだ。

「ところで宮内少輔」

「はっ」

「父上から書状を預かっている。これだ」

三郎右衛門様が懐から書状を出した。黒田殿が近寄って受け取り父に取り次いだ。父が書状をジッと見ている。この婚儀に関わりの有る事だろうか？　それならば私宛てでも良い筈だが……、やはり半人前と見られているのだろうか……。

「この場にて拝見しても構いませぬか」

父の問いに三郎右衛門様が頷かれた。

「目出度い席にはそぐわぬ内容が書かれている。無粋は許して欲しい」

「では拝見仕ります」

父が書状を読み始めた。表情が険しい。読み終わると書状を懐に納めた。私には……。

「確と承りましたと大殿にお伝えください」

「うむ」

チラッと三郎右衛門様が私を見た。それに気付いた父が〝倅には某から後程伝えまする〟と答えた。なるほど、三郎右衛門様の前では言い辛い事でもあるのかもしれない。

その後、少し話をしてから三郎右衛門様が周殿の下に戻られた。

「父上、先程の書状には何が？」

訊ねると父が〝うむ〟と唸られた。

「妙な事になったわ。伴天連共の間でな、九州にイスパニアの軍船を呼び寄せようという意見が有ったらしい」

「伴天連が？」

思いがけない事だ。何故軍船を？

「有馬、大村が潰れ大友も没落した。坊主共が伴天連達の非道を訴え煩いらしい、苦しいようだな」

父が〝ふふん〟と嗤った。父は伴天連達に強い不快感、警戒感を持っている。ざまあみろと思ったのだろう。

「それで軍を？」

「まあそういう事だ。力を示す事で相手を脅そうと考えているようだ」

「馬鹿げております。そのような事をすれば大殿が如何思われるか……」

何も分かっておらぬ。一向宗や比叡山に対する対応を見れば許される筈が無い。比叡山は漸く再建を許されたが焼き討ちされてから二十年以上が過ぎてからの事だ。……父が小首を傾げている。

〝父上？〟と問い掛けると〝ふむ〟と鼻を鳴らした。

「孫次郎よ、伴天連共が本当に脅そうと考えたのは大殿かもしれんぞ」

「……まさか」

思わず呟くと父が低く笑い声を上げた。

「そのまさかよ。あの者共、南方ではかなり阿漕(あこぎ)な事をしている。海千山千の強か者よな。どうせ脅すのであれば下っ端よりも一番上をと思ったのかもしれぬ。その方が効果的であろう」

「……」

分からぬでもない。しかし、本気だろうか？　大殿を相手に駆け引きを？

「まあそういう話が出たというだけだ。今すぐ攻めて来るというわけではない。だが用心が必要だと書状には書かれてあった」

「なるほど」

そうだ、話が出ただけだ。伴天連共もそこまで愚かではあるまい。

「大殿は伴天連共と坊主共を近江に呼んだそうだ。争いを治めるためだが坊主共にも伴天連共にも甘い顔をするつもりは無いと書いて有った。伴天連共はさぞかし不満に思うだろうな」

「では？」

問い掛けると父が大きく頷かれた。

「戦が起きるかもしれん」

「……」

「こうなって来ると今回の婚儀、重みを増すな」

「と申されますと?」

父が大きく息を吐いた。嫌な事をする。

「困ったものよ。九鬼は大きくなった。その所為でその方は生きる事の厳しさを知らぬ」

「そんな事は……」

無い、と言いかけて口籠った。父が厳しい眼で私を睨んでいる。

「良く聞け、九州が戦場になるとすれば海では我ら、陸では毛利が動く事になる。そなたの嫁御は毛利の重臣の娘で朽木家の養女でもある」

「はい」

「それに次郎右衛門様は毛利家の弓姫様を娶られた。大殿は九州で変事が起こっても対応出来るだけの体制を整えられたという事だ。だから伴天連共にも厳しく出ると言えるのよ。分かったか?」

なんと、そんな意味がこの婚儀に……。

「しかし、本当に戦が起きるのでしょうか?」

問い掛けると父が〝ふふん〟と鼻で嗤った。

「言ったであろう。戦というのはな、その方が考えているよりももっと簡単に、他愛もない理由で起きるのだ」

「……」

「朝鮮、明、イスパニア、伴天連か。戦の種は無くならんわ」

父が嬉しそうに笑い声を上げた。戦は嫌いなのだが……。


禎兆八年（一五八八年）二月中旬　近江国蒲生郡八幡町　八幡城　朽木基綱

「その者共は大友、有馬、大村を唆し神社、仏閣を破壊したのでございます！」

〝そうだ〟、〝そうだ〟と声が幾つも上がる。それを聞いて発言した坊主が満足そうに頷いた。そして伴天連共を睨み付ける。憎悪の籠った眼だ。誰だっけ、この坊主。確か真言宗の坊主だったような気がする。名前は満延とか言ったな。多分寺を壊されたのだろう。

「そのような事実はございませぬ。私達は唆す様な事はしておりませぬ。デウスの教えを説いただけにございます」

流暢な日本語だ。当然だよな、話しているのは日本人、ロレンソ了斎だ。この時代、イエズス会の日本での活動を調べれば必ず出て来る名前だ。

「同じ事ではないか！」

怒鳴り声を上げたのは良憲という五十代の坊主だった。こいつは天台宗の坊主だ。

「汝（なんじ）らは自分達の教えが正しい、他の教えは邪宗であると言って領主を唆した！　日向で何をやった！　知らぬとは言わせぬぞ！」

また〝そうだ〟、〝そうだ〟と声が幾つも上がった。別に切支丹だけの専売特許じゃないだろう。坊主共だって同じ事をやってるじゃないか。それにしても煩いな。

「静まれ！」

命じると大広間がシンとした。大広間の左右には朽木の重臣達が控えている。そして中央には坊主、神官、伴天連が居た。と言っても伴天連は三人、その他は三十人ほど居る。当初の目論見では肥前の坊主、神官だけの予定だったんだが俺が仲裁すると聞いて他の土地からもやってきた。豊前、豊後、日向からだ。

天台宗、法華宗、真言宗、臨済宗……、最初は百五十人以上居たんだが多過ぎるから減らせと言って三十人ほどになった。普段は仲が悪いんだが共通の敵が居るから仲良くなったらしい。そういう意味では伴天連達にも存在意義は有るだろう。伴天連側の三人はグネッキ・ソルディ・オルガンティノ、ルイス・フロイス、ロレンソ了斎だ。

「そう騒ぐな、怒鳴るな。大声を出さずとも聞こえる。俺も、其処の伴天連達もな」

坊主、神官達がバツが悪そうな顔をした。こいつら普段読経で鍛えているから声がでかいんだ。

「恨まれているなあ、宇留岸伴天連(うるがんばてれん)」

俺の言葉にグネッキ・ソルディ・オルガンティノが表情を曇らせた。日本では宇留岸伴天連と呼ばれて人気が有る。性格の良さそうな男だ。但し、カトリックのためなら何でもやりそうな所が有る。そこは信じられない。

「フロイスよ、昔その方に言った事が有るな。宗教に携わる者が人の心を救わず権力者に取り入る事、悪徳に耽り財貨を貪る事、人の心を惑わし唆し領主に背かせ自らが権力を持つ事は許さぬと。どうやらその方らは余り重く受け取らなかったようだな」

伴天連側の三人がバツが悪そうな顔をしている。あの頃は未だ畿内から北陸で数カ国を領するだけだったからな。重く受け止める筈が無いか。権力者と結び付いて布教を行う。楽なのだ。直ぐに成果が出るから楽しい。

「伴天連達はそれに背いたのでございます！」

良憲がまた喚いた。叡山の再興を許したからな、俺が仏教に寛容になったとでも思っているのだろう。鼻息が荒い。

「それは誤解でございます。私達は財貨を貪ってなどおりませぬし権力者に取り入る事もしておりませぬ。ただデウスの教えを説いただけにございます」

オルガンティノが反論したが〝ふざけるな〟、〝嘘を吐くな〟と坊主、神官達が反論した。煩いわ、もう一度〝静まれ〟と怒鳴った。

「残念だが俺も信じる事は出来ぬな。その方らが大友、有馬、大村の領地、日向で行った事は許せる事ではない。だがその事は九州が朽木の支配下に入る前の事だ。そして大友は減封し有馬、大村は滅びた。その方らは庇護者を失ったのだ。それを以って罰としよう」

〝畏れながら〟と坊主が声を出した。不満らしい。〝未だ話は終わっておらぬ〟と言って黙らせた。

「改めて申し渡す。以後は権力者に取り入る事、悪徳に耽り財貨を貪る事、人の心を惑わし唆し領主に背かせ自らが権力を持つ事は許さぬ。確と心得るように」

「仰せの通りに致しまする」

オルガンティノ達が頭を下げた。ホッとした様な表情をしている。布教を禁止されるとでも危惧していたのだろう。そんな事はしない。だが未だ終わりじゃないぞ、此処までは第一幕だ。第二幕が有る、こっちが本番だ。だから坊主共、そんながっかりした様な顔をするんじゃない。

宗教対策

禎兆八年（一五八八年）二月中旬　　近江国蒲生郡八幡町　　八幡城　　朽木基綱

「さて、訴えの中には土地を返せ、損害を与えたのだから賠償せよというものが有ったな」

俺が言うと坊主、神官達が〝左様にございます〟、〝何卒お聞き届けを〟と声を出した。喜色が有る。そして伴天連達は渋い表情だ。ここまでは処罰らしい処罰は何もない。ここからが本番だと両者共に思ったのだろう。

「フロイス、その方らが所有している土地だがそれを認める判物、あるいはそれに類する物は有るか？」

フロイスは困惑している。オルガンティノもだ。傍に居たロレンソ了斎が判物について説明を始めた。二人の表情が困惑から渋面に変わった。判物というのは将軍・守護大名・戦国大名が発給した文書だ。正確には花押が付されたものを指す。要するに公文書なのだが戦国大名が出す公文書としてはもっとも格式が高い。まあそんなものは無いだろう。多分有馬、大村、大友が勝手に寺社を壊して其処に寺院を建てた、そんなところの筈だ。

「そのような物はございませぬ」

フロイスが渋々と言った感じで答えた。

「ではその方らが使っている土地はその方らの物と認める事は出来ぬ。不当に占拠しているという事だな」

坊主、神官達が喜びの声を上げた。あのなあ、喜ぶのは未だ早いぞ。

「その方らは如何か?」

坊主、神官達に声を掛けると顔を見合わせた。

「土地を返せと言っているようだがその土地がその方達の物であるという事を証明する文書は有るか?」

困惑している。どうやら無いようだ。

「ですが我らはずっと昔から……」

「止めよ、良憲。無ければずっと昔から不当に占拠していたという事だ。その方らの土地と認める事は出来ぬ」

「……」

あらら、悄気(しょげ)ちゃった。でもなあ、これは当たり前の事だろう。

「寺社側に土地の所有を認める文書が有り、伴天連側にそれが無い場合に限り土地の返還と賠償金の支払いを伴天連達に命じる。寺社側は石田佐吉にそれを提出せよ。佐吉はそれを確認後、伴天連達に土地を返還させよ。賠償金については現在ある建物の破却費の全額、新たな寺院の建設費の半分を負担する事とする」

佐吉が〝はっ〟と畏まった。

寺社側も伴天連側も不本意そうだ。寺社側はどちらかと言えば自分達に不利な裁決だと思っているだろう。判物なんて無いか有っても紛失している可能性が高い。だが万一有ればとんでもない費用を伴天連側は負担する事になる。両者とも憂鬱だろうな。

「なお、現時点で判物、あるいはそれに類する文書が無い者達は早急にそれの交付を石田佐吉に願い出る事を命じる。また、文書の有る者も改めて文書の交付を願い出るように。一年後、土地所有を認める文書の無い寺社、伴天連の建造物はこれを破却させる。これはその方達だけでなく九州全土に布告する。左様心得るように」

〝はっ〟と皆が畏まった。布告は三月一日にしよう。

「佐吉」

「はっ」

「その方は俺の代官として願い状を吟味し許し状を出す事。不適当と思われるものは理由を付けて差し戻す事を命じる」

「はっ」

佐吉が畏まった。顔が紅潮している。

「人が足るまい。こちらから何人か人を送るが九州で人を求めても良い。十分な体制を作れ」

「はっ」

大変な仕事だけど仕事大好き人間の佐吉なら大丈夫だろう。これで九州の寺社を管理出来る。後は四国、中国にも展開させる。畿内、北陸は厳しくやったが四国、中国は緩かったからな。再度引き締めよう。

「以上で裁定は終わるが伴天連達に聞きたい事が有る」

伴天連達が身動ぎをした。嫌な予感でもしたかな。坊主達は意地の悪そうな眼で伴天連達を見ている。

「長崎でポルトガルの商人達が日本人達を奴隷として買い海外へと運んでいると聞く。その方らも知っているな」

伴天連達の顔が強張った。

「私共はそれにには無関係でございます」

フロイスの声が強張っている。不味い問題だと思っているのだ。〝ふざけるな〟と敢えて雑な言葉遣いをした。

「その方達は商人に大きな影響力を持っている。布教を認めなければ交易は出来ないと言っていた筈だ」

「それは……」

フロイスが絶句した。坊主、神官達がここぞとばかり〝許せん！〟とか〝そうだ〟とか言い出した。

「お前達にとって日本人とは信徒にするか、それでなければ奴隷として売買する存在なのか？」

「私達は本当に関係ありません！　それにポルトガルでは王の命令により日本人の売買は禁止されております」

「真でございます、私達は関係ありません」

フロイス、オルガンティノが必死に無関係だと言い募った。

「ポルトガルでは日本人の売買は禁止されているか、ならば商人達は国法に背いているという事になる。何故処罰されぬのか？」

「それは……」

「何故その方らはそれを見逃すのか？　何故犯罪者が日本に来るのを許すのか？」

「……」

坊主、神官達が〝そうだ〟、〝そうだ〟と伴天連達を非難した。

「ポルトガルの商人達が多数の日本人を奴隷として購入し、彼らの国に連れ去っているがこれは許しがたい行為である。従ってその方らは全ての日本人奴隷を日本に連れ戻せ」

「……」

「安心しろ、布教を禁ずるとは言わぬ」

伴天連達がホッとした表情を見せ坊主、神官達が不満そうな表情を見せた。

「だが、その方らが奴隷の売買に密接に関与しているという事を日本全国に告示する」

「それは……」

「その方らは否定するかもしれぬ。だが南蛮の商人達が南蛮の国法に背いて日本人を奴隷として買い取り国外へ連れ去っているのは事実、そしてその方らがその商人達に極めて強い影響力を持っている事、奴隷売買を見逃しているのも事実だ。関係無いとは言わせぬ」

顔色が悪いな、フロイス、オルガンティノ。坊主達は大喜びだ。今後は切支丹は日本人を攫いに来たのだと言い出すだろう。

「この国で布教しながら奴隷売買を黙認するとは不届き至極。まして商人どもが法に背いているなら尚更である。改めて命じる、早急に全ての日本人奴隷を日本に連れ戻せ」

「……」

悄然としている伴天連達を見ながら〝御苦労だった、気を付けて帰るが良い〟と言って席を立った。


禎兆八年（一五八八年）二月中旬　　近江国蒲生郡八幡町　　八幡城　　石田三成

裁定が終わると大殿から私室に呼ばれた。相談役の方々は同席なさるのだろうと思ったが誰も居なかった。二人だけだ。熱い玄米茶を啜りながらの会話になった。

「御苦労であったな、佐吉」

「畏れ入りまする」

大殿にお会いするのは久方ぶりだが少しも御変わりない。今年で四十歳、不惑を迎えられたが幾

分御若く見える。やはり髭が薄い所為だろう。

「先程の裁定、如何思ったかな？」

「はっ、これを機に寺社を支配下に置こうという御考えかと拝察致しました」

大殿が頷かれた。

「朽木は急速に大きくなった。その所為で寺社への取り締まりが十分とは言えぬ」

「はっ」

「嘗ての叡山や本願寺の様な存在を許す事は出来ぬからな」

叡山や本願寺と言った時の大殿の口調は苦みを帯びていた。要するに自ら力を持ち政に関わろうとする者か。

「まあ坊主共は良い。あの連中は叡山、本願寺で武家の怖さを十分に知った。暫くは大人しくしている筈だ。問題は伴天連だな」

「今回の裁定で少しは大人しくなりましょうか？」

大殿が〝難しかろう〟と言いながら首を横に振った。

「あの者共の後ろにはイスパニア、ポルトガルが有る。両国とも大国だ。その力を利用して随分と自儘な事をしている。俺が咎めたくらいで大人しくはなるまい。十分な注意が必要だ」

「では奴隷達は？」

「簡単には戻らんだろうな」

大殿が一口茶を飲まれた。淡々としている。

「……宜しいのでございますか？」

大殿の命が無視されればその権威に傷が付くが……。大殿が微かに笑みを浮かべられた。

「佐吉、奴隷達が日本に連れ戻されるまで伴天連達からの願い状に対して許可を出す事は許さぬ。左様心得るように」

「はっ！」

「一年後、奴隷達が戻らぬ時は伴天連達の寺院は破却せよ」

「確と」

「その際、伴天連達が俺の命に背き奴隷達を戻さなかった事が破却の理由である事も皆に報せよ」

「はっ」

なるほど、非は伴天連に有るという形を取るか……。

大殿が首を横に振られた。

「いっそ、布教を禁じられては如何でございますか？」

「伴天連達の布教を禁止する事は容易い。だがそれでは信徒は減るまいな。多くの信徒は俺が切支丹の勢力を畏れたためにそのような事をするのだと思うだろう」

「……」

「特に坊主というのは口が上手いからな、人は直ぐ騙される。死ねば極楽浄土などと説いて門徒を戦に駆り立てた坊主が居たが、死んだ事の無い人間が死後の世界を説くなど馬鹿げておろう」

大殿が御笑いになった。

「だからな、あくまで非は伴天連に有るとせねばならん。信徒達に伴天連達の教えにはいかがわしい所が有ると思わせた時、信徒達は切支丹では無くなる。伴天連達もそうなれば少しは考えるだろう」

なるほど、信徒の数を減らす事で伴天連達に反省を促そうとの御考えか。

「そうなれば奴隷達を戻しましょうか？」

「如何かな、或いは武力を用いるかもしれん」

「……」

「俺はこれから関東に向かう。今回の関東遠征には九州の者達、そして毛利は動員せぬ。分かるな？」

「はっ」

万一の場合に備えての事か……。いや遠征そのものが隙を見せての誘いかもしれぬ。

「危ないのは肥前だろう。長崎が有るからな。九鬼、真田、立花、高橋、小山田、酒井、大久保、毛利には文を書いておく。事が起きた場合、その方は速やかに住民を避難させよ。そして伴天連達の身柄を拘束するのだ」

「承知しました」

やはり誘いか。

「豊後の磯野、町田、笠山は動かさぬ。あそこは大友が居るし信徒も多い。抑えとして置いておく」

「某もそれが良いと思いまする」

同意すると大殿が頷かれた。

「念のため、市兵衛と彦十郎の兵も増強しておく。二千ずつ増やそう」

「有り難うございまする」

元から率いる兵も含めれば四千ずつ、計八千か。十分過ぎるほどの兵力だ。しかし、南九州の者達の名が出なかったが……。

「今回は此処に来なかったようだがコエリョという男には気を付けろよ」

「はい、某も油断は出来ぬと思っております」

大殿が頷かれた。コエリョは長崎へ攻撃をと主張した。坊主でありながら戦を厭わぬ男だ。大殿が最も嫌う坊主だろう。

「場合によってはポルトガル、イスパニアと事を構える事になろう。国内の統一を急がねばならん。琉球が服属したからそちらへの手当も要る。忙しい事だな、佐吉」

大殿が御笑いになった。軽やかな笑い声だ。負担には感じておられないのが分かった。そして南九州、あの地の者達は琉球への手当か。今回は念のための備えだ。今回の誘い、伴天連達だけが狙いではないいな。大殿はポルトガル、イスパニアと戦う事をお決めなされたのかもしれぬ。伊賀衆にフィリピンを探らせるのもそのためかもしれない……。

禎兆八年（一五八八年）　三月上旬　　近江国蒲生郡八幡町　　八幡城　　朽木基綱

目の前に一人の商人が居る。日本人じゃない、明人だ。日焼けして逞しい身体付きをしている男だ。年の頃は五十代前半、俺より十五歳ほど年上だろう。名前は李旦。背を丸めて茶を啜っているがふてぶてしい感じの煮ても焼いても食えないような印象が有る。まあ無理も無い、この男の素性を知れば皆が納得する筈だ。

李旦には倭寇だったという過去が有るのだ。戦国時代の倭寇は後期倭寇と呼ばれるのだが後期倭寇の特徴はその構成員の主体が中国人だった事で、活動範囲は東アジアから東南アジアにまで及んでいたようだ。まあ明は海禁策をとっていたからな、海賊兼密貿易グループと言って良いだろう。どちらも立派な犯罪者だ。それにしても何で倭寇なんだろう。主体は中国人なんだから倭寇以外の名前を付ければ良いのに。

有名どころでは林道乾、王直、徐海というのが居るのだが李旦は王直の部下だ。王直というのは日本への鉄砲の伝来にも関わっていたという人物で倭寇らしく半海賊、半商人という様な活動をしていた。具体的には明では海賊として御尋ね者だったが日本では商人として遇されていたのだ。後年、明に投降し処断された。日本に居れば安泰だったのにな。

李旦は王直の死後、彼の築いた貿易ルートを受け継ぎそれを発展させた。今では朽木とも取引している。大湊に屋敷も構えている。抜け目のない男と言って良い。

「日本は寒いだろう？」

李旦が眼を細めて〝はい〟と答えた。流暢に日本語を話す。通訳抜きで話せるのは有り難い。

「明の様子は如何かな？」

「墓造りもそろそろ終わりますようで」

「ほう、何年かかった？」

「ざっと六年でございましょうか」

六年かけて墓造りか。まあ死んでからじゃ無理だな、生きている内に造るのも当然か。

「随分と銭を使ったようだが豪勢な物だな」

李旦は無表情に茶を飲んでいる。別に皮肉を言ったわけじゃないぞ。感心しただけだ。大体八百万から一千万両近い銀を使った筈だ。国家予算の二年分以上だ。流石は万暦帝、明は万暦に滅ぶと言われただけの事は有る。

「民は苦しんでおります」

ぽつんとした口調だった。ちょっと後悔した。豪勢な物だなんて馬鹿な事を言ったかもしれない。税の取り立ては厳しいのだろうな。

「家を捨て逃げ出す者も居りますようで」

「そうか」

家を捨て逃げ出す。最初は流民として漂うだけかもしれない。だが生きて行くためには食わなければならない。漂うだけでは生きて行けないとなれば罪を犯してでも生きようとするだろう。海に近い者は海賊になり山に近い者は山賊になる。それ以外の者も追い剥ぎ、強盗など犯罪者として生きて行く事になる。

逃げ出す者が出るという事は税を払う人間が減少するという事でも有る。当然だが一人あたりの税負担は重くなる。逃げ出す者が多くなればなるほど税負担は重くなるだろう。その事が更に逃げ出す者を増加させる事になる。悪循環だな。そしてその悪循環の中から明を滅ぼす人間が出て来る……。

倭寇

禎兆八年(一五八八年)　三月上旬　　近江国蒲生郡八幡町　　八幡城　　朽木基綱

「困った事だな」

「はい、未だ御若うございますから……」

この男、どうやら明はかなり危ないと見ているようだ。そして万暦帝の悪政は墓造りで終わりではなくこれからも続くと見ている。大湊に屋敷を構えたのも商売だけが理由じゃないかもしれん。明が混乱すると見て中国に居るのは危険だと判断したか……。

「昔の仲間から誘いが有るかな?」

李旦が笑いながら首を横に振った。

「そのような事は……」

「無いか」

「はい」

嘘だろう。この男が仲間なら頼もしい限りだ。俺なら絶対に声を掛ける。……それを避けるためにも日本に根拠地を作ったのかもしれない。

「琉球と盟を結ぶと聞きましたが」

「うむ」

「対等の盟でございますか？」

李旦がジッと俺を見ている。さて、如何答えよう。隠してもこの男なら探り出すだろう。正直に答えた方が良さそうだ。

「……表向きはな」

「……」

「内実は従属だ、琉球から人質が来る。日本を懼れている部分も有るだろうがいざという時に明が何処まで琉球を救うために尽力してくれるか不安が有るらしい。南方では南蛮人が随分と暴れているからな。かと言って明との関係を切る事も出来ぬし日本との交易も捨てられぬ。なかなか苦しい立場だ」

俺が笑うと李旦が〝左様で〟と言った。まだジッと俺を見ている。あんまり見るなよ、恥ずかしいだろう。

五月には琉球から人質が来るだろう。屋敷は既に近江に用意してある。俺は関東に遠征中だから帝に謁見した後はゆっくり京見物でもして貰えば良い。その辺りの事は伊勢兵庫頭に命じて有る。世話役は伊勢兵庫頭の嫡男又三郎貞為だ。親父の兵庫頭は京、息子は近江、今後は俺の側近として働いて貰う事になるだろう。

「朝鮮にも使者を出したと聞きました」

「うむ、もう直ぐ天下統一だからな。朝鮮との関係も結び直そうと思っている。まあ時間は掛かるだろう」

朝鮮に出した使者が戻ってきた。案の定だが無視されたようだ。理由は未だ天下を統一したわけでもないし相手にするのは早いという事だろう。足利を滅ぼした簒奪者だと見ている部分も有る。それに日本国王でもない。宗氏を対馬から筑後に移した事も影響している。対馬を攻め獲ったという思いも有るようだ。朝鮮の俺への感情は酷く悪い。史実の秀吉を越えたかもしれない。

でもね、こういうのは諦めちゃ駄目なんだ。何度も繰り返してドアを叩き続ける必要が有る。それに向こうにも倭寇で困っているという弱みは有るのだ。それにしても簒奪者か、朝鮮だって高麗を滅ぼして国を奪ったのだ、お互い様だろう、綺麗事を言うなよ。

「相国様は国の外の事に随分と熱心でございますな。伴天連達に奴隷となった者達を戻す様に命じたとか」

「長い間この国は戦乱にあった。その所為で多くの日本人が国外に売られた。統一が成ればその者達を戻そうと考えるのは当然であろう。それが政を行う者の務めだ」

戦争で捕虜にする、或いは敵の生産力、労働力を奪うために敵の領地に侵攻し領民を攫う。所謂乱捕りという奴だ。そしてそれを売る事で銭を得た。敵に損害を与え自分は利を得る、一石二鳥だ。朽木はやらなかったが日本全国でそんな事をやっていた。国が荒れるわけだよ。

「奴隷の一部は澳門(おうもん)に居りますぞ」

「澳門？」

聞き返すと李旦が頷いた。

「あの者達はマカオと呼んでおりますが」

なるほど、マカオか。

「あそこは今如何なっているのかな？」

李旦の眼が笑っている。そんな事も知らないのかと言われているような気がした。ちょっと凹むな。

「三十年ほど前の事ですがポルトガル人が倭寇の討伐に明に協力した事がございました。その恩償として澳門に永久に留まる事を許されております」

「三十年前か……」

三十年前という事は李旦は未だ倭寇だった筈だ。討伐された連中の中に仲間が居たのかもしれない。或いは李旦自身も討伐され逃げた一人だった可能性も有る。

「伴天連達も大勢居ります。ポルトガルの商人は澳門に拠点を置き日本の長崎、堺、敦賀等と交易しております」

「……」

ポルトガル人の航行ルートはアフリカの喜望峰を回ってインド洋に出てアジアだ。インドのゴアからマラッカ、マカオか……。アジアで奴隷が居るとすればその辺りだな。李旦がまたジッと俺を見ている。

「明人に奴隷となった者は居ないのか？」

「少のうございます。余り大掛かりにやると明に睨まれると思っているのでしょう」

なるほどな、居留は認められたが領地ではないという事か。アヘン戦争後の清とは違う、明の機嫌を損ねる事は出来ないというわけだ。日本は戦国時代で混乱していたから何でも出来た。なんか腹が立つな！

「それにポルトガル人が来る事で澳門は賑わっておりますからな、それなりに明も得る所が有ります。多少の事では……」

李旦が首を横に振った。明も咎めないという事は税等の面でかなり美味しい思いをしているに違いない。それにしても澳門か、マカオとは言わない。ポルトガル人に、或いは現状に不満が有るのかもしれん。

「お攻めになりますか？」

李旦が低い声で問い掛けてきた。なるほど、さっきから俺をジッと見ていたのはそれが理由か。

「南蛮人が邪魔か？」

問い掛けると李旦が口元に笑みを浮かべた。

やはり邪魔か。東アジア、東南アジアで自由に活動したいと考えているのだろう。そのためにはポルトガル、イスパニアは邪魔なのだ。本当は明に働きかけたいのだろう。だが明は皇帝がボンクラの万暦帝だし元々海外との交易には積極的じゃないし、関心も薄い。歯痒い想いをしている所に俺が現れたという事だ。俺がポルトガル、イスパニアの対抗者になるか、確認している。

「相国様は如何で？」

「交易相手としては必要だが南の国々を食い荒らすのは我慢がならんな。伴天連達がそれに協力しているのも気に入らぬ」

今度は口元と眼で笑った。怖いわ、流石は倭寇だ。

「しかし、澳門を攻めれば明とも事を構える事になる。簡単に出来る事ではない」

「左様ですな」

李旦の笑みは消えない。こいつ、何時かは俺が明とぶつかる事になると思っているのかもしれない。火種は琉球、朝鮮か……、それに銀の事も有る。従属の事を言ったのは失敗だったかな。

「李旦よ、イスパニアの商人は明でどのような活動をしている？」

李旦が首を横に振った。あれ？　如何いう事だ？　ポルトガル人がマカオを得たのだからイスパニア人が張り合って何処かに拠点を作っても良いんだが……。大体メキシコの銀が大量に明に流れている筈だぞ。活動が無いなんて事は無い筈だ。

「イスパニア人の殆どは呂宋に居ります。明の商人が呂宋に行き取引をしております」

「そうか……」

「大体イスパニアより四月から五月に呂宋に船が着きそこで取引が行われます。海が荒れる六月には呂宋を出てイスパニアに戻るそうで」

「なるほど」

スペインの交易路は大西洋からアジアだ。具体的にはメキシコからフィリピンという航路なのだろう。六月には戻るという事は台風を避けているのだ。中国に行く余裕は無い。

つまり四月から五月はフィリピンに銀、絹、陶磁器が集まるという事だな。フィリピンが交易の拠点か。そこで銀と絹、陶磁器を交換するのか……。あ、香辛料も入るな。マニラ・ガレオン貿易がイスパニアの重要な交易だとは知っていたがマニラから明に行くのではなく明の商人がマニラに行くのか、そこは知らなかったな。となるとイスパニアは日本人奴隷の売買に無関係かな？　いやマカオからメキシコに日本人を送るというルートが有るか。それにしても現代のフィリピンは御世辞にも発展しているとは言えない。中継貿易の拠点にはなったが殆どその利はイスパニアに奪われたという事か。寂しい話だ。

李旦とはその後小半刻ほど話をした。帰る時、李旦は満足そうな表情をしていた。如何(どう)も俺がイスパニア、ポルトガルと事を構えると見ているらしい。面白い玩具でも見つけた様な気分なのだろう。なんだかなあ、余り期待されても困るんだが……。明、ポルトガル、イスパニア、いずれも強大国だぞ。特にイスパニアはポルトガルを併合しているからどっちに喧嘩(けんか)を売っても両方相手にする事になりかねん。まあ地の利はこっちに有るし向こうはヨーロッパが主戦場の筈だ。そこは有利だろう。

イスパニア、ポルトガルの強みは物流の道を押さえている事だ。ポルトガルはアフリカからインド洋を越えてアジアへの道、イスパニアは大西洋を越えて太平洋を横断してアジアへの道。これはイスパニア、ポルトガルだけじゃない。イギリス、オランダにも引き継がれる。それに対して明、朝鮮、日本は物流の道を押さえていない。漸く日本が日本・琉球の道を押さえただけだ。特に中国の王朝は朝貢貿易が主体だから自ら交易船を出すなんて事は考えない。これは朝鮮も同様だ。これでは勝てんな。

明や朝鮮にその事を言っても無駄だろうな。両国を治めている支配者階級は儒教を重んじている。交易なんて蔑んでいるし他国が遠くから自分の国へやって来るのはむしろ自分達の国が偉大だからだと考えるだろう。わざわざ自分達が外に行く必要は無いと考える筈だ。となると動けるのは俺だけか。なんか李旦の思惑に乗りそうで不本意だな。

……やるんだったらアジアからイスパニア、ポルトガルを追い出すくらいの覚悟が要る。実際にフィリピン、マカオ、マラッカはこっちで押さえる必要が有るだろう。李旦は大喜びだろうな。インドまで行ってゴアを押さえるか？　いずれはイギリス、オランダも来る。インド洋で東西の大戦争が起こるだろう。それにマカオを獲るという事は明との関係を如何するかという問題にもなる。

……頭が痛いわ……。


禎兆八年（一五八八年）　三月上旬　　近江国蒲生郡八幡町　　李旦

後ろを振り返った。城が有る。八幡城、朽木家の居城だ。先程まであの城で城主と話をしていた。それなりに威容の有る城だが自分には違和感が有る。街を囲う城壁が無いのだ。大陸の城とは違うと思った。多分、それはこの国が周囲を海に囲まれた島国の所為だろう。異民族に攻められる。財貨を奪われるという経験に乏しいからだ。争いは国の中だけで行われていた。羨ましいほどに平和な国だ。

「旦那様、如何なされました？」

和助が問い掛けてきた。この国で雇った若者だ。歳は十七歳。何かと良く気が付く。重宝している。

「うむ、城を見ていた。立派な城だな」

「はい、朽木様のお城ですから」

和助が誇らしげに言った。朽木基綱、この国を統一しようとしている男だ。おそらく、この一、二年で統一するだろう。

「どのような御方でございました？」

「そうだな。今年で四十歳と聞いていたが思ったよりもお若い方であった。顔形は普通であったがやはり懐の深さを感じさせる御方でもあったな」

「左様でございますか」

踵を返して歩き出す。和助が後に続いた。

妙な男であったな。琉球が服属したというのに喜ぶ素振りを見せなかった。自慢もせぬ。まあ琉球も強かな国だ。素直に喜べぬと思っているのかもしれない。しかし……、あの男、服装も特別良い物を身に着けてはいなかったな。どうやら自分を誇る、飾るという事に関心の無い男らしい。明の皇帝、朝鮮の王なら有り得ぬ事よ。大喜びで吹聴するであろうに……。

「如何なされました？　旦那様」

「うん？」

「先程から御笑いになっておられます」

「そうか」

「はい」

うむ、まあ久し振りに面白い者を見たからな。しかも倭人だ。世の中は広いわ。この島国にあのような男が居たとは。……和助にそのままは言えぬな。

「相国様との会談を思い出したのだ。なかなか愉快な御方であった」

「左様でしたか」

和助が嬉しそうに頷いた。あの男、明を懼れてはいなかった。皇帝を羨んでもいない。墓造りに六年掛けたと聞いても笑っていたな。内心では馬鹿な奴だと蔑んでいたのだろう。あの男なら墓などどうでも良い。墓を誇って如何すると明の皇帝に面と向かって言い出しかねぬな。

民が苦しんでいる。逃げ出す者が居ると聞いても驚かなかった。知っていたか、想定していたか。どちらにしろ明の足元は揺らいでいる。付け込む隙があると見ているのだろう。……分かるぞ。不満が有るのだ。あの男は自由に交易がしたいのよ。それによって国を豊かにしたいと考えている。実際今ではこの島国に諸国の船が集まるようになった。この国には物が溢れている。これほど豊かになるとは私の若い頃には思いもしなかった事だ。あの男がこの国を作り変えた。やるわ、憎い男よ。

あの男は明、朝鮮と自由に交易をしたいと考えている。だが明も朝鮮も海の外に関心を持たない。積極的に交易で国を豊かにしようとは考えていない。必ず明から冊封されることを求めてくる。不満だろう。南蛮人に対しても強い不満が有ると見た。南の海を派手に荒らし回っている。許せぬと見ているのだ。今は国内の統一を優先しているがそれが終われば本格的に海外への進出を進める筈だ。

ぶつかる。明、朝鮮、南蛮、そのいずれかと必ずぶつかる。ぶつかった時は残りの二つともぶつかるだろう。三者は密接に繋がっているのだ。あの男もそれは分かっている。そして悩んではいるが怯んではいない。九州遠征で大友は没落し龍造寺は滅んだ。南蛮人は大友が没落した事で神経を尖らせている。そして対馬の宗氏はあの男によって筑後に追われた。あの男は朝鮮に対して対馬は日本の領土だと行動で示したのだ。対馬には九鬼、堀内が入っている。臨戦態勢と言って良い。朝鮮に使者は出したが素気なく追い返されたらしい。当然だ。朝鮮から見れば使者を受け入れるという事は対馬は日本領だと認めるに等しい。とても受け入れられまい。一見平和だが明らかに緊張は高まっている。怯んでいる男に出来る事では無い。

「ふふふふふふ」

和助が私を見ている。何も言わないのは私があの男との会談を思い出していると思っているからだろう。

怯んでいない以上、ぶつかる。事実、あの男は新たな水軍の建設を始めている。明、朝鮮、南蛮と戦う水軍だ。着々と準備を進めているのだ。

「ふふふふふふ」

勝てるかな？　勝てばどうなるだろう？　明は混乱し国内で反乱が起きるかもしれない。皇帝は若い。悪政が続けば滅ぶという事も有り得るだろう。後ろ盾を失えば朝鮮も滅ぶかもしれんな。いや、あの男の前に震え上がるだろう。そして南蛮も南の海から追い払われるかもしれない。

新しい大国の誕生か。陸ではない海の大国の誕生。変わるな、全てが変わる。これまでは唐土を支配した国がこの地域の支配者だった。唐、宋、元、明だ。周辺の国々は彼らの動向に一喜一憂した。しかし、日本が海の大国になれば変わるだろう。海に面した国々は日本の動向に一喜一憂する事になる。新しい支配者の誕生だ。彼は自由な交易を推し進めるだろう。それは我らが望んだ事でも有る。林道乾、王直、徐海。皆それを望みながら死んだ。私は彼らの夢が実現するのを見る事が出来るのかもしれない。

後ろを振り返った。城が有る。城壁に囲まれていない城だ。なるほど、壁が無いか。自由な交易を推し進めようとしているあの男に相応しい城だ。

「旦那様、大きなお城ですね」

「ああ、大きな城だ。あの御方に相応しい城でもある」

踵を返して歩き出す。大陸は混乱するだろう。混乱の中で新しい国が興るのかもしれない。そして新たに興った唐土の帝国と海の大国日本が海を隔てて対峙する時代が来る。協調か、敵対か。どうなるのか、楽しみよ……。

禎兆八年（一五八八年）　三月上旬　　　駿河国安倍郡　　府中　　駿府城　　朽木堅綱

「如何でございますか？」

父上からの文を読んでいると桐を抱きながら奈津が話しかけてきた。

「うむ、関東遠征には太閤殿下も参加するそうだ」

「まあ、近衛様が」

奈津が驚いている。桐がむずかった。慌てて奈津が宥める様に揺すり上げた。桐は奈津には余り似ていない、母上にも似ていないだろう。御祖母様に似ているかもしれない。不思議な事だ。

「まあ太閤殿下は関東には縁が御有りだからな」

「はい」

「そなたはお会いした事が有ったか?」

「兄と共に京に参りました時に御目にかかりました」

「ああ、あの時か。もう十年以上前になるな」

「はい」

奈津が感慨深そうな表情をしている。私が奈津に会ったのもその時だった。

「関東も随分と様変わりした。さぞかし驚かれるだろう」

「左様でございますね」

奈津が頷いた。かつて謙信公に従って北条氏と戦った国人衆も今ではその多くが滅ぶか勢力を減退した。上総、下総では千葉氏、原氏、土岐氏、真理谷武田氏、庁南武田氏が滅び里見氏は安房一国に抑え込まれた。上総、下総を抑えた後は武蔵で惣無事令、関の廃止に反抗的な姿勢を示した藤田氏、太田氏、大石氏を滅ぼした。それを見て下野の結城、小山、宇都宮も大人しくなった。後は常陸の佐竹だけだ。

「父上は畿内を中心に七万ほどの兵を率いられるようだ」

「……少のうございますね。北陸勢は佐渡攻めに御使いなさるのでしょうけれど……」

奈津が小首を傾げている。

「それでもこちらの兵を合わせれば十万を軽く越える」

「……」

納得した様子は無い。父上は高を括るという事が無い御方だ。奈津はその事を良く理解している。

「少々九州で気になる事が有るようだ。西国の兵はそれに備えさせるらしい」

「まあ」

驚いているし訝しんでもいる。九州で伴天連達の事が懸念になっているなど考えも付かないだろう。話しておいた方が良いだろうか？　考えていると〝父上〟と声がして竹若丸が駆け込んできた。息を切らし頬が紅潮していた。

「如何した、竹若丸。息を切らして」

「兵法（ひょうほう）の稽古をしておりました」

「素振りか？」

「……」

答えぬところを見るとどうやら形稽古をしていたらしい。困ったものだ。

「素振り以外はならぬと言った筈だぞ」

「……」

「そなたは未だ身体が出来上がっておらぬ。今少し骨が固まるまで待て」

「そうですよ、竹若丸。そなたは嫡男なのですから、無茶はなりませぬ」

奈津が窘めると竹若丸が不満そうに〝ですが〟と言った。

「御祖父様の御教えだ。父もそのように教えられ育てられた。不満か？」

竹若丸が大きく首を横に振った。息子は父上を尊敬している。

「それに行儀も良くない、これでは恥ずかしくて御祖父様に会わせられぬな。座りなさい」

竹若丸が慌てて座った。

「塚原には竹若丸を甘やかすなと注意せねばならん」

「そうでございますね」

私と奈津の会話に竹若丸がしょんぼりとした。おかしくて笑ってしまった。奈津も笑う。桐がまたむずかった。〝父上〟と私の方に来たがっている。文を仕舞い桐を奈津から受け取ると桐が嬉しそうに笑い声を上げた。

塚原はかつて朽木家に新当流の兵法を教えた塚原小犀次(つかはらこさいじ)の孫だ。名は小次郎高充。塚原氏は常陸国南部を拠点とする南方三十三館衆の有力者大掾氏に仕えている。小次郎は塚原の分家の筋だが塚原の本家は大掾氏の家老の家だ。南方三十三館衆を取り纏めて朽木家に服属させるのに大いに働いてくれた。

南方三十三館衆と敵対していた佐竹氏はその事が不満だったのだろう。会津の蘆名氏と組んで朽木に対抗している。それを除けば関東はほぼ制圧した。残っている佐竹を制圧し蘆名の制圧を果たせば朽木の領地は奥州にもかなり深く食い込む事になるだろう。

「桐、もう直ぐ御祖父様に会えるからな」

話しかけると桐が頷いた。何処まで分かっているのだろう。父上は子煩悩な所が有るから桐を見れば喜んでくれるだろう。御祖母様に似ていると驚かれるかもしれない。

「御屋形様、そろそろ竹若丸に傅役を付けなければならぬのでは有りませぬか？」

竹若丸が身動ぎをした。

「その事は私も考えている。村井作右衛門尉と前田又左衛門をとな。今回父上の御許しを得て正式に任命するつもりだ」

また竹若丸が身動ぎをした。

「宜しいのでございますか？　二人とも朽木家の譜代では有りませぬが？」

奈津が心配そうな表情をしているので笑ってしまった。

「半兵衛も新太郎も朽木家の譜代の家臣ではない。だが私の傅役になった。心配は要らぬ。作右衛門尉は文に通じ又左衛門は武に優れた男だ。二人が力を合わせて竹若丸を育ててくれればと考えている」

奈津が〝左様でございますね〟と言って頷いた。作右衛門尉も又左衛門も驚くであろうな。半兵衛、新太郎は私の傅役になった時、天地がひっくり返るかと思うほどに驚いたと言っていた。

「竹若丸」

「はい」

「来月になれば御祖父様がこの駿府にお見えになる」

「はい！」

竹若丸が嬉しそうに答えた。

「御祖父様はお優しい方だが我儘を言ってはならぬぞ」

「そうですよ、兵法の稽古をしたいとか、算盤の修練、手習いは嫌いだとか言ってはなりませぬ」

「……はい」

またしょんぼりしている。奈津と顔を見合わせ声を合わせて笑った。

奥州連合

禎兆八年（一五八八年）　三月上旬　周防国吉敷郡上宇野令村　高嶺城　小早川隆景

「では今回は九州での変事に備えよと」

「そういう事になりますな、駿河守様」

恵瓊が坊主頭をつるりと撫でた。兄が不快そうにそれを見ている。

「右馬頭様より駿河守様、左衛門佐様にお伝えせよと命じられました」

「殿は？」

「奥に居られます。南の方様がお呼びだそうで」

兄が顔を顰めた。やれやれだ。

「まあ宜しいのではありませぬか、兄上。こちらも豊前をしっかりと押さえるのに今少し時が欲しいというのが本音です」

兄が〝うむ〟と声を出したが今ひとつ納得した表情ではない。関東攻めでは息子の次郎五郎に久し振りに会えると喜んでいた。その機会が失われた事が残念なのだろう。

「右馬頭様もホッとしておられましょう。なんせ初産ですからな、南の方様に傍に居て欲しいとせがまれていたそうで」

思わず苦笑いが漏れた。兄も顔を歪めている。以前は右馬頭を見れば顔を背けるほどだったのに……。今では人目も憚らず甘えるというのだから……。今も南の方に捕まっているのだろう。まあ仲が良いのは良い事だ。後は世継ぎが生まれれば言う事は無い。

「それにしても今度は南蛮の坊主か、相国様はほとほと坊主とは相性が悪いようだな」

兄の言葉に恵瓊が〝駿河守様〟と声を掛けた。

「愚僧も坊主では有りますが相国様との相性は悪くは有りませぬぞ」

「お主はナマグサだからな、気が合うのだろう」

兄が澄まして言う。思わず失笑した。兄が声を上げて笑う。恵瓊が〝それは酷い〟とぼやいた。もっとも恵瓊自身も笑っている。

「まあ冗談はさておき、愚僧もあの者達は危険だと思いますぞ。一向宗とは違った怖さが有る。南の国々では南蛮に攻め獲られた国も有るとか。どうもあの坊主共、それに協力しているようですな」

「大友の様に操られる者も居る」

恵瓊と私の言葉に兄が〝うむ〟と頷いた。我らから見ても大友の伴天連への傾斜は酷かった。大友の内部が混乱した一因に伴天連への傾斜が有る。

「今回奴隷の事で相国様より報せが届いたが確かに許せぬ事よ。南蛮の者共、この国を食い物にしていたようだな」

兄が不愉快そうに言う。

「国が乱れておりましたからな、已むを得ませぬ。しかし相国様が国を纏めようとなされております。纏まれば当然の事、許される事では有りませぬ」

兄、恵瓊が頷いた。

伴天連達が如何出るか……。相国様は天下統一を優先されている。今のうちに相国様に従う姿勢を示せば良いがそうでなければ天下統一後に厳しい処置が下されるだろう。伴天連達もそれに気付いているかもしれない。となれば統一を邪魔するために九州で事を起こすという事は有り得るのかもしれん。

「厄介なのは豊後ですな。あそこには大友五郎が居ります」

私の言葉に二人が頷いた。五郎は宗麟の息子で彼自身熱心な切支丹だと聞いている。そして豊後には切支丹が多い。その切支丹が五郎の下に集まるようなら……、そして其処に伴天連達、南蛮の商人が集まるようなら……。豊前に飛び火するかもしれない……。

「そうだな、九州の抑えのために待機というのは妥当な判断か」

「そういう事になります。なにより豊前を混乱させる事は出来ませぬ」

兄が〝うむ〟と頷いた。

「駿河守様、左衛門佐様。戦の準備はせねばなりますまい」

兄が私を見た。私が頷くと兄も頷いた。


禎兆八年（一五八八年）　三月下旬　　近江国蒲生郡八幡町　　八幡城　　朽木基綱

隣で横になっていた桂がもぞもぞと動いて寄り添ってきた。

「もう直ぐ御出陣でございますね」

「そうだな」

「寂しゅうございます、御戻りは何時頃になりましょう」

「そうだな、冬になる前に戻るだろう。正月は皆で祝える筈だ」

関東制圧だけなら日数は掛からない。問題は奥州だ。どれだけ早く片付くかだがどのみち冬は戦は無理だ。年内で切り上げて戻る事になるだろう。

簡単に終わるかな？　奥州は戦乱の真っただ中にある。その中心に居るのが伊達と蘆名だ。伊達は輝宗が未だ当主として頑張っている。史実だと隠居して殺されているんだけどこの世界では違う。現役バリバリで頑張っている。どうも上杉で御館の乱が無かった事が微妙に影響しているらしい。

史実では御館の乱が起きると輝宗は蘆名、北条と結んで敗北した上杉景虎に味方した筈だ。だから景勝が勝利者になると蘆名、北条の他に織田とも連携して景勝に敵対したと覚えている。政宗に家督を譲ったのも自分は対上杉戦に専念し政宗には奥州方面を任せるつもりだったのだろう。輝宗にとっては奥州は伊達と蘆名が協力すれば大丈夫、政宗に任せても問題無いという意識が有ったのだと思う。

だが政宗は上杉よりも蘆名を潰す事を選択した。最初からそうだったのか、それとも途中からそう考えたのかは分からない。だが当時の蘆名は後継者問題で弱体化しているように政宗には見えたのだと思う。一度目は蘆名盛隆の死、二度目は盛隆の後継者亀王丸の死。僅か二、三年の間に二度の後継者問題が発生している。そして蘆名氏は二度の後継者問題で政宗の弟である小次郎を養子に迎えなかった。

多分蘆名は伊達から養子を迎えれば伊達の力が強くなり過ぎると考えたのだろう。要するに蘆名は奥州でのパワーバランスを重視したのだ。輝宗も不愉快では有っただろうが蘆名の考えに一定の理解はしたのだと思う。何よりも蘆名氏を敵に回せば奥州が混乱すると考えたのではないか。だが政宗は蘆名は伊達との同盟を如何考えているのかと不満を持ったのだと思う。

蘆名は奥州の国人達と密接に関わっていた。奥州で覇を唱えようとする伊達氏にとっては何かと配慮しなければならない存在だった。その事が若い政宗には邪魔な鬱陶しい存在に見えたのではないだろうか。政宗は上杉よりも蘆名を潰した方が伊達にとっては旨みが有る、奥州での影響力を強める事が出来ると思ったのではないかと思う。

政宗は伊達による奥州統一を考えたのだ。そこには中央で膨張する織田、豊臣の存在が頭に有ったかもしれない。中央政権に対抗するには伊達家が奥州を一つに纏めるしかないと考えた。強い覇者が必要だと考えたのだ。連合では切り崩されると思ったのだろう。十分に考えられる事だ。

輝宗にとって政宗の外交方針の転換は誤算だったと思う。だが蘆名が伊達との協調を重んじない以上敵対するしかないという政宗の考えを否定出来なかった。悪く言えば政宗に引き摺られた。輝宗の横死は政宗の外交方針の転換から生じた。政宗は蘆名を滅ぼして奥州に覇を唱えるがそこまでには何度も危うい事が有った。その事が伊達内部において政宗に対する不信、反発を生んだと思う。余計な事ばかりしやがって、というわけだ。小次郎を擁立しようとした勢力というのはそれを強く思った者達ではないか……。いかんな、歴史推理は後だ。

現状では史実と違って御館の乱が無かった事で伊達、上杉の関係は敵対関係には無い。そして史実通り蘆名家が後継者問題で伊達家から小次郎を養子に迎えなかった事で伊達、蘆名同盟は破棄され敵対関係に有る。蘆名は最上、佐竹、大崎と同盟して伊達を牽制し上杉とは国境で小競り合いを繰り返している。そして一月ほど前から大崎が伊達と戦争を始めた……。簡単には収まらんだろうな。だが好都合だ。一つに纏まられるよりも遣り易い。

「天下が統一されたら関東に行ってみるか?」

「宜しいのでございますか?」

闇の中だが桂が顔を上げたのが分かった。

「甲斐は上杉領だから避けた方が良かろうが駿河から伊豆、相模は朽木領だ。そして今川家、北条家にとっては縁(ゆかり)の地だ。今川家の方々と共に行っては如何だ?」

桂が頭を俺の胸の上に置いた。

「……子らを連れて父の墓参りがしとうございます」

声が震えていた。北条氏康か、北条氏の墓は早雲寺だったな。だが氏政、氏直は首を晒された。その後どうなったか……。関東に行ったら確認してみよう。もし、他の寺に墓が有るのなら早雲寺に移した方が良いかもしれない。今川氏真の墓も確認しよう。となると辰、篠の方も手当しなければならん。温井、三宅の墓も確認させよう。

「左京大夫殿が喜んでくれればよいのだが」

「桂は幸せに暮らしていると報告します。きっと父は喜んでくれましょう」

桂が泣き出した。

「そうか、そうだな」

泣き続ける桂を抱きしめながら思った。本当にそうなら良いと。俺の正室ならともかく側室なのだからな。不満に思うだろう。だが粗略には扱っていない、大事に扱っている。その辺りは認めて欲しい物だ。


禎兆八年（一五八八年）　四月下旬　駿河国安倍郡　府中　駿府城　朽木奈津

大殿が七万の兵を率いて駿府にお見えになられた。御屋形様と共に子らを連れて挨拶に出向く。広間には大殿の他に次郎右衛門殿、三郎右衛門殿、そしてもう一人、若い武士がいた。皆甲冑を着けている。大殿はとてもお元気そう。少し御歳を召されたかしら、確か今年で四十歳の筈。……そうは見えない、御歳を召されたけれど三十代半ばぐらいに見える。

「元気そうだな、奈津」

「はい、大殿におかれましても御健勝の御様子、心より御慶び申し上げます」

「うむ」

「近江では皆様お元気でございますか？」

「皆元気だ、案ずるな」

大殿が笑みを浮かべて頷かれた。安心した、豊千代は元気らしい。

「また子が生まれる。雪乃と藤、夕が身籠った」

「雪乃殿は御褥辞退をされたと聞いておりましたが」

御屋形様が小首を傾げている。

「まあそうなのだが四郎右衛門が琉球に行って酷く落ち込んでしまってな。それを慰めている内に……」

大殿がちょっと恥ずかしそうに言うと皆が顔を見合わせている。〝まあ、そういう事だ〟と大殿が言うと皆がクスクスと笑い出した。大殿も照れ臭そうに笑う。

「そう笑うな。奈津は初対面であろう。三好孫六郎殿だ」

大殿が若い武士を紹介してくれた。三好孫六郎殿、百合姫の婿君。

「初めてお目にかかります、奈津にございまする」

「三好孫六郎にございます。義姉上、よろしくお願い致しまする」

孫六郎殿が丁寧に挨拶を返してくれた。

「其処に居るのは竹若丸か」

「はい、竹若丸にございます！」

竹若丸が大きな声で答えた。大殿が上機嫌に笑う。

「大きな声だ、元気の良い子だな」

「はい！」

また大殿が上機嫌に笑った。皆も笑う。

「竹若丸は何が好きかな？」

「兵法が好きです」

「兵法、なるほど、剣術か」

「はい！」

大殿がウンウンと頷かれたが真顔になられた。

「余り無茶はいかんぞ。そなたは未だ幼い。骨が固まるまでは素振りだけにしておく事だ」

「父上にもそのように言われました。御祖父様からそのように教えを受けたと」

「そうだな、そのように教えた。……算盤は如何かな？　手習いは？　学問はしているか？」

「……余り……」

大殿が御笑いになられた。

「好まぬか。困ったものだな」

「……」

「少しずつでも励むのだな。そうでなければ良い大将にはなれぬ」

「はい」

大殿がすっと視線を桐に向けた。

「そちらに居るのは桐姫か」

「桐にございまする」

桐が回らぬ口で懸命に答えると大殿がジッと桐を見詰めた。

「不思議な事だ。母上に似ている」

「父上も左様に思われますか？」

御屋形様が問われると大殿が頷かれた。確かに桐は大方様に似ているかもしれない。

「桐は何が好きかな？」

「カステーラ」

「ほう、カステーラか。桐は甘い物が好きか」

桐がこくりと頷く。

「まあ甘い物が嫌いな女子は居らぬな。だが食べ過ぎてはいかぬぞ」

「はい」

今度は声に出して答えた。大殿が笑みを浮かべている。

「もう直ぐ天下も統一される。この子らには乱世を見せずに済むだろう」

皆が頷いた。

「さて、挨拶も済んだ。軍議を開くとするか」

大殿の言葉に皆が畏まった。


禎兆八年（一五八八年）　四月下旬　駿河国安倍郡　府中　駿府城　朽木堅綱

大広間で軍議となった。上段に父上と私、近衛太閤殿下。下段には左右に皆が並ぶ。次郎右衛門、三郎右衛門、三好孫六郎殿も下段に並んでいる。

「大樹、始めよ」

「はっ。先ず我が軍の兵力だが父上の軍が約七万、そして私の直属軍が約三万、合わせて十万。それに関東の国人衆が現在小田原に集結しつつある。大凡五万。そして佐竹攻めの後、上杉軍が越後より奥州攻めに加わる。率いる軍勢は三万。総勢十八万で関東、奥州攻めを行う事になる」

皆が頷いた。

「兵糧、火薬に付いては小田原に集めてある。大凡十五万の兵が一年戦える量だ。また上方から今も続々と船で兵糧と火薬が送られてきている。兵糧に付いての心配は要らぬ」

また皆が頷いた。十分な兵糧が有って初めて戦える。どれほど有利であっても兵糧がなければ兵を退くしかない。徳川攻め、関東平定で学んだ事だ。

「敵は関東では佐竹は白河結城氏、岩城氏を配下に置き南奥州にも威を振るっている。また蘆名氏、大崎氏、最上氏とも盟を結び伊達氏と敵対関係に有る。ここまでは皆も分かっていると思う。だが些か懸念すべき事態が発生した。出羽守、頼む」

風間出羽守が〝はっ〟と畏まってから頭を上げた。

「二月に起きた伊達氏と大崎氏の争いですが十日ほど前に和睦が成立しました。これには伊達左京大夫の正妻、最上御前が大きく関わっております。そして伊達氏と最上氏の間でも頻りに使者の遣り取りが有ります。おそらくは和睦交渉ではないかと」

ざわめきが起きた。

「最上御前が動いているという事か?」

父上の問いに出羽守が〝それだけでは有りませぬ〟と答えた。

「この交渉を纏めつつあるのが佐竹氏の家臣、船尾兵衛尉昭直と思われます。船尾兵衛尉は今年に入ってから伊達氏の居城、米沢城と蘆名氏の居城、黒川城、そして最上氏の居城、山形城を何度か往復しております。船尾兵衛尉が最上御前を動かしたのではないかと」

ざわめきが大きくなった。皆が顔を見合わせている。

「静まれ！」

父上の声に大広間がシンとした。

「出羽守、つまり奥州は一つに纏まりつつあるという事か」

「おそらくは」

「なるほど、奥州連合か。狙いは俺と戦うためだな」

「はっ」

「厄介な事になったのう、相国」

太閤殿下が〝ほほほほほほ〟と笑い声を上げた。父上も〝真に〟と答えて笑う。如何して笑えるのだろう……。

不惑

禎兆八年（一五八八年）四月下旬　駿河国安倍郡　府中　駿府城　朽木基綱

「出羽守、伊達が心変わりをしたのは何故か？」

風間出羽守が俺を見た。相変わらずデカい男だ。他の連中よりも頭一つデカい。

「伊達左京大夫輝宗は佐竹、蘆名、最上に与する事には反対だったようでございます。なれど家臣達の多く、それと正妻の最上御前が佐竹、蘆名、最上に与する事を強く求めたとか。伊達左京大夫はそれに抗し切れなかったのでございましょう」

正妻の最上御前は分かる。最上の女だからな、婚家と実家が戦うのは避けたいと思うのは当然だ。だが家臣達も賛成した？　抗し切れなかったという事は余程に圧力が強かったのだろう。無視すれば御家騒動が起きると思ったのかもしれない。しかし、何故だ？　俺に付いた方が旨みが多い筈だが……。

「家臣達の多くが賛成したというのは？」

「奥州を上方の者に渡すなと」

シンとした。要するに郷土愛か、或いは上方に対する敵意かな。出羽守が〃大殿〃と低い声で話しかけてきた。脅かすなよ、怖いだろう。

「奥州の諸大名、国人衆には足利氏と強い結び付きを持った家が多うございます。伊達氏もその一つにございます」

「……」

そうなのか、と言いそうになって慌てて飲み込んだ。

「そうじゃのう、伊達は奥州探題、陸奥守護を許された家でおじゃったの。最上と大崎は斯波氏の流れでおじゃるし畠山も居る」

「左様でしたな」

最上、大崎は斯波氏だったのか。良く分からんが相槌を打っておこう。

「その分だけ朽木家に対する感情は良くありませぬ」

出羽守の言葉に彼方此方から呆れた様な声と溜息が聞こえた。〃何を考えているのか〃、〃世の動きが見えぬのか〃などだ。

そうか、奥州でも戦乱は有った。だがそれは興亡では無かったのだ。勢力の伸張、縮小であって興亡では無かった。奥州以外では大名家の興亡が激しかったが奥州ではそうでは無かった。津軽を除けば下剋上らしいものも無い。その津軽だって御家騒動のドサクサに自立しただけだ。畿内の下剋上に比べれば手ぬるいと言える。

奥州は本当の意味で戦国時代では無かったのだ。室町時代の延長だった。だから多少の伸縮は有っても滅ぶ事は無かった。奥州で戦国時代が始まるのは政宗が登場してからだ。より正確には輝宗が死んでからだろう。畠山が滅び蘆名が滅んだ。この世界では政宗は当主じゃない、その分だけ戦国時代への突入が遅れた。つまり奥州の大名にとってはまだ室町時代で俺は成り上がりの謀反人か……。

「如何する？」

太閤殿下が俺の顔を見ている。決まっているだろう。

「潰すまでです。そうであろう、大樹」

「はい」

大樹が頷いた。変に地縁の有る大名を残さずに済む。喜んで潰してやるさ、足利の時代は終わったのだという事を理解させてやる。太閤殿下が満足そうに頷いた。公家らしくない御仁だよ。皆が呆れたように見ている。

義昭は誤ったな。史実では義昭は京を追放された後、毛利を頼った。この世界でも毛利を頼っている。多分その勢力と一向門徒の力が強い事を重視したのだろう。だが本当は奥州に行くべきだったかもしれない。毛利は反信長、反朽木だったが足利の権威を認めているかと言えば必ずしも認めてはいなかったと思う。

だが奥州は足利の権威を認めていた。奥州でなら将軍の権威は通用したのだ。義昭は奥州の諸大名を一つに纏める事が出来たかもしれない。この世界ではどうなったか分からないが史実でなら奥州の諸大名の力を背景に関東の北条、甲斐の武田、越後の上杉を動かす事が出来たかもしれない。その上で毛利に声を掛ければ信長も青褪めただろう。

「大樹、如何攻める?」

息子が〝はっ〟と畏まった。

「下野に一軍を置き蘆名への抑えとします。そして残りの兵を以って常陸を平定致しまする」

「同感だ、下野には俺が行こう。大樹は佐竹を攻略せよ」

彼方此方から声が上がった。驚かせたらしい。気持ちいいわ。


禎兆八年(一五八八年)　四月下旬　　駿河国安倍郡　　府中　　駿府城　　朽木堅綱

軍議が終わると別室にて打ち合わせとなった。父上、私、次郎右衛門、三郎右衛門、三好孫六郎殿、朽木主税殿、風間出羽守、竹中半兵衛、山口新太郎、浅利彦次郎、甘利郷左衛門、長曽我部宮内少輔、飛鳥井曽衣、黒野重蔵、祖父の平井加賀守。父上と私を起点に車座になった。

「先程は聞かなかったが佐竹に調略はかけているのか?」

「かけてはおりますがなかなか上手く行きませぬ。佐竹の家中は結束が強うございます」

「ふむ、そうか」

父上が出羽守に視線を向けた。出羽守が〝大樹公の申される通りにございます〟と答えた。

「今は蘆名に調略をかけております」

「蘆名に？　大樹、それは佐竹を孤立させようという事か？」

「それもございますが佐竹から蘆名に養子に入った蘆名主計頭義広は家中を上手く纏められぬと出羽守が報告を」

私の言葉に皆が出羽守に視線を向けた。出羽守が頷く。

一昨年、先代亀王丸の死後、蘆名氏の中では次の当主を伊達家から小次郎政道を迎えるか、佐竹から主計頭義広を迎えるかで混乱した。伊達家との関係改善を図るのであれば小次郎を選ぶという選択肢も有った。だが最終的には佐竹家から主計頭義広を迎える事になった。理由は伊達家の勢力伸張を嫌った事も有るだろうが小次郎と主計頭の年齢にも理由が有った。

小次郎は当時二十歳に近く主計頭は未だ十代の前半だった。蘆名の重臣達は幼少の主計頭を迎える事で重臣達の合議によって蘆名家を動かそうとしたらしい。外から迎え入れた養子に勝手な事をされては困ると思ったのだ。だがその思惑は裏目に出た。主計頭に付随してきた佐竹家の家臣達が力を振るい始めた。大縄讃岐守、刎石駿河守、平井薩摩守。今、蘆名家の中では蘆名の重臣達と主計頭に付随してきた佐竹家の家臣達で激しい争いが生じている……。

「おそらく伊達との同盟を佐竹が画したのも奥州が連合する事で朽木に対抗するという事だけが狙いではありますまい。伊達に攻め込まれれば小次郎擁立派の家臣、国人達が寝返りかねぬ、蘆名は内部から崩壊しかねぬという懼れが有ったのだと思いまする」

　出羽守の説明に父上が吐息を吐かれた。

「六角家と同じだな。あそこも細川家から左京大夫を養子に迎えた。確か歳は十代前半だった筈。細川は没落していたが幕臣達が付いて来た。その者共が随分と勝手な事をして六角家は混乱した。亡くなった蒲生下野守も隠居に追い込まれたほどだ。下野守は馬鹿共に付き合うのはうんざりだと言っておったな。結局左京大夫は六角家を潰してしまった。潰したのは俺だが最後は皆が左京大夫を見離したわ」

　半兵衛、新太郎、主税殿、重蔵、祖父が頷いた。

「出羽守、寝返りそうな者は居るか？」

「はっ、既に蘆名一族の針生民部盛信が寝返りを約しております。それと蘆名氏と並んで会津四家と称される河原田、長沼、山内が寝返りを約しました。今は蘆名四天と称される富田、松本、佐瀬、平田に声を掛けております。反応は悪くありませぬ。他にも何人か声を掛けております」

　父上が満足そうに頷かれた。

「なんだ、蘆名は既にボロボロではないか」

　次郎右衛門、三郎右衛門が尊敬の眼で私を見ている。少し面映ゆかった。

「となると俺が蘆名を抑えて大樹が常陸に攻め込むのではなく俺が蘆名に攻め込んで大樹が常陸を抑えた方が良かろう」

「そうかと思います」

父上が私を面白そうに見ている。

「先程の軍議では佐竹を先に攻めると言ったようだが？」

皆の視線が私に集まった。

「北関東の国人衆には五月の上旬に小田原に集まるようにと命じておりますがその中には蘆名、佐竹と親しい者もおります。敵を欺くには先ず味方からとの言葉も有りますれば……」

「皆を騙したか。俺まで騙すとは暫く見ぬまに随分と逞しくなったものだ。頼もしい限りよ。可愛い子には旅をさせろと言うが本当だな」

父上が御笑いになった、皆も笑う。嬉しかった、父上が私を認めてくださる。浅利彦次郎、甘利郷左衛門も嬉しそうだ。これまで関東で失敗しながらも学んできた事は無駄ではなかったのだと思った。

「しかしそうなると伊達、最上の増援が厄介ですな。我らが攻め込めば必ず増援を出す筈、連中が会津に居ては寝返りは難しゅうございましょう」

主税殿の言葉に皆が頷いた。

「足止めが要るな。出羽守、奥州に伊達が裏切ると噂を流せ。蘆名、伊達領、それと朽木の軍にも流せよ」

「はっ、既に奥州には取り掛かっております」

出羽守が自信有り気に答えた。我が軍にもか。間者や奥州勢に通じている関東の国人を欺くのが目的か。

「こちらはゆっくりと軍を動かしましょう。奥州の大名達は朽木が伊達の寝返りを待っていると思う筈です」

「重蔵殿の申される通りですな、疑心暗鬼になれば協力して立ち向かうなどというのは無理です」

「思ったよりも早く片付くかもしれませぬ」

重蔵、主税殿、祖父の言葉に皆が頷いた。

「油断は禁物ですぞ。戦は未だ始まってもいないのです。敵を軽視するのは先人の厳しく戒めるところにござる」

「宮内少輔の言う通りだ。ここまで来たからこそ油断は出来ぬ。気を引き締めて戦おう」

父上の言葉に皆が畏まった。


禎兆八年（一五八八年）　四月下旬　駿河国安倍郡　府中　駿府城　朽木基綱

打ち合わせも終わり残ったのは俺の他に大樹、次郎右衛門、三郎右衛門の四人になった。久々に親子水入らずだが元々親子団欒なんてそんなに無かった。如何接して良いのか良く分からんな。もっともそう思っているのは俺だけなのだろう。子供達は仲良く話をしている。しかしなあ、次郎右衛門だけは明らかに顔が違う。

「父上、御疲れでは有りませんか？」

大樹が心配そうな顔をしている。次郎右衛門、三郎右衛門も幾分案じ顔だ。

「大丈夫だ、未だ年寄り扱いされるほどの歳ではない」

疲れは無い。だが今年で四十歳だ。三好長慶、織田信長、両者とも四十代で病死した。それを思えば倅達が案じるのも無理は無い。

「途中休みながら来たからな。尾張では弓姫がもてなしてくれたし三介殿が能を舞ってくれた」

倅達が複雑そうな表情をしている。織田三介信意、五千石を与えているが現状には何の不満も無いらしい。三介は清洲城から岡崎城への逃亡時に兵の殆どが逃げた事で自分には戦国武将としての能力は無いと認識したようだ。今は何の心配も無く五千石の領地から上がる年貢で暮らし好きな能を舞っている。表情に何の暗さも無かった。織田家では無く能楽の家に生まれれば名人と呼ばれて賞賛されたかもしれない。

「関東、奥州が片付いたら大樹には近江に戻って貰うぞ。新たな政の仕組みを作らねばならんし俺の跡を継ぐ準備をして貰わなければならんからな。その方が四十歳になる前に太政大臣を辞任し大政を朝廷にお返しする。そしてその方に太政大臣の地位と大政の委任を願おう。その頃には竹若丸が征夷大将軍になっても不思議ではあるまい」

「はっ、有り難うございます」

大樹の頬が紅潮した。認められた、そう思ったのだろう。武将としての力量は十分だろうな。徳川を降し下総、上総、安房、南常陸を押さえた。関東で残っているのは北常陸の佐竹だけだ。これからは統治者としての能力を鍛えて貰う。

「次郎右衛門にはこれまで通り尾張に居て貰うが三郎右衛門には九州に行って貰うぞ」

三郎右衛門が無言で頷いた。大樹と次郎右衛門が顔を見合わせている。

「六角の名跡を継げば畿内には置けぬからな。それに九州はこれからキナ臭くなる。三郎右衛門には九州の諸大名を纏める男になって貰わねばならん」

大樹と次郎右衛門がまた顔を見合わせた。

「九州と言うと切支丹でございますか？　父上がだいぶ気にしていると感じておりましたが」

次郎右衛門が問い掛けてきた。大樹と三郎右衛門が頷いている。

「伴天連共がイスパニア、ポルトガルと通じている。政に関わるなと言ったのだがな、どうも理解出来ぬらしい。場合によってはイスパニア、ポルトガルと戦になるかもしれぬ」

次郎右衛門が〝まさか〟と言った。大樹は厳しい表情だ。三郎右衛門は表情を変えない。俺に一番似ているらしいがこんなに無表情だったかな？

「案ずるな、先ず負ける事は無い。南蛮に攻め込むのは難しいが呂宋にあるイスパニアの拠点を攻略するのは難しくない。琉球を拠点に攻め込めば簡単な筈だ。呂宋を失えばイスパニアの勢力は大きく後退する」

「父上、イスパニアが南蛮の地より兵を出す事は有りませぬか？」

大樹が不安そうな表情をしている。

「イスパニアも向こうでは敵を抱えている。簡単には兵を出せぬ。出しても少数なら勝つのは難しくない」

「大軍を出した場合は如何なりましょう」

今度は次郎右衛門だ。

「天下を統一すれば二十万の兵を朽木は動かせる。イスパニアには無理だ。それに対抗出来るだけの兵を南蛮からこの地へ運ぶのにどれだけの食糧、船、武器、弾薬が要ると思う。遠くなればなるほど負担は大きくなる、運べる兵は少なくなるのだ。呂宋ならばこちらに利が有る」

三人が頷いた。距離が開けば開くほど軍事行動は困難になる。特に海路は厄介だ。天候が荒れれば船が沈没する事も有る。それに狭い船の中に閉じ込められるのだ。長期の遠征は兵を疲弊させるだろう。死者も相当に出る筈だ。その状態で待ち受ける敵に勝てるか？　無理だ。孫子に『佚を以って労を待つ』と有るが距離を甘く見てはいけない。日露戦争のバルチック艦隊を考えれば分かる。一方的に負けた。ナポレオンのロシア遠征もヒトラーの独ソ戦も攻め込んだ方が負けた。勝ったのはアレクサンダーの東方遠征ぐらいだ。そのくらい難しい。

「問題はイスパニアよりも明だ。こちらが厄介な事になりかねぬ」

倅達が顔を見合わせた。

「琉球、朝鮮の事でございますか？」

三郎右衛門が問い掛けてきた。大樹、次郎右衛門が不思議そうな表情をしている。三郎右衛門が琉球、朝鮮、明の関係を説明した。例の書契問題も含めてだ。それを聞いて大樹、次郎右衛門が溜息を吐いた。アジアの冊封体制って厄介だよな。でも問題は其処じゃないんだ。

「確かにそれも有るがもっと厄介な事が有る」

三人の顔が緊張した。

「明という国はな、銀を銭として使っている。国に納める税は銀で払うのだ。その銀が明から日本に流れている」

三人とも訝しげな表情で顔を見合わせている。困ったものだ。

「父上、日本に流れているとは？」

大樹が問い掛けてきた。

「交易で朽木だけではない、日本が儲けているという事だ」

三人が息を呑んだ。

「朽木が儲けているのは分かっておりましたが……」

次郎右衛門が溜息を吐いた。大樹、三郎右衛門も溜息を吐いた。

「溜息を吐くな。明の皇帝は税を重くしたぞ。その意味が分かるか？」

三人が顔を見合わせた。

「銀が足りなくなったという事でございますか？　だから税を重くした」

「それは見えている。問題は見えぬところだ、大樹」

大樹は困惑している。他の二人も似たような表情だ。いかんな、息子達は軍事に偏り過ぎだ。もう少し経済を覚えなければ……。

「明から銀が減った。つまり銀が少なくなった事で銀の価値が高まったのだ。例えて言えば銀十両で買えた物が五両で買えるようになった」

息子達が曖昧な表情で頷いている。分かっていないな。

「逆に言えば銀十両を手に入れようと思って物を売っても今では銀五両しか手に入らない事になる。

税は銀で納めるのだぞ。事実上の増税だ」

〝あ！〟、〝そうか〟、〝なるほど〟と息子達が声を上げた。

「明の皇帝は馬鹿でな。そんな事は全く分かっておらぬ。ただ税の収入が減ったので不満に思って増税した。つまり明の民は二重に増税された事になる。明では税の重さに耐えかねて逃げ出す者が出ているそうだ。その内の一部が海に出て倭寇になっている」

シンとした。息子達の顔が強張っている。

「逃げ出す者が増えれば税の収入は減る。皇帝は更に税を重くするだろうな。その繰り返しだ」

「父上、明はどうなりましょう？」

三郎右衛門が問い掛けてきた。

「混乱する。国内で反乱が起きるだろうな。もしやすると滅ぶかもしれぬ。だがその前に銀欲しさに戦をしかけてくるかもしれぬ」

〝そんな〟、〝まさか〟と息子達が言った。

「戦というものはそういうものだ。富んでいる国が有ればその富を奪うために戦を仕掛ける……」

息子達は無言だ。こいつらは俺が天下統一のために戦をしている事を知っている。多分、自分達が行っている事は正しいのだと思っているのだろう。その通りだ、正しい。だが戦には色々な顔が有るのだ。昔は朽木も豊かに成るために戦をしたのだ。

「何時頃でしょう？」

大樹が問い掛けてきた。

「さあ、それは分からぬ。だが日本とイスパニアが戦になれば、間違いなく日本は明とも戦う事になるだろう」

ゴクリと唾を飲み込む音がした。

「それは、何故でしょう？」

三郎右衛門が俺をジッと見ている。こいつか、唾を飲み込んだのは。

「明には銀が必要だ。その銀を嘗ては日本とイスパニアから得ていた。だが今では逆に銀は明から日本に流出している。今、明を支えているのはイスパニアの銀だ」

「真でございますか？」

次郎右衛門が目を丸くしている。

「本当だ、次郎右衛門。イスパニアが海の向こうから呂宋に銀を持って来る。そして明の商船が絹、陶磁器を呂宋に運ぶ。そこで取引を行うのだ」

「……」

「朽木が呂宋を攻め獲れば如何なる？　呂宋での取引は出来なくなる。つまり明に銀が入らなくなるのだ」

「……父上、イスパニアの銀が入らなければ……」

大樹が不安そうな表情をしている。

「皇帝は馬鹿だからな、遊びを控えるという事はあるまい。つまり民から銀を毟(むし)り取ろうとするだろう。明の民は今以上に重税に苦しむ事になる」

顔色が良くないぞ、三人とも。

史実では明の繁栄を支えたのは日本の銀とイスパニアが運ぶメキシコの銀だった。この世界では日本からは銀が流れない、メキシコの銀が明に流れるだけだ。それが無くなれば当然だが明の経済は銀不足に陥る。とんでもないデフレ経済になるだろう。おまけに重税が続けば……。明が銀欲しさに戦を仕掛けてくる可能性は十分に有る。それを叩き潰す！　十分に可能だ。

明が敗れれば明の混乱は酷いものになるだろう。流民が大量に発生し反乱が起きるかもしれない。史実よりも早い時点で明が滅ぶという事も十分に有り得る。だがその時清が成立するのか？　それが無理だとなれば群雄割拠という事も有り得る。イスパニアやポルトガルがそれを如何見るのか……。涎を垂らして中国に手を伸ばそうとするだろう。厄介な事になるかもしれない。東アジア全体が揺れる事になる筈だ。当然だが日本もそれに巻き込まれる事になる。

負けるわけにはいかない。大陸に手を伸ばすイスパニア、ポルトガルを叩く。東アジア、東南アジアからヨーロッパ勢力を追い出し日本の勢力範囲とする。そうでなければ東アジア、東南アジアを守る事が出来ない。なにより日本を守る事が出来ない。日本だけじゃない、世界も戦国時代なのだ。大航海時代などと言われているがその内実は国の奪い合い、殺し合いだ。地の利はこちらに有る。勝てる筈だ。

天下統一の後は国内統治体制の整備と安全保障の確立が急務となる。俺は今四十だ、大樹に太政大臣を譲るまであと十五年は生きなければならん。十年だな、十年で終わらせる、そう思おう。五年は予備だ。

外伝XXXI
兄弟
[きょうだい]

あふみのうみ
みなもがゆれるとき

朽木基綱
くつきもとつな

禎兆七年（一五八七年）　八月下旬　山城国葛野郡　一条昭実邸　一条昭実

「最後は麦湯を飲んで解散となった。そんなところでおじゃるの」

深夜の参内の様子を話し終わると弟が大きく息を吐いた。

「なんと、そのようなお話が……」

「思いがけず重い話となった。驚いたかな？」

「驚きました。まさか明、南蛮と戦など……」

弟が首を横に振った。また息を吐いている。

「そなたも一緒に参内すれば良かったのだ。色々と勉強になったぞ」

弟が顔に苦笑を浮かべた。色白で頬の豊かな弟が苦笑を浮かべると空気が和む。この弟は人から憎まれるという事はあるまいと思った。

「麿は若輩にして位階は権大納言におじゃります。大きな顔をして深夜に参内しては皆から妬まれましょう。西園寺権大納言、飛鳥井准大臣も遠慮しておじゃります」

「慎重でおじゃるの。まあ思い上がるのよりはずっと良い。だが磨から話を聞くのと相国から話を直に聞くのでは随分と違う。あの場で話されたのは相当に重い話であったがその重さを何処までそなたに伝えられたか。少々不安じゃ」

弟が〝心致しまする〟と答えた。

「ところで、兄上は明、南蛮との戦が本当に起きると思われますか？」

「今、その重さを何処までそなたに伝えられたかと言った筈だが」

苦笑すると弟が困ったような表情を見せた。

「御無礼をお許しください。なれど麿はこれまで異国との戦など考えた事もおじゃりませんでした。兄上のお話を聞いてこの日ノ本を取り巻く状況が決して穏やかな物ではないという事は分かりました。しかし本当に戦になるのか？」

「……」

弟は心底疑問に思っているらしい。

「院が元寇の事を口にされたと聞きましたがあれは鎌倉に武家の府が有った頃におじゃります。されば元寇が起きてから三百年は経ちましょう。その間、異国との戦など一度もおじゃりませぬ。危惧された事も無い。何処まで真剣に受け取れば良いのか。相国は可能性の話をしたのか。麿には判断がつきかねまする」

やれやれ、困ったものよ。思わず苦笑いが出た。私の話し方が悪いのかもしれぬがやはり直に聞かねば深刻さは感じぬか。いや、これまで異国との戦は無かったのだ。実感が湧かぬのも仕方の無い事なのかもしれぬ。

「戦になると麿は見る」

私が断言すると弟がゴクリと喉を鳴らした。

「琉球の帰属を巡って戦になると言われれば麿も首を傾げたかもしれぬ。だが明が貧しくなりつつあると聞いて納得した」

「……」

「そなたも貧しいという事の辛さ、惨めさは分かっておじゃろう」

弟が視線を伏せて〝はい〟と小さく頷いた。

「今でこそ世も落ち着き我らもそれなりの暮らしが出来るようになった。相国の御蔭じゃ。だが足利の頃は酷いものでおじゃった。我らは裕福な者を羨み妬んだものよ」

「はい」

「明が同じ立場になった時、明の皇帝は貧しさ、惨めさに耐えられると思うか？　裕福な日本を羨み妬むだけで済むと思うか？」

「それは……」

弟が首を横に振った。

「そうでおじゃろうの。耐えられまい。我らは耐えた。だがそれは力が無いからだった。耐えるしか方法がなかったのじゃ。力が有れば裕福な者から銭を、財を奪った筈じゃ。それがどれほど無法、非道であろうとな。違うかな？」

弟がまた首を横に振った。

「いいえ、違いませぬ」

「明の皇帝には力が有る。ならばその力を使って銭を、財を奪う事を躊躇うまい。どうしようもない馬鹿のようでおじゃるしの。外聞などというものは気にすまいよ」

怖いのは力の有る者ではない。恥や外聞を気にせぬ者よ。それは周囲の目を気にせぬという事でもある。どんな無茶や横暴でも平然と行う。

「なるほど、麿も戦になると実感しました」

弟が深刻な表情で頷いた。

「分かってくれたか。それにの、昔の日本は貧しかったのじゃ。それほど関心を持たれる国ではなかったのではないかと麿は思う」

「義満は明に朝貢し日本国王に封じられましたが？　それは日本に関心があったという事ではおじゃりませぬか？」

弟が首を傾げている。

「明の永楽帝からすれば倭寇対策に銭を使うよりも安く上がると思ったのでおじゃろう。それ以上の関心が有ったとは思えぬ」

「なるほど、かもしれませぬな」

弟が頷いた。

「まあ朝貢した事で義満は随分と銭を得た。そして自分の権勢を高めた。義満が一方的に利を得たように見えるでおじゃろうが明も利を得た筈じゃ」

義満も明の永楽帝も上手い取引をしたものよ。当時の朝廷は随分と義満に不満を持ったと聞く。しかし義満が弱ければ朝廷も困窮するのだ。その事は応仁・文明の大乱以降の幕府と朝廷を顧みれば分かる。私には義満は上手くやったという思いの方が強い。

「しかしの、今は違う。日本に物が集まると相国は言った。日本は豊かに成ったのだ。当然だが周辺の国々が日本を見る目はこれまでとは違う」

弟がまた〝なるほど〟と頷いた。

「羨まれる、妬まれる立場になったのでおじゃりますな」

「そうだ」

「そして明には力が有る」

「そうだ」

「となればやはり戦になりましょう」

「そうでおじゃるの」

弟が一つ一つ確認するように問い掛けてくる。その問いに答える度に戦は間近だという思いが募った。

「何時頃になりましょう?」

「戦か?」

「はい」

弟がジッと私を見ている。さて、何時になるか……。

「明の皇帝は銀が減った事で税を重くしたと相国は言っていた。銀の不足は相当に酷いのかもしれぬ。となると……」

百姓がどれだけ逃げ出すかだが……。

「兄上?」

「うむ、分からぬが五年が一つの目処かもしれぬ」

弟が〝五年〟と呟いた。早いだろうか？　直に相国は天下を統一する。そうなればこの日ノ本から戦が無くなるのだ。日ノ本は益々豊かに成るだろう。明が貧しくなる一方で日ノ本が豊かに成る。明の欲心を刺激するまでに十年も掛かるとは思えぬ。やはり五年が一つの目処だろう。その事を言うと弟が頷いた。

「となると天下の統一は急務でおじゃりますな」

「……」

弟が訝しげに私を見ている。

「兄上、何を考えているのでおじゃりますか？　顔を顰められましたが」

思わず息を吐いた。

「関白の兄上にも困ったものよ」

「……」

「そなたの言う通り、天下の統一は急務だというのに関白の兄上は相も変わらず相国を敵視している」

「兄上が忠告したと聞きましたが？」

「何も変わっておじゃらぬ」

弟が〝なんと〟と声を上げた。口中が苦い。何故兄はああも頑なのか……。

「真でおじゃりますか？」

「真だ。相国が院、帝の御下問に答えている間の事でおじゃるが、関白の兄上は時折相国を不愉快そうな目で見ていた」

「……」

「問題はな、権大納言よ、そんな兄上を院が見ていたという事だ」

「！」

弟が驚愕している。そして掠れた様な声で〝真で？〟と問い掛けてきたから頷く事で答えた。

「帝は？」

首を横に振るとホッとしたように息を吐いた。

「権大納言よ。院は時折顔を顰めていた。決まって兄上が相国を不愉快そうな目で見ていた時でおじゃった。そなたならこれを如何読む？」

「それは……、院の心の中では関白の兄上の事が問題になっているのだと思います。それ以外は磨には考えられませぬ」

「ではその問題とは？」

重ねて問うと弟が身体をビクッと震わせた。

「関白の兄上が相国を敵視する事かと」

「そうでおじゃるの。異国との戦が間近に迫った今、何かと相国を危険視する兄上は邪魔になったという事でおじゃろう。磨らの危惧が現実になった……」

私が同意すると弟が溜息を吐いた。

以前から兄が相国を危険視する事が不安だった。院も太閤殿下も相国と密接に結ぶ事で乱世を凌いだのだ。その繋がりは極めて強い。そして朝廷は相国の庇護によって安定し嘗ての栄華を取り戻しつつある。その事は宮中の者達は誰もが認めている。兄だけなのだ。相国を敵視するのは。九州遠征後、兄が相国を危険視する発言をしても誰も同調しなかった事がそれを示している。宮中での孤立は避けねばならぬというのに……。

「関白の兄上はその事を知らぬのでおじゃりましょうか？」

「知るまい。知っていれば表情を隠す筈だ。そうでおじゃろう？」

私が問うと弟が〝左様でおじゃりますな〟と沈痛な表情で頷いた。

「全く、余計な事を……」

「関白の兄上は才気がおじゃりますから……」

弟が消え入る様な声で兄を庇った。

「才気か、余計な物よ」

「……」

弟が驚いたような表情をしている。

「権大納言、我らは二条家に生まれた。そして兄上は九条家、麿は二条家、そなたは鷹司家の当主となった。いずれも摂家じゃ。才気など無くても出世する。余程に早くに死ななければ関白に成れる立場なのだ。そうでおじゃろう？」

弟が〝はい〟と頷いた。

「才気など必要な時、ここ一番という時に出せば良いのじゃ。兄上を誹(そし)るつもりはおじゃらぬが常日頃から才気を出している必要は無い。余計な物よ」

「……」

「まあ、あの太閤殿下の後でおじゃるからの。何かと比較されたのかもしれぬ。見劣りすると思われたくなかったのかもしれぬが……」

馬鹿げていると思った。張り合って如何するというのか。太閤殿下を不愉快にさせるだけであろう。一条左府を見よ。左府は兄よりも五歳年上だが常に兄の下に居た。だがその事で左府が不満を漏らす事は無い。帝の義兄で相国とも近い関係にあるがそれをひけらかす事も無い。左府が関白になっても不安を感じる者が居るとは思えぬ。むしろ院、帝、相国の関係を上手く調整してくれるだろうと期待するだろう。大事なのはそこよ。皆の信任があれば安泰なのだ。兄は一番大事なそれが分かっていない。

「関白の兄上はどうなりましょう？」

「それを麿に訊くか？　そなたとて分かっておじゃろう」

幾分腹立ち紛れに言うと弟が〝申し訳ありませぬ〟と謝った。

「済まぬ、麿こそそなたに当たった」

弟も不安なのだと思った。兄は関白を辞める事になる。それがどういう影響を我らに及ぼすのか……。

「天下の統一は急がねばならぬ。そして異国に備えねば……。それには兄上は邪魔だ。いずれは辞任を要求されるだろう。兄上がそれに素直に従えばそれほど酷い事にはなるまい。左府が関白左大臣に、そしていずれは左大臣を辞任する事になる」

多分、院は太閤殿下に相談する筈だ。そして院と太閤殿下が帝に兄上を関白から外す事を進言するだろう。

「次の左大臣は兄上ですか？」

「多分そうなるだろう。順に繰り上がる。問題は内大臣だがそなたになるかどうかは五分五分でおじゃろうな。或いは飛鳥井准大臣にという事になるかもしれぬ。あの御仁も六十を過ぎ七十に近い。引退前の花道だ。直ぐに辞任する。焦る事は無い」

「はい」

弟の表情には陰が無い。自分でも焦る必要は無いと思っているのだろう。

「問題は兄上が意地になって辞任を拒否した時だ。解任という事になれば当然だが我らにも影響は出る。次の左府は内府が任じられる事も有り得るだろう」

「では麿も内府に任じられる事はおじゃりますまい」

「そうだな」

近衛、一条が優遇される一方で九条、二条、鷹司は冷遇される事になる。

「関白の兄上にお伝え致しますか？」

弟が問い掛けてきたが首を横に振って拒否した。

「宜しいので？」

不安そうな表情をしている。兄に辞任するように説得すべきだと考えているのだろう。

「我らが辞任を勧めれば却って意地になりかねぬ。そうでおじゃろう。昔から自分の意思を押し通そうとする癖があった」

「……」

弟が視線を伏せた。

「それに院は兄上が辞めた後の事を考えている筈だ。当然だが我らが兄上と同じように相国を敵視するのかと疑念も抱いていよう。或いは我らが兄上の辞任に不満を持つのではないかとな。このような時に兄上に近付くのは危険だ。一つ間違えると我らも相国に不満を持っていると思われかねぬ。そうなれば共倒れになる恐れもある。そのような事は兄上も望むまい」

「なるほど」

弟が頷いている。

「我らに出来る事は兄上が関白を辞任した後に兄上をお慰めする事、そして兄上と同じ轍を踏まぬ事だ。そうは思わぬか」

「はい」

兄の辞任は何時頃だろう。今すぐはあるまい。しかし年内には何らかの動きがあろう。心しなければなるまいな。

外伝 XXXII

関白解任

[かんぱくかいにん]

あふみのうみ
みなもがゆれるとき

禎兆七年（一五八七年）　十月上旬　　山城国葛野郡　　九条兼孝邸　　九条兼孝

太閤殿下が訪ねて来たと家人の報せを受けて訝しみながら玄関へ出迎えると確かに太閤殿下が玄関に居た。

「これは、お呼び頂ければこちらから伺いましたものを」

「ほほほほ、偶には麿が関白を訪ねるのも良かろう。毎々我が家に呼び付けるのも気が引ける」

太閤殿下が笑う。だが私は笑えない。わざわざこの邸に来るのだ。それなりの用件が有る筈だ。そして多分、それは良くない事だろう。

客間に案内すると家人が茶を持ってきた。十月の頭とはいえ今日は冷える。温かい茶が美味しい。太閤殿下もゆっくりと味わっている。

「そなたが関白になって何年になるかな?」

「さて、あれは天正四年の事でおじゃりましたな。麿は二十八歳だったと覚えておじゃります。さればもう七年になりましょう」

「そうか、七年か。早いものよ」

太閤殿下が感慨深げに言った。確かに早い。もう七年が経った。

「真、月日が経つのは早いもので……」

太閤殿下が〝いやいや〟と首を横に振った。

「早いのは相国よ。そなたが関白になった頃は未だ畿内、山陰、山陽、北陸を制しているに過ぎなかった。だが七年で九州、四国、東海を制し関東も南の半分を制している。天下統一も間近でおじゃるの」

「……はい」

口中が苦い。天下統一が成れば相国の勢威は今以上に上昇するだろう。その事が何を意味するのか……。異国の事がある以上、統一に反対は出来ぬ。だが……。

「ふふふ、不安かな?」

太閤殿下が笑みを浮かべてこちらを見ている。

「……はい」

「朝廷は相国と共に歩む。以前にそう言った筈だが」

「それは分かりますが……」

太閤殿下が太い息を吐いた。

「納得出来ぬか」

「……」

「人は見たいものだけを見る。そして信じたいものだけを信じる。そなたを見ていると真、そう思う。相国が朝廷を圧迫した事は無い。常に朝廷を支え盛り立ててきた。だがそなたはそれを見ようとしない、信じない。そなたには相国が朝廷を圧迫する。いずれは帝位を簒奪するという未来しか見えぬらしい」

「そういうわけでは……」

語尾が消えた。太閤殿下がまた一つ息を吐いた。

「そなたは有象無象の者ではない。関白の地位に有る。関白の地位に有る者が武家を徒に危険視する。そなたはその意味が分かっているのか？」

「……公武の対立を引き起こしかねぬとお考えでおじゃりますか？」

問い掛けると太閤殿下が頷いた。

「その通りだ」

なるほどと思った。先日の天下の統一を望まぬと言った事が余程に気に障ったらしい。或いは相国に頼まれたのかもしれぬ。

「しかし、真に危険は無いのでおじゃりましょうか？　相国が朝廷を圧迫する事は無いと言い切れましょうか？」

「言うが良い。思うところを」

私には信じられない。相国は未だ若いのだ。そしていざとなれば叡山を焼き一向門徒を根切りにした激しさ、野蛮さがある。これまでは朝廷の権威が必要だったから朝廷を盛り立てたとも取れるではないか。天下を統一すれば如何なる？　相国は誰を憚る事も無くなるだろう。相国が朝廷の権威を何時まで必要とするかは誰にも分からない。その事を言うと太閤殿下が大きく息を吐いた。憐れむように私を見ている。

「ならば足利の様に弱い武家ならば安心するのか？」

「……」

「義輝も義昭も朝廷の困窮に何の関心も持たなかった。京で戦を起こす事も躊躇わなかった。あの者達の頭の中に有ったのは三好を倒す、朽木を倒す、それだけでおじゃった。そなたは今よりもあの頃の混乱した時代、惨めな時代が良いと言うのか？」

「……そうは、申しませぬ。麿は相国は強過ぎると」

「言うな！」

太閤殿下がこちらを睨んでいた。

「武家とは武を振るう者、強いのが当たり前でおじゃろう。強くなければ朝廷を守れぬ。天下の安定を、秩序を守れぬ。弱い武家に何の意味がおじゃろうか？　足利のような弱く身勝手な武家など要らぬわ！　見たくも無い！」

「……殿下は相国に不安は覚えぬと？」

「覚えぬ！」

言い切って一つ息を吐いた。

「相国が真に簒奪を考えているのなら朝廷にもっと関わってくる筈じゃ。そして事有る事に自分の勢威を周囲に示すだろう。そして宮中に自分の味方を作る。だが相国は朝廷の中に入ろうとはせぬ。人事にも関心を示さぬ。それでどうやって朝廷を牛耳ると言うのだ。あれは簒奪など考えてはおらぬ。少し考えれば分かる事でおじゃろう」

「……」

「そなたには関白を辞任してもらう」

「！」

なるほどと思った。来訪はこのためか……。

「相国に頼まれましたか。麿が関白では遣り辛いと。公武の調和が乱れると」

幾分挑発的に問い掛けると太閤殿下が〝そうではおじゃらぬ〟と答えた。

「院の思し召しだ。相国は何の関係も無い。そなたが辞任すれば驚くでおじゃろうな」

「院の……」

意外な言葉だった。院が何故……。

「正直に言うぞ。先日、院と帝が琉球の親書の件でお話をなされた。その時の事じゃ、帝は相国は強過ぎる、不安だと院に打ち明けられた」

「帝が……」

自分だけではないのだと思った。帝も同じ不安をお持ちになっている。やはり自分の不安は杞憂とは言い切れないのだ。

「その時は院が帝を宥めた。相国に野心は無い、案ずるなと。帝も納得なされた」

「……」

「そして院はこう思われた。関白の地位にそなたが居るのは不都合だとな。そなたでは帝の不安を宥めるどころか煽りかねぬと思われたのだ」

「……そのような事は」

「無いと言えるのか？」

「……」

太閤殿下が厳しい表情で私を見ている。言葉が出せない。

「麿は何度もそなたに相国が朝廷を圧迫する事は無いと言った。その根拠も示した。だがそなたは信じなかった。ただ相国の勢威が強過ぎると危険視するだけだ。違うか？」

「……」

「先程、帝が不安を持っていると言った時、そなたは嬉しそうであった。麿が相国にはそんな野心は無いと言ったにもかかわらずだ。本来ならそなたは帝が武家に不安を持っていると知れば公武の関係が軋むのではないかと憂えなければならぬ。だがそなたは喜んだのだ。自分は間違っていないとな。帝の不安をそなたが煽らぬと如何して言える」

「……」

反論出来ない。確かに私は帝の不安を煽るかもしれない。

「関白の役目は帝を補弼(ほひつ)する事じゃ。その中には公武の関係を円滑ならしめる事も含まれる。そなたにはそれが出来ぬ。それどころか帝の不安を煽り公武の関係を軋ませるだろう。そして何時か破綻する。その時こそ、相国は朝廷を天下の安定に役に立たない存在として潰すだろう。そなたは自分の危惧が当たったと満足だろうがな！」

「そのような事はおじゃりませぬ。望んでもおじゃりませぬ」

「そうか。ならば何をなすべきか、そなたにも分かろう」

殿下がジッとこちらを見ている。気圧される様な視線だ。

「……辞表を提出致しまする」

已むを得ないと思った。院の思し召しだ。抵抗は出来ない。それに私では確かに帝の不安を煽りかねない。それは危険だろう。朝廷が滅ぶところなど私は見たくない。

「辞表の提出は二月で良い」

「……宜しいので？」

問い掛けると太閤殿下が頷いた。

「今辞められては左府も困ろう。新年の祝い、除目にも影響が出かねぬ」

「確かに」

「そなたにとっては最後の仕事となる。心して務めるのだな」

「分かりました」

「左府の後は右府が、右府の後は内府が継ぐ。内府の後には鷹司権大納言を、院はそのようにお考えだ」

「有り難うおじゃりまする。弟達に代わりまして御礼申し上げまする」

左府は春齢内親王様を娶っている。内親王様は帝の姉、そして相国の従妹だ。朝廷と武家の関係を円滑ならしめるのに適任だろう。

弟達の事を思った。あの者達の危惧は当たった。だが権大納言が内大臣に任じられるのだ。弟達も安心するだろう。とばっちりは受けずに済んだのだから。いや、或いは私を宥めようとしているのかもしれぬ。だとすれば私は相当に厄介な存在だと思われているのだろう。

予想外の形での関白解任であったがこれも武家の扱いを間違えたからなのだろうな。もしかすると気負い過ぎたのかもしれぬ。弱い足利の後に強い相国が登場した。その事に気負い相国を危険視した……。征夷大将軍を薦めたが太政大臣を選ばれたという事も有った。私は強い武家というものが良く分からなかったのかもしれぬ。まあ良い、今は悩むまい。もう直ぐ幾らでも考える時間が有る立場になるのだ。暇潰しにはなろう……。

禎兆七年(一五八七年)　十月上旬　　山城国葛野郡　　一条内基邸　　近衛前久

「如何なされました。何事かおじゃりましたか？」

左府が心配そうにこちらを見ている。良い男だと思った。関白のように構えるところが無い。気が安らぐわ。

「いや、驚かせて済まぬの。少し相談せねばならぬ事が有っての、寄らせて貰った」

左府が〝左様でおじゃりますか〟と言った。慌てる気配も無い、これも良い。部屋の内装を見た。白磁の皿、青磁の壺が有る。思わず顔が綻んだ。

「あれは相国からかな？」

「はい。中々良い物で」

「そうじゃの、麿の邸にも有るが中々良い。気が昂った時に見ると落ち着く」

「はい。国内で作られるようになったと聞きますが中々信じられませぬ」

二人で笑いながら話した。他にも瑪瑙(めのう)、螺鈿(らでん)の装飾品が有った。そして唐物の掛け軸……。

「豊かになった……」

「真に」

「近衛も一条も相国と縁を持った。大きいの」

「はい」

左府が頷いた。強い武家と密接に繋がる。その意味は大きい。そして相国は豊かだ。近衛も一条もその恩恵に与っている。

「我らだけではおじゃらぬ、日本という国自体が豊かになったとは思わぬか？」

「思います。戦が無くなったという事が大きいのでおじゃりましょう。皆、安心して暮らしておじゃります。それに異国の産物が数多入って来るようになりました。日本に物が集まるようになったという事に頷けまする」

「相国は交易に熱心だとは思っていたが不思議でおじゃるの」

「はい」

不思議な男だと思った。強さ以上に豊かさを求めていた。自分だけではなく日本全体が豊かになるようにと望んでいた。

「内親王様との婚儀が決まった時、左府はこのような日が来ると思ったかな？」

問い掛けると左府が〝とても〟と言って笑いながら首を横に振った。

「二十年ほど前でおじゃりますな。あの頃の相国は北近江半国の領主に過ぎませんでした。なれど朽木が豊かな事は分かっておじゃりました。御大葬、御大典では四千貫も献金しましたからな。何かと助けて貰えるだろうと思いましたが随分と周囲からはやっかまれたものでおじゃります。まあ実際助けてもらいましたから文句は言えませぬ」

そう言えばあの頃、宮中では左府を羨む者が多かった。飛鳥井は随分と助けて貰っていたからの。それに帝の女婿になるのだ。出世は間違いなかった。

「我らはこの豊かさを守らねばならぬ」

「はい」

「左府、年が明けて二月になれば関白が辞表を出す。次の関白はそなたじゃ」

「なんと……。病、でおじゃりますか？」

「違う」

私の答えに左府が目を瞠った。容易ならぬウラが有ると分かったのだろう。

「そなたには伝えておかなければならぬ。関白の辞任は院に求められてのものじゃ」

「……院に……。この事、帝は？」

「御存じではない」

〝なんと……〟と左府が息を吐いた。

「余程の事情があるのでおじゃりますな」

「うむ。先日、親書の件で院と帝が会談を持った」

「はい」

「その時の事だが帝が相国への不安を漏らした」

「！」

左府が目を瞠っている。私が頷くと左府が大きく息を吐いた。

「なるほど、それで」

「分かったか」

「はい。院は関白殿下が帝の不安を煽るのではないかと懼れたのでおじゃりましょう」

「そなたは鋭い」

左府が首を横に振った。

「麿は帝が相国に不安を持っているとは毛ほども疑いませんでした。鋭いなどとても……」

「それについては麿も同じじゃ」

「帝は今も？」

左府が不安そうな表情をしている。この状況で相国と縁の深い自分が関白を引き受けるのは危険だと思ったのだろう。

「いや、院が宥め帝も納得したと聞いている」

「なるほど」

左府が二度、三度と頷いた。

「そなたは不安かな？」

問い掛けると左府が〝いいえ〟と言って顔を綻ばせた。

「妻の従兄でおじゃりますからな、昔から見てきました。叡山の焼き討ち、根切り、確かにヒヤリとする部分はおじゃります。なれどそれは敵に対してのものでおじゃりましょう。敵対しなければ酷い仕打ちは受けますまい。むしろ縋れば存外に緩いところが有るかと思います」

「ほう、緩いか」

私が問うと左府が頷いた。

「一条家も土佐の件では随分と助けて貰いました。妻はその分だけ見返りは有った筈だと笑っておじゃりますが……」

「なるほど」

「これまで朝廷は相国の天下統一に協力してきました。相国も朝廷を盛り立ててきた。これは殿下のお力に因るところが大きいと思いますが公武の親和に大きく寄与したと思います。此度の琉球の親書の件では相国は朝廷に相談しました。真、簒奪の意志が有るなら相談など致しますまい。己の一存で決めた筈でおじゃります」

こちらを上手く持ち上げると思ったが不快では無かった。見るべきところは見ている。この男なら安心して任せられると思った。

「確かに緩いというか、大らかなところが有るの。麿は義昭とはウマが合わなかった。その所為で京を追われた。頼ったのは相国であった。相国も義昭とは上手くいっていない。頼れば無下には扱うまい、そう思って頼ったのだが頼って意外に思ったものよ」

「それは？」

「義昭の事など一言も出なかったのじゃ。相国は麿を客人として歓迎してくれた。利害関係など全く無視じゃ。妙な男だと思ったが悪い気はしなかった。京を追われた惨めさなどは吹き飛んだの。釣りに船遊び、随分と楽しんだものよ」

「左様でおじゃりますか」

楽しんだの。ふむ、そうじゃや、来年の正月は相国と楽しむか。関白も私の顔など見たくもあるまい。

「京に戻り相国の天下獲りに協力するようになって思った。相国が目指す天下は足利の天下とは違う。いや、これまでの武家の天下とは違う、とな」

「太政大臣の事でおじゃりますか?」

「それも有るが金銀の事、異国の事じゃ」

左府が〝なるほど〟と頷いた。

「時代が変わる。新しい時代が来ると思った。豊かな、活気に溢れた時代でおじゃろう。麿はそれを見たいと思った。だがそれを望まぬ者も居よう」

「はい」

「特に宮中にはの、変化を嫌う者が多い。それらを抑えて公武の親和に努めるのがそなたの役目じゃ。頼むぞ」

「確と、努めまする」

左府が畏まった。

関白が相国を危険視するのも変化を好まぬからなのかもしれぬ。天下の仕組みを変えるような事を嫌ったのだとしたら……。関白は頻りに征夷大将軍を薦めていた。相国が幕府を開く事を望んでいた。その方が相国を御しやすいと思ったのだろう。何かに付け先例を持ち出して相国を抑える事が出来ると思ったのかもしれぬ。だが相国はそれを受け入れなかった……。

相手が強大であるが故に、檻に入れようとした。それが出来なかったから相国を危険視した。なるほど、根っこの部分で関白は義昭と同じか。確かに猜疑心が強いところも良く似ている。院の言う通りだ。

「如何なされました？」

「うん？」

「御笑いなされましたが？」

「そうか、いや、何でも無い」

左府が訝しげな表情で私を見ている。苦笑いが出そうになって懸命に堪えた。妙な事に気付いたわ。道理で今ひとつウマが合わぬ筈よ。何処かで関白を義昭に重ねていたのかもしれぬ。

そういう事なのだとすれば関白が相国に積極的に協力する事は期待出来まいな。むしろ間違いなく帝の不安を煽るだろう。公武の関係にひびが、いやひびどころか断絶しかねぬ。そうなれば朝廷は足利と同じ運命を辿るだろう。院の判断は間違っていない。交代は已むを得ぬ事じゃの。問題は関白の弟達よ。兄と同じ気質なのか、それとも違うのか。その辺りは確と見極めなければなるまい。それにしても関白は義昭と一緒か。……やれやれよ……。

あとがき

お久しぶりです、イスラーフィールです。

この度、「淡海乃海 水面が揺れる時 ～三英傑に嫌われた不運な男、朽木基綱の逆襲～十六」を御手にとって頂き有難うございます。

この後書きを書いている時点では未だ未だ寒いのですが本をお手にとって頂く頃には大分暖かくなっていると思います。春ですね。これから暫くは花が咲き新緑の季節です。心が弾みます。自分もちょっと心が軽くなっています。前巻の後書きで還暦を迎えたと書きましたがこの三月で定年退職しサラリーマン生活にピリオドを打つ事に致しました。体力面で兼業がきついと感じるようになったのでどちらかを辞めるべきだと判断したのです。これからは実家に戻り母の面倒を見ながら、或いは面倒を見て貰いながらなのかもしれませんが小説を書いていきたいと思います。

皆さんにもう一つ大事なお報せが有ります。淡海乃海 水面が揺れる時の舞台が五月に行われる事になりました。通算四回目の舞台ですが今回の舞台はこれまでとはちょっと違った視点でのストーリーになるかと思います。楽しみにして下さい。きっと満足して頂けると思います。

さて、第十六巻ですがこの巻は琉球の服属問題をきっかけに朝廷と対外関係について書いていると思います。明を中心とした東アジアの政治秩序である冊封体制に接して朝廷は困惑します。そして日本を取り巻く対外状況の厳しさに触れて戸惑うのです。悩み苦しみながらも懸命に面子と実利を守ろうとする。そんな朝廷の姿を通して外交、国防の難しさを感じて頂ければと思います。

また第十六巻ではとうとう天下統一に向けて関東遠征、奥州遠征が始まりました。しかし九州では宗教問題が発生しています。日本国内で地盤を失いつつあるカトリック勢力が何を仕掛けてくるか。不安を抱えながらの関東遠征、奥州遠征です。この続きは第十七巻で書く事になります。

今回もイラストを担当して下さったのは碧風羽様です。いつも素敵なイラスト、本当に有難うございました。出張漫画を描いて下さったもとむらえり先生、有難うございます。そしてTOブックスの皆様、色々と御配慮有難うございました。皆様の御協力のおかげで無事に第十六巻を世に送り出す事が出来ました。心から御礼を申し上げます。

最後にこの本を手に取って読んで下さった方に心から感謝を。次は異伝の第五巻になると思います。そちらでまたお会い出来る事を楽しみにしています。

二〇二四年二月　イスラーフィール

漫画：もとむらえり

主税くんのヒミツ

ここで思い出してほしい…
原作2巻154P
←引用

元服を済ませた者、妻同伴での朽木一族の新年会だ。妻が居ないのは御爺と主税だけだ。

そしてここで！
原作15巻71P!!!!!!

（前略）
朽木長門守夫妻、
朽木左兵衛尉夫妻、
朽木右兵衛尉夫妻、
朽木左衛門尉夫妻、
朽木主殿夫妻、
朽木主税夫妻、

コミカライズ担当のもとむらがイスラー先生に編集T氏経由でお尋ねしました———!!!

別にヒミツではなく

Q.いつ結婚したんですか!!?
えっと…二十歳を過ぎてからです
そ…意外と早いね!!?

もしかしてコミックス現段階（10巻）で主税くん以外結婚してるかもしれなくない…!?

主税くんの家庭

主税くんの奥さんは
朽木家中の三沢氏の一人娘です

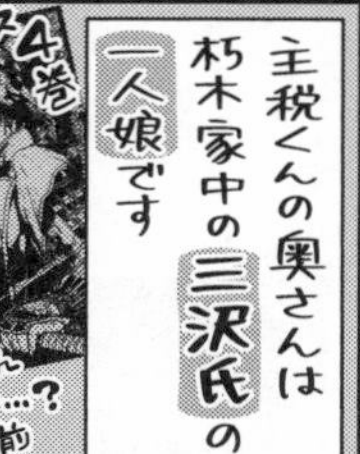

三沢氏は朽木家中では有力者でしたが浅井氏との戦で戦死しています

今 うちの子、
男子が一人で女子が二人なんですよね…

主税くん、今（原作5巻時点）も2人目の男の子頑張ってはいるみたいですが…!?笑

オーバーキル

ちなみに幼なじみ達も全員結婚しています
何ですと!?

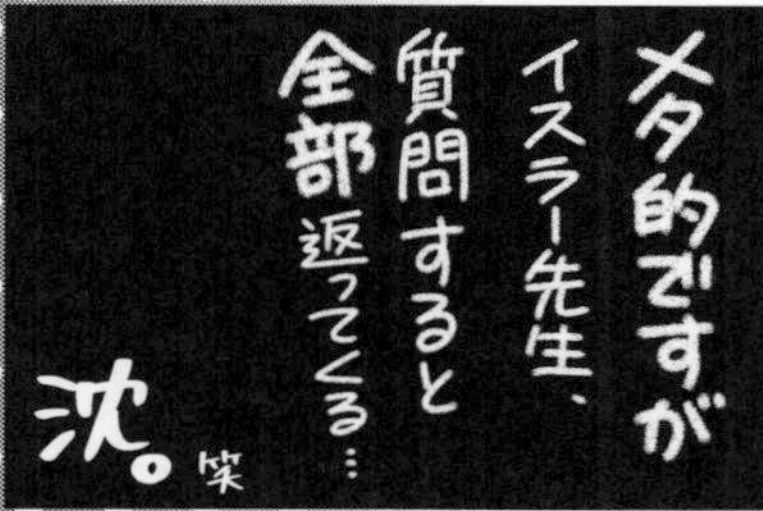

大筋には全く関係のない情報でも大変嬉しいです！キャラの深彫りになる!!

TOブックス
コミカライズ
連載最新話が
読める!
月額400円(税込)で
全作品が読み放題!

ほのぼのる500シリーズ

原作
11巻
イラスト:なま

好評発売中!

コミックス
6巻
漫画:蕗野冬

好評発売中!

ジュニア文庫
7巻
イラスト:Tobi

2024年
夏
発売予定!

※6巻書影

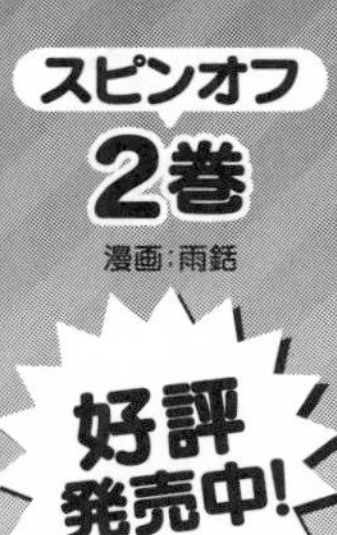

スピンオフ
2巻
漫画:雨話

好評発売中!

TOKYO MX・
ABCテレビ・
BS朝日にて

TVアニメ 絶賛放送中!

詳しくは公式サイトへ

※放送は都合により変更となる場合があります

出来損ないと
呼ばれた元英雄は、
実家から追放されたので
好き勝手に生きることにした
THE BANISHED FORMER HERO LIVES AS HE PLEASES
2024年4月1日からテレ東・BSテレ東ほかにて
TVアニメ順次放送開始!

没落予定の貴族だけど、
暇だったから魔法を極めてみた
I am a noble about to be ruined, but reached the summit of magic because I had a lot of free time.
アニメ化決定!!
[イラスト]かぼちゃ

NOVEL

[イラスト]かぼちゃ

原作小説❶～❽巻
好評発売中!

シリーズ累計
75万部
突破!!!
(紙+電子)

COMICS

[漫画]秋咲りお

コミックス❶～❽巻
好評発売中!

最新話はコチラ!

SPIN-OFF

[漫画]戸瀬大輝

「クリスはご主人様が大好き!」
コロナEXにて
好評連載中!

最新話はコチラ!

STAFF

原作:三木なずな『没落予定の貴族だけど、暇だったから魔法を極めてみた』(TOブックス刊)
原作イラスト:かぼちゃ
漫画:秋咲りお
監督:石倉賢一
シリーズ構成:髙橋龍也
キャラクターデザイン:大塚美登理
アニメーション制作:スタジオディーン×マーヴィージャック

詳しくは
アニメ公式
HPへ!

botsurakukizoku-anime.com

ニルスたちに
手出しは許しません！
役立たずは消えろ
超える
悪魔を
打ち倒せ‼

レオノールを
最凶の
2024年春発売決定！
久宝忠 著
天野英 イラスト
水属性の魔法使い
第二部
西方諸国編
III

淡海乃海（あふみのうみ）　水面が揺れる時
～三英傑に嫌われた不運な男、朽木基綱の逆襲～十六

2024年4月1日　第1刷発行

著　者　イスラーフィール

発行者　本田武市

発行所　TOブックス
〒150-0002
東京都渋谷区渋谷三丁目1番1号　PMO渋谷Ⅱ　11階
TEL 0120-933-772（営業フリーダイヤル）
FAX 050-3156-0508

印刷・製本　中央精版印刷株式会社

ISBN978-4-86794-127-0